MIND 心研社图书
———— 为 心 灵 提 供 盔 甲 和 武 器 ————

悲伤，是心灵成长的代价。
有一天你破碎重生，
所有的悲伤都将化为一份美味的食物，
滋养你仍在继续的生命。

谨以此书献给所有正在长大或已经长大的孩子，
他们内心有伤，不善表达，不被理解；
献给所有积极关注病人的、灵魂有光的治疗者；
献给所有理解我、给予我帮助的家人和朋友；
献给所有相信我的人。

好吃的悲伤

〔英〕安妮塔·佩雷斯·索耶 —— 著
（Annita Perez Sawyer）

李晓磊 —— 译

国际文化出版公司
·北京·

图书在版编目（CIP）数据

好吃的悲伤 /（英）安妮塔·佩雷斯·索耶著；李晓磊译. －－ 北京：国际文化出版公司，2019.10
ISBN 978-7-5125-1148-4

Ⅰ. ①好… Ⅱ. ①安… ②李… Ⅲ. ①自传体小说－英国－现代 Ⅳ. ①I561.45

中国版本图书馆CIP数据核字(2019)第199642号

著作权合同登记号：图字01-2019-7095号

SMOKING CIGARETTES, EATING GLASS: A PSYCHOLOGIST'S MEMOIR By DR. ANNITA PEREZ SAWYER
Copyright:©2015 BY ANNITA PEREZ SAWYER
This edition arranged with SUSAN SCHULMAN LITERARY AGENCY, INC
Through BIG APPLE AGENCY, INC., LABUAN, MALAYSIA.
Simplified Chinese edition copyright:
2018 Beijing ChenSheng Culture Communication Co. LTD
All rights reserved.

好吃的悲伤

作　　者	〔英〕安妮塔·佩雷斯·索耶
译　　者	李晓磊
责任编辑	宋亚昍
统筹监制	杨　智
策划编辑	耿璟宗
特约编辑	刘广生
封面设计	仙境设计
出版发行	国际文化出版公司
经　　销	国文润华文化传媒（北京）有限责任公司
印　　刷	三河市华晨印务有限公司
开　　本	710 毫米 ×1000 毫米　16 开 20 印张　　　　　　266 千字
版　　次	2019 年 10 月第 1 版 2019 年 10 月第 1 次印刷
书　　号	ISBN 978-7-5125-1148-4
定　　价	56.80 元

国际文化出版公司
北京朝阳区东土城路乙 9 号　　　邮编：100013
总编室：（010）64271551　　　　传真：（010）64271578
销售热线：（010）64271187
传　真：（010）64271187-800
E-mail：icpc@95777.sina.net

我把破碎的一切编成一个降落伞。

—— 威廉·斯塔福德

目录 CONTENTS

序　言：总有一天，苦涩的悲伤也会泛起甜甜的味道　　01

第一部分：被扭曲的悲伤

第一章　他们认定我疯了　　003
第二章　哈姆雷特和我　　015
第三章　令人恐惧的电击　　027
第四章　再试一次　　035
第五章　欢乐颂　　045
第六章　魔鬼、圣人和哈罗德·瑟尔斯　　051
第七章　更多的医院生活　　065
第八章　准备做个正常人　　081

第二部分：当悲伤遇见阳光

第 九 章	从前门走出去	097
第 十 章	尝试一场恋爱	107
第十一章	香槟、蛋糕和生米	115
第十二章	变幻的魔法	127
第十三章	人类的"蝙蝠雷达"	135
第十四章	另一张椅子	141
第十五章	从未体验的快乐	153
第十六章	他被割掉了舌头	159
第十七章	动人的纪念	169
第十八章	新的出路	175
第十九章	正确的抉择	187
第二十章	为了今天	191
第二十一章	看我曾战胜了什么	199

目录

第三部分：悲伤是一份加了苦难的美食

第二十二章	无法逃避的事实	209
第二十三章	我们可以做到	221
第二十四章	找回丢失的记忆	229
第二十五章	身体都知道	235
第二十六章	小安妮塔	247
第二十七章	跟詹妮听歌剧	255
第二十八章	诡梦	263
第二十九章	还没到吗？	271
第 三 十 章	平衡、节制、平和	277
第三十一章	未来可期	285

致　谢　　　　　　　　　　　　　　　299

序言：总有一天，苦涩的悲伤也会泛起甜甜的味道

2004 年 4 月

　　大圆挂钟的指针似乎每走一步都得先犹豫一下，才继续蹒跚着向前走。时间就在这嘀嗒嘀嗒声中一分钟一分钟地过去。会议晚点了，下一个将轮到我发言。我把厚厚的笔记摞好，仔细把边缘对齐。我挺直肩膀，把一缕头发从眼前移开。会议室的方形橡木桌旁，坐着二十多名心理健康专家，使会议室显得颇为拥挤。他们都齐刷刷地盯着我。坐在我对面的是一个小个子的女人，一位世界闻名的精神分析师，她脸上浮现出祖母般慈爱的微笑。这时院长点点头示意，开始！

　　"我的演讲主题是'超越'，是关于我自己的故事。"我开始了演讲，尽量让声音沉着、饱满，"我，站在您面前的、鲜活的我，今天在这里发表演讲。我不仅是作为一名经验丰富的心理学家，更是作为一个年少时曾在这家机构做了几年病人的女人。"

　　我抬头看了一眼，那位分析师再次微笑。那一刻，我神采飞扬。

我很早就到了。按照邀请我参加会议的精神科医生在邀请函背面所画的地图，我走出停车场，走进这栋大楼。我仔细地观察着旧木地板上早已褪色的地毯、间隔交替出现的窗户、墙壁，还有角度奇怪的天花板。我努力回想着我是否真的曾在这里——被人们叫作"布卢明代尔之家"的著名精神病院，度过了一段年少岁月。实际上，除了那些抹去了我大部分记忆的电休克治疗，以及那些在我不到20岁时就放弃了我的医生外，对于几十年前曾被关在这里的那些往事，我已很难记清其中的细节了。

为了这次演讲，我准备了好几周的时间，把想要说的话写了又写，改了又改。我在镜子前练习，并用摄像机录下演讲过程，再在电视机上回放以确保万无一失。我可能再也没有这样的机会了——我必须点燃他们的热情。

我扫了一眼桌边围坐着的人们，他们有男有女，有胖有瘦，有的时髦，有的土气，有年轻的临床医生和实习生，也有声名在外的分析师和研究员。我自己呢，则是一个留短发，身材瘦削，长相普通，戴着一副三焦远视镜的中老年女性。表面上看，我跟在座的各位没什么两样。我心里不禁想，他们中还有跟我同样经历的人吗？

坐在我旁边的是一个比我大几岁的白发男人，是他安排我来演讲的。我们在另一家医院相识，如今已经快40年了。当时他还是一名年轻的实习精神病医生，而我是他所在科室的住院病人。在座的这些人，期望见到的是一个病人还是医生呢？我这样想着，有一丝丝的愤怒，如同阳光下的尘埃，在我心中闪现。有一瞬间，我仿佛又回到了17岁：弥漫着汗臭味的走廊里，我浑身赤裸地裹着粗糙、潮湿的毯子，躺在病床上，不住地颤抖。

我的脸热得像火烧一样。于是我赶紧用手捋了捋头发，强迫自己回到现实。

我穿着从折扣店淘到的布克兄弟套装，脖子上围着我最喜欢的天鹅绒围巾，脚边放着一个刚刚擦得锃亮的皮质公文包——那是 20 多年前我取得博士学位时，我丈夫送我的礼物。公文包里装着一页页的纸，上面都是我想说的话。那些话可能足够做 20 次演讲了。

我轻轻抚过别在衣领上的银色花篮小胸针，又摸了摸小拇指上那枚银质的戒指，这些是我的孩子们特地为我做的，那时他们还很小，需要在爸爸的帮助下才能制作完成。那时候的我会想到有这么一天吗？我抬起头，挺直了腰板。

"40 年前，我曾是这里的病人，"我继续说道，"因为误诊，我经受了多年的可怕治疗，那些治疗让我的精神状态变得更加糟糕。最后，由于病情没有改善，我被转院了。"说着我心中突然泛起一股强烈的情绪——暴怒、恐惧还是欢喜？——令我措手不及。我的双手在桌子底下紧紧攥在一起，以免自己会崩溃，然后开始讲述我的故事。

我从高中时的精神状况说起——我一直说着，眼前的字变得越来越难以辨认；我的声音似乎也渐渐消失了；我的身体连同灵魂一起仿佛离开了这个世界，转而进入了一个只属于我的小天地里。我说起那些充满了内疚和自我厌恶的日记，说起我的自杀计划，并直接引用了病历中医生对我的评估——高傲和自我贬低。

然后我讲了我所接受的电休克治疗，以及对它带来的致命抽搐所怀有的巨大恐惧；向他们说明，当情况未能得到预期改善时，我的主治医生给出的方案是加大电休克疗法的频率。听到这里，老院长移开了目光，他悲伤的双眼望向无尽的远方，脸上的皱纹更深了。我感觉自己的灵魂似乎离开了身体——我忘记了自己是谁，身在何处。

"我是不是该停下？"我问他。

"不，不，请继续。"他答道，声音很轻柔，似乎感受到了我内心的痛苦。

"在第一家医院待了三年后，我被安排转院。转院时给出的诊断结果是：早发性痴呆（精神分裂症）；治疗状态：未见改善。又过了一年，按照医院的安排，我遇到了一位精神病医生，一位把我当人——普通人，而不是精神病人来看待的医生。当我开一些傻气的双关语玩笑时，他会大笑。我跟他说臭烘烘的'垃圾'（暗指自己）应该被消灭，他则说，他认识的某人却能从'垃圾'里发现宝贝。他说：'甲之臭味，乙之香水。'他的话深深震撼了我，我觉得自己在宇宙中不再是孤独一人。我开始对我自身，以及我的思想、行为是如何运转的产生了深深的好奇，对外部世界的兴趣也与日俱增。我开始慢慢康复了。"

"但我们都知道，"我补充道，"无论治疗师多么有天赋，治疗关系多么好，康复之路总是崎岖漫长的。"我继续讲述着我那没有记忆的头二十年：假装自己还属于这个世界，隐藏起自己曾是个精神病人的过去，继续生活。很多时候，我似乎都在过着一种双重生活。

我跟他们说起四十年后当我看到医院记录时所发现的秘密。那时候，我已经是一名经验丰富的临床医生，因此我很快就明白了多年前我自己的那些医生是哪里出了错。年少时的记忆如潮水般向我涌来，我害怕被这记忆所淹没。

我又一次环顾在座的人们，那一张张苍白的脸上有泪水划过。坐在我对面的一个棱角分明的男人满脸通红，严肃地盯着我。有几个人低下了头，或是看向别处。一股凉意在我胸中蔓延。我是不是伤害了他们？他们是不是觉得被背叛？在座的各位，当时还没有在这里工作。

然而，从一个有自杀倾向的青春期少女的角度来讲，当我选择指出精神病院的治疗有误时，我还能期望得到什么样的反应呢？我之所以要现身说法，是希望他们能学会倾听，因为直到今天，仍然有很多医生在犯着同样的错误。我多次听过以下说法，"啊，是的。"说话者边说边痛心地摇头，"在20世纪五六十年代，他们的确几乎把每个病人都诊断为精神分裂症，并在他们身上使用电休克疗法。"说得好像这种事已经是老皇历了，如今已不再发生了。

但据我所知并非如此。沉迷于诊断和治疗的那股狂热之风仍然存在。我们这些精神健康专家，经常迫切并快速地给患者确定病症，推荐最新的药物和疗法，消除副作用引起的紊乱。我希望这些临床医生能够意识到自己手中的权力是多么举足轻重，影响深远。我之所以将自己的故事和盘托出，是想让他们在面对每一名患者时都能给予无微不至的关注。

墙上的挂钟提醒我该加快进程了。离我不远处，一个又瘦又高的男人开始不停地看表，显得坐立不安。他可能正在担心我还没讲完，他就不得不终止我的演讲。我知道我可能无法把我努力准备的信息全部表达出来。我加快语速跳过了最后一部分，尽管那是最核心的部分。最后我重复了我的请求：请一定要关注你的病人。

场下一片安静，所有人都没动。空气中似乎被注入了麻醉剂，所有人都动弹不得。好吧，也许这样做是个错误。

然后，慢慢地，人们开始向我提问——贴心又智慧地提问，措辞小心谨慎。

"您认为对您的康复影响最大的是什么？"

"在您度过的那段艰难时期，您认为电休克治疗起到了什么作用？"

他们的语气听起来既友善又充满敬意。希望他们这样做不是出于对我曾经罹患疾病的同情。我努力听着他们的问题和评论，但我的回答却总是含混不清。原本想表达的意思还没等我说出口，就忘记了。多年以后，我才明白，是解离[①]令我的想法、情感和所见的一切笼罩在迷雾中。

我得走了。又有一批人进入了会议室，下一个会议该开始了。

就这样结束了吗？我边想边走出会议室。原本我以为我会很开心，以此挽回了我生命的尊严。然而我只是沉浸在一片灰暗情绪之中，丝毫没有预想中的阳光与欢笑。简直失望透顶。阴雨连绵。

我全身似乎仍被浓雾包裹，越飘越远。我到大厅的卫生间外排队，希望双脚能慢慢找回踩在地面上的踏实感觉。这时，有两位女士来到我身旁，感谢我做的演讲。"内容丰富……有

---

① 解离（dissociation）：防御机制之一。曾为弗洛伊德在精神分析中使用，现在已被"压抑"代替。解离是通过切断自我与当下现实之间的联系来逃避难以接受的思想和情感。——译者

价值……鼓舞人心……"她们好像是这么说的。其他人也围过来说了类似的话。我紧紧盯着说话的人，希望能看穿他们的内心，衡量出他们的诚意。我该相信他们吗？

也许我会好起来的。我一边这样想着，一边走出大楼，往停车场走去。没有人批评我，也没有人嘲笑我。我没有表现得像个疯子。

来到停车场，我已经不再感觉浑浑噩噩，也不再疑虑重重。我意识到我刚刚公开了我最隐私的秘密。四十多年来，我始终过着一种双重生活，而这是第一次，我不必再隐藏自己的另一面。一时缓不过神来，也是情有可原的。

我松开紧攥在手里的围巾，打开车门，但没有进去，而是站在那里，伸开双臂，深深地呼吸着春天里的新鲜空气，感觉到从未有过的通透。我仍然想不起以前是否也到过这里，但我能想象出，那个绝望的少女在这里度过的每一刻都充满了恐惧。那时候的她做梦也想不到自己会成为今天的我吧？她也想象不到被阴霾笼罩的内心，有一天会迎来阳光，更加想象不到满心苦涩的悲伤，有一天也会泛起甜甜的味道。

我又舒展了一下身体，环顾四周，身边的事物井然有序，使人感到安慰。停车区边上，人行街道旁被打理得井井有条，街道两旁开满了深红的郁金香和明黄的水仙花。栅栏外，阳光透过松树的松针洒下熠熠光辉，朵朵白云从天空中飘过。一阵清凉的微风将一缕发丝吹到我脸上。我伸出手，轻轻将发丝抚平。

"我做到了。"我一边侧身坐进车里，一边对自己说道，"我真的做到了。"

PART ONE

第一部分：
被扭曲的悲伤

我觉得我没有疯,我只是一个对自己充满悲观,有着自杀倾向的女孩子。

但没有人能够看到这一点,他们都被我的自杀倾向吓坏了,所以他们才会用如此粗暴的方式对待我。

然后,我就真的要疯了。

第一章　他们认定我疯了

1960 年 5 月

　　涨潮的海水拍打在岸边冰冷的岩石上，浪花四溅散开。我们住的小屋就在这岸上。天空很晴朗，空气中弥漫着一股咸咸的味道。萨拉在纱门外催我快点出去。大家都想去游泳，可我完全没准备好。"你们先去吧，"我对她说，"一会儿我就去找你们，别担心。"

　　她皱起了眉。我不愿看到萨拉因我心烦的样子，但我仍然无法说服自己动身。她若有所思地看着我，像是在想该拿我怎么办。良久，她说"那好吧。"就跟其他人一起朝海滩跑去。"你也快点，别再磨蹭啦！"她边跑边喊。

　　那个周末是阵亡将士纪念日假期，我们，或者说我高中的朋友们，提前几个月就开始计划蒙托克角之行。虽说我们都是高中生，但我感觉自己不是一个真正的青少年，因为青少年应该是朝气蓬勃的，而我只有死气沉沉，无论别人说什么我都只是轻声附和。朋友们说话时，我脑中总会响起一个奇怪的声音，有点像铃声或高频的嗡嗡声，而朋友们似乎变得很遥远，就像一些我可以用手移动的玩具。

那个周末，我打算自杀。等朋友们都走后，我会在身上绑上沉重的石块，义无反顾地走向大海，直到海水漫过我的头顶，将我淹死。但我还没有想好什么时候去做。

也许是因为我真的不喜欢游泳，也许我还在琢磨一些实施计划的细节，过了很长时间，我才把泳衣换好。当我终于打开纱门，萨拉、芙兰，以及其他人早已不见踪影。我一脚踏进了阳光里。

我紧紧地抓着浴巾，低头看着脚一步步踩进温暖的沙子里，将一串串深深的脚印留在身后。忽然传来一阵嘈杂声，我抬起头，向声源处望去，一群人正围着一辆褐色的雪佛兰，之前它并没停在那里。那好像是我父母的车。啊哦，我想。

我加快了脚步。一时间，闪闪发亮的沙子，哗哗的海浪声，与脑中的嗡嗡声掺杂在一起，让我感觉自己轻飘飘的，像是被巨大的热气球送到了空中，感觉好像飞了起来。我摇摇头让自己回到现实，步子迈得更快了。没多久我就发现自己站在了那辆车旁，紧挨着萨拉。她站在那儿，跟我父母面对面地站着。啊哦。

"真的没什么好担心的。"萨拉跟他们说。她在维护我——她的确是我最好的朋友——但她看上去比她说得更担心。他们都跟她说了什么？

萨拉转向我。"你爸妈觉得你在这里不安全。"她用抱歉的语气说，"他们想让你离开，立刻。"芙兰低头看着自己的脚。艾米丽和施特菲决定继续去游泳。萨拉向后退了几步。现在只有我独自一人面对着我的父母。我，这个被通缉的罪犯，终于要被抓捕归案了——就差当着朋友的面给我铐上手铐了。

这个场景透着一股怪异，令我感觉似乎是在做梦。

车子从长岛的尽头离开，开始了漫漫的返程之路。父亲开着车，母亲阴郁地坐在他旁边。无尽的沉默。只有每当从烟盒里抽出一支又一支香烟时，才会偶尔传出玻璃纸和打火机的响声。随着每一次呼吸将烟雾连同这可怕又由衷的叹息，长长地吐出，淹没了整个车厢。

我静静地蜷缩在后座上，心里自责着：如果你动作快点，就不会走到这一步了！我努力集中精神，试图重塑现实，期望老天能再给我一次机会。我想象着一幅画面：我走进了海里，被淹死了，电台发布了我的死讯。而现在，这一切都成了泡影。

计划的失败令我难以接受，我的灵魂仿佛从现实中抽离出来，进入了另一个平行空间。车里和车外的一切似乎都变得异常渺小，而我就坐在最远的包厢里，观看着这出人间戏剧。慢慢地，纷杂的颜色消失了，时间也静止了。

"入院。"父亲嘴里叼着烟，对着门卫室吐出这两个字。一条正式到不能再正式的车道，从门卫室通往深深的某处。入院，听到这个词我不禁打了个冷战。父亲灰着一张脸，嘴里衔着香烟，听上去像个行将伏法的黑帮老大，我究竟做了什么？

车慢慢沿着山道往上爬行，几座建筑零星地分布在一大片庄园之上。最终，车停在了一座大得令人喘不过气的精神病院门前。这里离我家住的市中心不远，以前我经常能远远地看见这些建筑。高而冰冷的铁栅栏将整片区域牢牢围住，正常人是进不去的。我不属于这里。

"我发誓我不是认真的。"我绝望地恳求着坐在我身旁的父母，但他们只是看着对面的医生。宽敞明亮的办公室里，医生坐在办公桌后面，跟我父母谈着入院的事情。"求你们！不要把我留在这里！"我即将滑向宇宙的无底深渊，而我的父母是我与地球连接的唯一绳索。他们如果撒下我离开，我就完了。

三个人盯着我。无动于衷。

"求求您，求求您，求求您，求您带我回家吧。"我伸出双手，苦苦哀求着母亲。

她表情僵硬，双唇紧闭，努力不让自己发出任何反对声。以前她总能用她那双深色的眼睛，带着恳求的眼神说服我，不要违背父母——实际上就是我父亲——的意愿。她垂下的肩膀，她的叹息和绝望的神情都在提醒我，如果我不听从父亲的安排，就会给她造成最大程度的伤害。从幼时起，我就常常有这样的恐惧：如果我不听话或惹太多麻烦，就可能会伤害甚至杀死她。此时，她的眼睛里失去了最后一丝神采，仿佛死去了一般，她的声音里没有任何喜怒哀乐。

　　"医生让你留在这儿。"她说，把脸别过去，"我们必须做正确的事情。"我停止了恳求，看着他们。

　　身材瘦小，长着一张娃娃脸的父亲不停地抽着烟。他说话轻声细语——这不是他平时的风格。他并没有表示异议，而是顺从医生对我命运的决定。但从他反常的轻柔的声音和不安的手势上，我能看出，他也很害怕。

　　"爸爸，求您了，我真的不是那个意思。"我努力做最后一次尝试。他只是低头看着自己的手。我意识到，没有人会来维护我，替我说句话。巨大的恐慌不可抑制地从胸膛蔓延开来，涌向我的喉咙，从喉咙里咆哮而出。

　　那个男医生性格专横，瘦骨嶙峋，长着一头卷曲的红棕色头发和一张瘦长的猴脸，他身体前倾表达着他的看法。他警告我的父母，说我可能会自杀，所以不应该把我带回家去，只有他们医院的医生才有办法对我进行治疗。我的父母像是瘫痪了一般一语不发，没有表示异议。

　　然后我看到了使我留在这里的证据：我曾在日记里写下要淹死自己的计划，被我母亲看到了。如今我的秘密正攥在医生那双干巴、僵硬的大手里。他把日记打开，看了几页，手指在一些句子上划过。他时不时挑出一些词语，大声念出来——"危险的……坏的……肮脏的……"——曾经属于我的东西，如今却从他嘴里吐出来，这是玷污！然后他翻到最后一页，念出我计划死亡的那部分。我的耳朵里嗡嗡作响，再也听不到他说的任何东西。

第一章　他们认定我疯了

"这真是个天大的误会。"我听到自己在解释,"我没病,不需要待在精神病院。"

但他们谁都不听我的。我父母签了必要的文书,然后离开了。

纽约医院,韦斯特切斯特分部
入院记录
1960 年 5 月 30 日

佩雷斯小姐在其父母的陪伴下,于今日从白原市家中到此入院。在住院部的接待室,她表现得很配合,但非常害羞和害怕。她不认为自己需要入院治疗,但仍然很配合地办理好了入院手续,并安静地跟随监管人员去了住院部大厅。

——瑞恩医生

在一间宿舍模样的房间里,我躺在床上,身体不住地颤抖。他们犯了一个天大的错误,我没有精神病。我是想死,因为我是个坏人,但那跟这完全是不同的两回事。我也解释不清是如何知道的,但我就是确定这两者根本不是一回事。

我注意到还有其他五个女孩睡在周围几张床上。我毫无睡意。我当时唯一的念头就是:整个经历也许是一场梦。而万一这不是梦,那我必须保持清醒,因为如果我睡着了,这场噩梦也许就成了真的。那感觉就像世界上的一切都被颠倒了,而我手中则握着令它恢复正常的钥匙。我一刻也不能放松警惕。

当爸爸对我说再见时,他几乎要哭了,而母亲一句话也说不出来。父母临走时是如此悲伤,这令我感到十分惊讶。然而,我越是努力想弄清楚要如何消除这种伤害,就越难以清晰地思考。我像一艘被困在北极冰面上的船，周围都是冰，我的思绪完全被冻结。冰冷彻骨的恐惧在胸口不断膨胀，刺进我的五脏六腑。我已经对他们造成了无法言喻的伤害，唯有死亡才是我的归宿。

几周后，我变成了一个低电量模式的机器人。由于药物的作用，以及我对一切的不真实感，让我觉得自己像一个电量耗光的人形机器。

不过至少我还是知道了医院每天的例行公事，也知道了大部分护士和病人的名字。我也知道了他们说以下缩写时的意思：OT（职业治疗），CO（持续观察），PT（健身时间），meds（上午、中午或晚上的特定时间分发的药物），EST（电休克治疗）。但我仍然坚决认为我不应该被关在精神病院。

尽管仍坚持着自己的想法，我还是表现得很有礼貌，让我做什么我就照做。跟护士长亚当斯夫人争论是徒劳的，她早就制定好了这里的规则：熄灯后不许讲话，如果她认为你需要更多的社交互动，你就不能留在自己房间里。她的小助理汤普森小姐，则更有同情心，也更活泼有趣。她喜欢玩大富翁和飞行棋游戏，还给我们讲她男朋友和她那三只猫的冒险故事。我对玩游戏没什么兴趣，如果护士或其他病人来邀请我参加游戏，我也会说"好的"，然后假装马上就来的样子，但是随后我就会找借口说要在房间里找件毛衣，以此拖延时间；或者我会花很长时间去卫生间，然后回来的路上故意左顾右盼。幸运的话，等我回来时，他们就已经开始玩了。

在这个楼层，大多数人与其他两三个人共住一个房间。我是新来的，所以还跟其他五个人一起住在一间大病房。病房的床脚上统一围着床裙，上面是红色和粉色、带着大叶子的牡丹图案；床上铺了配套的床罩。关着的大窗户上装饰着粉白色的窗帘。每个人都有一个梳妆台和小床头柜。墙上贴的花墙纸让人感到家一般的温馨，直到你想起你是被迫来到这里的。

从一开始，电休克治疗及其伴随而来的恐惧便主宰了我的生活。每逢

第一章　他们认定我疯了

周一、三、五，就会有一名护士早早把我叫醒，先给我注射一支镇静剂，并且不准我吃早饭。到了下午，我只能茫然地坐着，努力不让自己在接下来的治疗中，头痛和胃痛加剧。这意味着我很少能参加其他活动——偶尔在不用接受电休克治疗时，可以选择去健身房；有时我也会参加一下职业治疗：在那里，会让我们制作茶壶座，可能就是我在小学二年级做的那种；我还会去参加女童子军，编织那种彩色绳子，然后系在方形金属圈上，如果做得好，就会赢得一枚手工徽章。

接受电休克治疗就像是一次又一次地面对死亡，那不仅是因为医生将电流通入我的大脑时会导致严重的抽搐——如果他操作失误，我可能会有生命危险，更是因为它严重干扰了我的记忆。每次醒来，我都会感到惊慌失措，我不知道自己是谁，整个世界一片空白。每一次由电击引起的抽搐都仿佛是在将我切成一块块的碎片，我必须从头开始想，要如何将这些碎片拼在一起，而是否能将它们重新拼回去，谁也无法保证。

因为我每天都会忘记很多事情，所以我很难了解其他病人，跟学校里的朋友也失去了联系。我对自己说，只要我见不到他们，也就不会想念那些和朋友在一起的日子。我努力让自己不在乎这些，但我真的太孤独了。我总是感到一种莫名的心痛。很快，我接受的电休克治疗越来越多，到后来，入院之前的生活我基本都不记得了。

"哦，电休克疗法的确会影响短期记忆。"有次我跟精神病医生瑞恩抱怨失忆这个问题时他这样说道，"但长期记忆应该是不会受影响的。"为了证明他说得对，他拿出一本厚厚的医学书，指着其中一段给我看，"看到了吗？"

是啊，我想，如果你已经活到能写出一本书或按下电击开关的年纪，也许五年或十年对你来说就算是"短期"了。但对一个像我一样的少年来说，这个"短期"就已经是我的一辈子了。

到了晚上，看护人员会来查房，推开门，拿手电筒往床上照，检查谁睡了，谁没睡。我向来睡眠不好，而当我睡着时，我又总会做噩梦。尽管如此，被发现没有睡着的时候，我还是感到羞愧，因为我一直努力做个听话的病人，却因为无法入睡而被指责表现不好。但噩梦会让我尖叫，我自己很清楚，因为尖叫时，我会把自己都吵醒，或听到室友的抱怨。这种事情发生后，通常会招来护士的一顿训斥。老实说，在这些训斥中，我没有听到任何表示关切的话语或是出于同情的安慰。

不久，我掌握了缓慢而平稳的呼吸方式，让护士在查房时以为我已经睡着了。瑞恩医生坚持说，没人因我的失眠和噩梦而责怪我。但我不相信他。

多年来，我都被一个想法深深地困扰着：我是个卑鄙的罪人。我曾努力想成为一名优秀的天主教徒，并且每周都去教堂。但是，无论我做多少次祷告，为自己不好的想法做多少次忏悔，无论我多么努力地做一个善良的人，都无法动摇自己邪恶透顶、不该被原谅的想法。我的使命就是让自己从这个世界上消失。

前一年冬天，我吞下了半瓶阿司匹林，但什么事也没有。去海边淹死自己，是我实现目标的又一次尝试，然而计划失败了，我被迫入院，但我知道这是个错误。我不是有病，我只是内心很坏，这两者是有区别的，但瑞恩医生似乎无法理解这种区别。

虽然我每周都跟他有好几次面谈，但我没什么可说的。我很少有什么想法，如果有，我认为他也不愿意听。

"你跟同龄的病人有过什么交流吗？"他会问。

"没有。"我回答，"我不知道该跟他们说什么。"

"你在家时跟父母是如何相处的？你是如何跟你的弟弟们相处的？你的朋友平时都爱玩什么？"

"我们相处得挺好,都挺好。"我会说。

我很想诚实地回答瑞恩医生,但对于他提出的那些乏味问题,我实在提不起兴趣。很多时候,我就盯着他桌子上的植物,想着他多久会给它浇一次水,是自己浇还是让用人浇之类的事。他说话时,我经常走神。当他一定要我说出对我来说什么东西最重要时,我总想说出自己的感觉:跟消除邪恶——也就是我——相比,我的朋友和弟弟怎样打发时间这样的事一点都不重要。但又苦苦找不到方法。于是我不断重复同样的解释,这显然使他非常恼火。

这具躯体从里到外,包括所有的器官、皮肤上的每一根汗毛,都让我感到肮脏和恶心。我说不清为什么会有这种感觉,也举不出具体的事例,但我就是知道,我能感觉到。我非常肯定:我就是一个行走的罪恶本身。

纽约医院,韦斯特切斯特分部
诊疗记录,续
1960 年 7 月 31 日

该患者整个月都在接受电休克治疗,至本月底总共接受了 18 次治疗……但她仍然进行大量的自我贬低,并隐隐有一种执拗的怨恨,这正是她这种疾病的特征……因此,她在说起自己时不断提到"人渣"这个词,但对于为什么认为自己是"人渣",她又坚决不予解释。

……看来这名患者需要接受完整的 25 次电休克治疗。我认为全部都做完后她的状况一定会改善。

——瑞恩医生

入院前的几个月里,表面上的我与那个内心恐惧、日益自我厌恶的我之间,已经产生了一条越来越深的鸿沟。在高中,也就是仅仅在我被送进医院的几个月前，我还是荣誉班里几乎门门都得 A 的优等生。我身边的朋友都是学校里最聪明、最优秀的学生。我跟他们一起制作了年鉴，一年前还一起创办了我们的文学杂志《呐喊》。

我被归到聪明学生那一类，并日渐感到自己被疏远。我讨厌参加任何所谓的特别活动，因为每次我都必须努力说服自己，我们与那些凡俗之辈——那些特别受欢迎、注重穿着打扮的学生——截然不同。但实际上那些受欢迎的孩子才是主流，他们有其他的重要事项：体育运动、约会、派对、摇滚乐。而我的朋友和我则蔑视任何典型或主流的东西（即普通的东西），我们告诉自己，我们是与众不同的（即优越感，虽然我当时强烈地抵触这种想法）。我们拒绝约会，而用"聚会"取而代之。我们听织工乐队和皮特·西格的音乐，并用吉他演奏我们自己写的抗议歌曲。

我还是一名出色的演员，虽然平日里我害羞得要命，并质疑自己存在的价值，但我却十分擅长扮演其他人，尤其是有剧本的话就更好了。平时的我耷拉着肩膀，字写得小小的，说话声音几乎听不见，甚至都不再用"我"这个字。而一到了舞台上，我的声音就变得洪亮而有力，整个人神采奕奕。从初中开始，我每年都参加学校的演出，并且随着演出经验的增加，开始不断地挑战难度更高的角色。住院两个月前，我参演了一部戏剧——阿瑟·米勒写的《萨勒姆的女巫》，我扮演贝蒂·帕里斯，一个被卷入社会动乱的 10 岁女孩。我因真实又富有戏剧性的表演而备受称赞，但随着一周又一周的排练和演出的进行，我越来越相信自己变成了一个被魔鬼控制的女孩。我开始慢慢分不清贝蒂的生活和我自己的生活，而最终，我被这个隐隐的念头占据了。

我知道，即使是我最好的朋友萨拉和苏，也无法理解我日益增长的焦虑和一心求死的想法。我已经试探过她们了。

"有个女孩觉得自己罪大恶极，并因此只想自杀，你会怎么想？"一天下午，我这样问萨拉。

第一章　他们认定我疯了

"我觉得，她应该多看看自己有多优秀，然后找点更好的事情来做。"她用平时那种笃定、大姐姐式的语气回答道。

萨拉说得对，我想，是我的想法太幼稚了。

几十年后，萨拉告诉我，其实我的朋友们已经注意到了我的变化：越来越自闭，心情低落，没有存在感。但那时他们把我的这些表现看成一种浪漫式的多愁善感，就像维多利亚时代小说里的人物一样。"你有种神秘、空灵的气质，"她说，"所以我们当时并不感到担忧，有些人甚至还因此有点嫉妒你。"

治疗期间，瑞恩医生经常强调我应该多参加社交活动，但我通常都不理会他的建议。有时我会看书，但更多的时候我只是静坐在那里冥想。渐渐地，我的意识、知觉变得越来越模糊、迟钝。那个曾经担心这个世界没有足够的书供她阅读的女孩，如今对自身以外的所有东西都失去了兴趣。眼睛盯着莎士比亚作品里的文字，却一个字也看不进去。除了盼望电休克治疗快点结束外，脑子里就只想着一件事——死。

过了三个月，威尔逊医生接替瑞恩医生成了我的精神病医生，他更年轻、帅气、有活力，也更有同情心。他甚至还为电休克治疗带来的那些副作用——恶心和失忆——表示了歉意。我喜欢这个医生，他似乎也挺喜欢我。

我的思维变得清晰起来，说话也流畅多了。我也不再总是感到厌恶自己，生活又重新拥有了活力。

第二章　哈姆雷特和我

1961 年 4 月

　　对威尔逊医生的谈话治疗，我总是充满期待。他帮我了解到，我对周围环境的反应与我内心感受之间的关系。他解释说，无论是别人对我微笑或是说了一句"我错了"这种小事，还是因为没能按时入睡而遭到惩罚或批评这种大事，我都可以试着去识别这些反应背后的情绪和感受，并最终加以控制。随着对这些话的理解不断加深，我对自己的心理活动是如何运转的越来越感兴趣，对周围的人也越来越好奇。

　　在入院后大约第十个月，我被允许去与医院同城的一所高中完成三年级的课程。六月下旬，我住回自己家中，医院称之为出院观察期。每隔几周，我需要去见一次威尔逊医生。

　　那个夏天的时光像勉强能记住的梦一样，飞快地溜走了。我读书，帮母亲做家务，陪 9 岁的弟弟泰勒玩耍。我刻意回避着原来高中的那些朋友，他们此时都已经毕业，在打暑期工了。虽然他们回家时都会约我见面，但在我眼里，他们已经长大成人，而我仍然停留在原地，成年对我来说遥遥无期。

夏天快结束时，我开始了高三的学习。开始时，我各方面表现得都不错，同学们选我当高中荣誉生会主席——对于一个高三大部分时间都在精神病院度过的人来说，这是一种意外的肯定。并且，我还在学校的戏剧表演中饰演了女主角。

我在荣誉生会入职仪式上的演讲深受好评；参与表演的戏剧《罗素姆的万能机器人》也大获成功。我努力活成我自认为应该活成的样子：积极开朗、乐于助人、充满自信，而不是活成一个焦虑不安、为自己曾经是精神病人而感到羞愧的人。

九月底的一天，我像一个极不情愿被遣送去前线的士兵一样，逼自己推开学校的大门，走进那栋庞大的钢筋水泥大楼。这种状态已经持续了好几个星期，而每天我都需要鼓起更多的勇气才能继续来上学。

我感到血液一股脑儿地涌进我的大脑，震得耳膜嗡嗡作响，响声盖过了长而坚冷的走廊和墙壁所反射回来的各种声音。绿色的金属储物柜混合着杂乱的声响，伸向无尽的远方。从我眼前掠过的每一张脸都模糊不清。我身体里的巨大噪声几乎令我听不清人们在说什么。

这时，我的朋友爱丽丝出现在我面前："嘿，佩雷斯，你要去哪儿？我们现在该去上英文课了。莎士比亚的作品你读了吗？写完读书报告了没？你看到贝基穿的新毛衣了吗？"

一片嗡嗡作响，我有点晕头转向。我勉强嘟囔出几个字："呃……是的吧……"然后跟在她后面去了教室。

好险。

多数的大教室都配备有原木和金属制的课桌和椅子。教室最前面，是一张堆满书的笨重讲桌，早晨的阳光透过窗户照进来，洒在门对面的墙上。

罗巴赫夫人站在黑板前，手里拿着粉笔，写下学生们用来描述哈姆雷特精神状态的词语。她身材高挑，长相出众，有一头白棕相间的齐肩长发，但她却令我感到害怕。她非常严肃，尤其是对我们这些毕业班的学生。罗巴赫夫人是阿米什人，她每天都穿着朴素的黑色礼服和过时的黑色厚底鞋。每次看到她，我总觉得她像一位高贵的女巫。她对学生们的期望很高，而当有人未能达到她的期望时，她也从不吝啬于表达自己的失望。我害怕令她失望。

事实上，我害怕学校里的一切，不仅是英文老师的批评，还担心我努力拼凑在一起的生活，会随时乱作一团，让我失去思考的能力，动弹不得，有时还会剧烈颤抖。

很多同学都以为我认识他们。事实上，在见过之后，他们很快就会成为陌生人，因为电休克治疗让我几乎忘了一切，但我永远不会说穿这些。所以当其他人对我表现出友善时，我从来都是顺水推舟，假装我真的认识他们，然而实际上并非如此。尽管没有人直接对我说过，但他们一定知道我现在已经留了一级。我为留级而感到深深的羞愧。

哈姆雷特的议题让我感到尤其紧张。不知道我的同学是否也注意到了哈姆雷特与我之间的相似之处。"生存……还是毁灭……"他们已经猜到我也总专注于死亡吗？罗巴赫夫人在黑板上写下他们给出的形容词：不幸、错乱、激情、抑郁、背叛、悲惨、脆弱、疯狂。他们是在说我吗？我感到空气变得越来越稀薄，但讨论仍在嗡嗡地进行着。

墙壁开始摇摆变形，我的思维开始变得缓慢，光线越来越刺眼，我努力集中精力想要听清每个同学的阐述。然而我全部的注意力都集中在自杀(s-u-i-c-i-d-a-l)和愤怒（a-n-g-r-y）的每个字母上，因为太用力，笔尖深深戳进纸里。我出汗的手把早已汗湿的笔握得更紧，试图控制住自己，但这没能阻止我一直往下滑……

当我清醒过来的时候，我还坐在英文课的课桌前，脖子酸痛，下巴周围的皮肤湿湿的。周围的事物看上去有点偏离原来的位置，像是刚发生了轻微的地震。我抬起昏沉的头，看见罗巴赫夫人站在我面前，沧桑的脸比平时更严肃了。平时教室里的低语和嘈杂声不见了，取而代之的是一片不自然的沉默。同学们歪七扭八地坐在课桌旁，玩着手指或钢笔。我错过了什么重要的事情吗？下课铃声响了，罗巴赫夫人转身回到教桌前，其他同学纷纷绕开我向门口走去。

除了爱丽丝，所有的学生都离开了。她急忙跑到我的课桌前，开始帮我收东西。我打开的笔记本上，一摊口水晕开了笔迹上的墨水，她用袖子把口水擦掉。我用尽浑身的力气，摇摇晃晃地站了起来。走出去时，我紧紧抱住爱丽丝的手臂，而她似乎不介意我这样。

纽约医院，韦斯特切斯特分部
回访记录
1961 年 9 月 30 日

尽管她遭受了原发性和继发性紧张性癫痫发作的折磨，但她的状态仍处于"向着生的一面"。这两种病症的区别包括：(1) 约 30 秒的现实脱离感，这期间她会感觉又回到医院并再次患病。(2) 幻视以及可能出现的幻听会导致巨大的冲击，其间她可能会采取一些过激的行为试图摆脱这种冲击。后者的症候目前发生频率已相对较低，平均一周两至三次，每次持续一到两分钟。

——威尔逊医生

不仅是在学校，在家里我也同样感觉不适。我父母对我的态度有些奇怪，他们常常盯着我不说话，或是跟着我。不用成为福尔摩斯，我也能很轻易地看出他们掩藏在面具下的恐惧和担忧。但在我们家，是没有直接说出不愉快或直面问题的习惯的，我们总是沉默着，让怀疑和猜测在我们周围肆意蔓延，让一切都笼罩在香烟的烟雾和欲言又止的话里。

第二章　哈姆雷特和我

晚餐大约每晚六点半开始。在我和弟弟里奇、泰勒还小的时候，我们放学后会到屋子外面玩耍。当母亲喊我们回家吃饭时，我们就得立即进屋。我的任务是帮忙摆好餐具，等到上高中了，我还帮忙做些晚餐的收尾工作，比如：倒牛奶和拌沙拉。

11月中旬的一个晚上，就是这样一个典型的晚餐场景。那天，天早早就黑了，狂风吹打窗户和散热器的滋滋声响彻我的卧室，当时我正绞尽脑汁地做代数题。随着温度的下降和风速的增加，卧室里的声音更大了。我知道今晚的晚餐又有西兰花，因为整个房子里都是那个味道。不管煮什么蔬菜，包括西兰花，母亲都习惯用高压锅，而且总是煮很长时间。这样的晚餐已经算是不错的了，我想，至少不用闻那种难闻的氨味，也不用吞咽那些糊状的菜花和软塌塌的苔藓色菜茎。这不是她的错。在我父亲愿意花钱并愿意吃的范围内，她已经尽力做到最好了。不幸的是，他只喜欢吃平淡无味的美国菜或者德国菜，而这其中大部分都让我觉得反胃。

晚餐除了西兰花外，还有加了一点人造黄油的热狗和煮马铃薯。寒冷的房间和怒吼的寒风，使任何温热的食物变得可以忍受。涂上足够的芥末，热狗也很美味。多撒些盐和胡椒，土豆也似乎很好吃。只是一吃西兰花，我还是得屏住呼吸。

我的父母各自坐在椭圆形橡木餐桌的两端。那张餐桌是大约八年前我们刚搬到白原市时，他们从天主教慈善机构那里买来的。泰勒已经开始蹒跚学步，他们还是把他当小婴儿看待，但他会用自己的方式表示反抗。泰勒不肯吃的食物有很多，尤其是肉类，虽然参加了童子军后，他能接受吃热狗了。妈妈真的很爱做热狗。

同样从天主教慈善机构买来的一个黑色橡木柜，摆放在小餐厅的一侧。餐桌边的墙上，一张深色的油画裱在沉重的镀金画框里，画上是一个19世纪初打扮的人，他留着胡须，身穿黑色西装。这位据说是弗雷迪舅舅，似乎是母亲在圣路易斯那里的一个什么亲戚。据说这位弗雷迪来自一个富裕的家庭，并受过良好的教育。但他心术不正，曾假装成一名妇科医生，并借此跟上流社会的女性保持多年的不正当关系。我从来没有问过她为什么要把他的肖像挂在我们的餐厅里，或者为什么要把他的肖像挂出来。

父亲的座位后面，是一扇对着前廊的落地窗户。母亲的座位后面是一扇较小的窗户，白天时，可以通过那里看到后院那棵光秃秃的樱花树。窗户旁边挂了一张带框的粉彩画，画上是一个漂亮的年轻女子，身着蓬蓬大衣和宽边帽子。她是我的奶奶安妮塔。我很难将这画上的年轻美人和印象中那个苍白瘦小的女人联系在一起。我喜欢墙上的那个她，墙上的她那么美丽，我几乎都不介意自己继承了她的名字。

晚餐的规矩还跟我入院之前一样，父亲和弟弟们先入座，我和母亲负责把饭菜都端上来。等我们全都坐好，先要做饭前祷告："全能的主，感谢你赐予我们丰盛的食物和恩惠，我们感谢你，奉耶稣基督之名，阿门。"

爸爸先把饭菜分到每个人的盘子里，然后往下传。在所有人的饭菜分好之前，谁也不能先吃。无聊又饥饿的男孩们晃动着双腿，胡乱舞动着刀叉。

"坐直了！把餐巾放在腿上！"爸爸提醒泰勒。"不要玩叉子！"他向里奇吼道，"把手拿下去！"

里奇放下叉子，把双手放到腿上。对于父亲的责骂，他只是耸了耸肩——他 16 岁了，总是一副没心没肺的样子。而泰勒像被摘下的野花一样，蔫在座位上。

里奇比我小 19 个月，虽然他很少待在家里，也没什么兴趣爱好，学习成绩也很差，但他的社交技能却远远超过我，还是一个受人追捧的田径明星。他已经有女朋友了，但还有十几个少女仍在努力引起他的注意。他差点连十年级都没能上完，于是那年，我父母决定将他送到一所男校，希望天主教高中能提高他的学习成绩。不料，他在那儿成了更大的明星人物，交的朋友比之前多了一倍。而泰勒则像我一样安静，没事就待在房间里。

"你今天在学校怎么样，丫头？"父亲问道。转向我时，他改变了语气。

叫着我的昵称，用一种愉快、随意的方式跟我说。

"还行。"我回答。

"你写的读书报告怎么样？老师给你打了多少分？"

"还可以吧。我们正在读《哈姆雷特》。"我轻声回答。我不想谈论这个，但我怎么能告诉他们我不喜欢上学？

爸爸转向里奇，又恢复了冷酷的语调。"你应该多用点功，至少用到你姐姐一半的功，"他说道，"而不是浪费时间和你那些狐朋狗友们瞎晃。"我低头盯着盘子。"对了，你演的那个戏剧，"他又转向我，"排练得怎么样？你演女主角对吗？"

爸爸，请不要再问了，我在心里乞求。"都挺好的。"我回答。

"我可以离开餐桌了吗？"9岁的泰勒用小小的声音问道。

"再吃一口土豆！"妈妈快速地说。

"罗珊娜，你难道没看到你儿子都没碰他的西兰花吗？你这样溺爱他只会让他变得更糟！"

每次父母因为泰勒吃东西的问题而争吵，都让我感到恼火，因为他俩也没吃掉自己的食物。"如果不吃东西也能活，那我宁愿不吃。"几年后，母亲这样跟我说，"我最喜欢的时光是晚餐前——你父亲回到家，喝点鸡尾酒，抽点香烟的时光。"泰勒对待食物的行为反应，恰恰反映了他们的态度，但他们并没有把两者联系起来。

他把一小块白糊糊塞进嘴里，眼睛盯着盘子。

"你还是没吃完！"爸爸厉声说道。泰勒开始发抖，母亲快要哭了。

这不公平，我想。她看上去是如此孤独无助。我很想去分担母亲的痛苦，然而我只是默默低下了头。

夜晚，一个棺材大小的精致红木箱静静地躺在一个小沙岛上，那个岛只有我们郊区小屋的院子那么大。除了那个木箱外，岛上就只有一棵棕榈树。

它孤独地立在那里，深色的叶子在风中飘舞。棕榈树被点点星空上的银色半月照亮，投下长长的影子。影子从木箱上面伸展开来，一直伸向海里。月亮倒映在海面上，将光线晕开。我仰面躺进那个箱子里，闭上眼睛。

"我来接！"里奇从椅子上跳起来，要去接电话。我眨了眨眼。

"不，你不能去！"爸爸厉声吼道，"你应该怎么说？"

"请问我可以失——陪一下吗？"里奇回答。他故意把声调放得很高，听上去几乎像个女孩，语气带有一丝轻蔑。我看到他在爸爸视线之外咧嘴坏笑。谁也没动，大家都在等爸爸的反应。

真希望我也能跟他一样，我想。

"帕特五分钟后来接我。"里奇边说边跑下楼梯，走出前门，"练习结束我就回来，大概十点。"

"你现在可以走了。"妈妈对泰勒说。他赶紧抓起盘子，直奔厨房。爸爸摇了摇头，叹了口气。怕他又抓着泰勒的事不放，我指了指里奇的位置。他剩了半杯牛奶、一块热狗和一些西兰花。

"看到了吗，爸爸？"我说，"里奇的确需要练习。他连本垒[①]都清理不了。"

"反对！"爸爸笑了，"我认为他能拿到一个球。"

父亲喜欢双关语的俏皮话。早些年，一个恰到好处又足够精彩的双关语是点燃情绪和活跃气氛的好方法。爸爸、里奇和我（还有稍大些时候的泰勒），我们会一起玩文字游戏，我们故意把声音拖长或把某些音节念错，然后看谁编的话最精彩。这种场景很长时间才有一次，那时的爸爸，眼睛会闪闪发光。我们一起做饭，像支老爵士乐队一样挤在一起打闹嬉戏。那

[①] home plate，作者使用了双关语，既指棒球的本垒，又指家里的盘子。——译者

第二章　哈姆雷特和我

样的场景不会再有了。

"我们收拾一下吧。"妈妈站起来，从桌子上拿起两个碗朝厨房走去。我收了父亲和我自己的盘子送过去，然后从桌子上收走最后的餐具、玻璃杯和餐巾。

我们把碗碟和刀叉都堆进厨房的洗碗池里。打开冰箱，金属门撞在旁边的柜子上，发出"砰"的一声。从冰箱里拿出的冰块，争相从冰碗中溢出，在温暖的空气中噼啪作响。父亲重新把杯子里的伏特加倒满，加了两块冰，然后朝客厅走去。他坐到靠窗的那把椅子上——那是他的临时工作区，他又点了一支香烟，然后从公文包里掏出从麦格劳-希尔公司的办公室带回的稿件，开始阅读。

经过威尔逊医生的心理治疗，我开始用新的眼光来看待和审视我的家庭，而在以前，这些是我从来都不会去想的。我的父亲是这个家庭无可争议的统治者，我母亲极少当面反对他，而如果她这样做了，父亲会对此不屑一顾，态度轻蔑。她总是不战而退。父亲不舍得花钱，比如壁炉上的砖掉了，墙上的油漆脱落了，水龙头坏掉了，他宁愿花很长时间自己修理，也不愿花钱顾人来修，所以一直以来，我都认为我们家很穷。

那时我和弟弟们对父亲的过去都知之甚少，而只有极少的那么几回，从母亲那里了解到一些。她跟我们说起时，还用手遮着嘴巴，好像泄露了国家机密似的。父亲十几岁时，爷爷就去世了。他那曾经很显赫的家庭在大萧条中失去了一切。父亲在库伯联盟学院念的大学，这所学院在纽约市公立大学中很有竞争力，并且免收学费。学习期间，他曾与鲍厄里区的流浪汉住在一起。二战期间，他曾是海军少尉。从军期间，他在佛罗里达海岸的一艘船上教海员们使用雷达。那是他真正喜欢的工作。如今，作为土木工程杂志的高级编辑，他似乎也很受尊重。

"那么你的祖父是怎么死的？"威尔逊医生问。我无法回答。在我们家，询问私人问题被认为是粗鲁的、不为他人着想的，甚至是带有敌意的。而且更重要的是，即便问了，我父亲也永远不会回答，他只会把提问者尴尬地晾在那儿。我早就对父母的人生失去了好奇心。对于威尔逊医生问的大多数问题，我以前甚至想都没想过。

现在，我第一次意识到父亲有酗酒的问题。香烟和伏特加早已成为他的必备品，从不离手。到了周末下午或更早的时候，他会变得有点多愁善感。他不是变得生气易怒，这点我还是很感激的，但他会过分夸奖我，这令我感到难堪。

"你穿的裙子很漂亮，真希望你母亲也有你的品位。"有时候当着母亲的面，他很可能会这么说。或者说："你在学校的表现太棒了。"然后弟弟们在时，他会再重复一遍。有时他还会哭。

"当我死去的时候，我只想让全世界知道我是你的父亲。"有一个周六他这样跟我说。当时我们一起坐在厨房的餐桌旁吃午饭，我和母亲正喝着青豆汤，眼泪顺着他的脸颊滑了下来。

酒鬼？这个字眼模糊地浮现在我的脑海中，在我还没来得及记住它时，它又消失不见了。

我一心扑在学业上。一年半之前，也就是我第一次入院的几个月前，我的辅导员允许我放弃化学：期中考试时，我被我人生中的第一个C给震惊到了。现在，我受损的记忆力使我在数学计算方面变得异常困难。英文课上，我对过去一年读过的经典著作几乎没有印象。然而，勤能补拙，因此家庭作业和额外的辅导课占据了我的日常生活。

几周过去了，日常生活，包括与家人的相处越来越让我沮丧。我的幽默感也渐渐消失了。里奇嘲笑我时，我得努力忍着才不会让自己哭出来。每天的日常事务和功课让我倍感压力。有其他人在周围时，我总是感到焦虑不安，所以大部分时间我都把自己关在房间里。

寒假期间，原本就极害羞的我变得更加羞怯了，它甚至干扰了我正常的社交能力。在我朋友——如今的大学新生——组织的派对上，我感觉自己就是个彻头彻尾的怪胎。

圣诞节后又过了几个星期，我放弃了。在家里，我再也无法调动出能量使自己振作，也无法在人前表现得若无其事。尽管最初的入院经历极为痛苦，我还是遵守了自己的承诺：如果意识到我有伤害自己的可能，就立刻告知母亲。迫不得已，我父母把我送回了医院。

纽约医院，韦斯特切斯特分部
病程记录，续
1962 年 1 月 18 日
自杀意念加深、现实脱离感加剧，导致患者今晚必须重新入院

圣诞节假期期间，她与老朋友见了面，病情表面上有了短暂的缓解，但同时也产生了越来越多的孤立感、不真实的幻想和持续的身份丧失感。自杀的念头也日益变得明显。

1 月 18 日星期四晚，从学校回家后，她对她母亲说，她再也不能控制自己了，她需要帮助。

现在回想起来，我想强调的是，病人在夏天做出的明显外向调整并不具有坚实的健康基础。现在显而易见的是，患者有精神分裂性轻躁狂症。她表现得过于乐观和活跃，对精力的消耗缺乏足够的判断能力，并且她精力透支的临界点低于其他人。不幸的是，这种状态的另一个后果是会导致精神分裂性抑郁症，即患者目前已经进入的阶段。这种情况之前已经出现过，并在 1960 年 4 月导致了她第一次自杀。鉴于患者的疾病带有显著的情感因素，我对预后效果仍持一定的乐观态度。跟上次一样，仍然强烈建议使用电休克治疗。

—— 威尔逊医生

第三章　令人恐惧的电击

1962 年 2 月

　　早上六点，周围漆黑一片。在观察室里，大部分患者仍在睡觉。我躺在床上，嘴巴里插着体温计，真希望这一天能快点过去。负责把我叫醒、给我量体温的那个护士回来了，她取下温度计，然后在我胳膊上打了一针。疼得要命。这次注射，按照他们的说法，是为了"避免流口水"，是整个过程中最糟糕的部分之一，虽然，这绝不是最糟糕的。
　　"跟我来。"护士低声说。她把我从观察室带进治疗室，里面有张轮床——一种狭窄的床或者说带轮子的软垫桌子，上面铺着湿床单，旁边站着一名护士。我的身体早已预知要发生什么，开始抑制不住地颤抖。
　　在这个没有窗户的房间里，我脱下睡衣，赤身裸体地站着，直到护士让我爬上床。我尽量什么都不想，就当一切都没有发生，就当我不在那里。"赶紧的。"她朝着床点了一下头说。我躺在潮湿的床单上，感觉像是粗糙的帆布摩擦着皮肤。护士和护工每次都以同样奇特的方式用床单把我裹紧，他们把我翻过来又翻过去，然后突然就弄完了。我平躺在床上，被裹得严严实实，动弹不得。湿布里面，我的身体变得冰冷，上下牙齿不停地打战，浑身颤抖。过了一会儿，颤抖耗尽了我的精力——渐渐地，我发现不那么冷了，牙齿也不再打战了，但我仍然不停地颤抖着。

我被湿布一直裹到肩的位置，手臂和腿完全无法活动，只有手指和脚趾还能勉强动一动，于是我不停地活动它们。我感觉身体里有一个巨大的能量堆，却没有办法得到释放。我更加快速地活动着手指和脚趾。

不久，护士把我的轮床从治疗室里推出来，进入一条长而低的走廊。走廊通往电击室，他们就在那里给病人做电休克治疗。治疗室里又开始用湿布打包下一个病人，这次也许轮到艾莉森了吧。被护士推着穿过大厅时，我认出了一个在健身房见过的女人，每当她打的羽毛球飞过球网时，这位年迈的英国女士就会说"好极了"，她翻来覆去就只说这一句话"好极了"。

她和一位看上去年轻一些的女人打羽毛球，那女人看上去似乎跟我母亲差不多年纪。这两位"羽毛球女士"住在老年病房里，那里混杂着尿味、又脏又臭的衣物和稀释过的玫瑰香水味。住在那里的女人四处闲逛、自言自语。之前我还住在又旧又大的中级病房时，每次去见医生都要经过老年病房。

现在，我住在医院另一边的一栋新建的混凝土建筑里——尼科尔斯小屋，这里感觉就像一个地下室，但如果往窗外看看，又会发现这不是地下室。房间的墙壁粉刷成淡蓝色，里面是粗糙的深色木椅和沙发，铺着油毡地板，上面挂着荧光灯；棱角分明的天花板低低地压在头顶。如果要开窗透气，需要护士特别用钥匙打开窗户。因为我的病情在家里复发并被父母送回医院，医生认为我必须得到监护。

尼科尔斯小屋是精神失常病房，里面关着像我一样想要自杀的病人。

轮床穿过一些可以穿自己衣服的病人，他们坐在走廊一边的长椅上，这些人我一个都认不出来。接下来我们又经过一些还能自己走路的老年妇女，然后又经过无限制病房的病人，他们可以穿着睡衣和浴袍随意走动。这些病人中有一些看起来很熟悉：我以前还在这里时，可能认识他们中的一个或几个人，但是现在已经没有印象了。

终于，我们来到了轮床病人排队等待的地方。护士把我安排在最后——四号，然后把我的床靠在墙边就离开了。

一缕发丝撩着我的左脸，痒得难受。我使劲撇着嘴唇，用力想把它们吹到一边。我的脚踝隐隐作痛，因为脚趾活动得太厉害。我想动一下腿，但它们毫无反应，最终我放弃了。

现在是事情真正变糟的时刻，等待。

我讨厌电休克治疗。我讨厌裸体，讨厌被绑在湿冷的裹布里。我讨厌躺在床上被晾在走廊里，感觉像动物园里的动物。我讨厌接受治疗后伴随而来的头痛和胃里的阵阵恶心。我躺在那里等啊，等啊。最终，恐惧盖过了厌恶。虽然目前我的状态不好，但还是清楚地知道：如果你给某人的大脑通电，那么一旦出现失误，人就会被电死。

死真的没那么难，我对自己说，这难道不正是你想要的吗？但即便这样想，也无法遏制巨大的恐惧。

世界需要被净化！去杀死自己！去吧！我抑制不住因恐惧而狂奔的血液，也无法阻止几乎令我窒息的战栗。

等候电击的队列有条不紊地慢慢向前移动，我不知道这次我会不会就此死掉，如果我能自己做选择，我几乎想直接被电死，这样，以后就再也不用受这种罪了。

我前面的人被推进了房间。一名护士朝我这边走过来，轮到我了。

恍惚中，我注意到了熟悉的步骤。我被抬到另一张床上，在那里等待接受电击。他们会检查我胸前的裹布，确保我已经被绑紧，这样我才不会从床上掉下来。护士在我额头两边靠近耳朵的地方涂上绿色的凝胶，我懊恼地看着她把我的头发弄得乱七八糟，然后接上电线。我抬起头看着高处的一张张脸，当我被电击时，这些人会牢牢按住我。我嘴里还必须咬住一个压舌板，当电击引起抽搐时，它会防止我把舌头咬掉。我把全部的灵魂都汇聚到眼睛里，用眼神乞求他们放过我，但他们看都不看我一眼。

我知道他们并不想伤害我，但一个细微的失误就可能会杀死我。忽然，房间变成一道强烈的白光，我整个身体如同被冰扎火烤一般，然后陷入无尽的黑暗。

我用手摸着粘在脸上的头发，它们摸起来又硬又脆。医用凝胶已经干了，一片片、一块块地掉下来。我的皮肤发痒，头痛不已。我肚子很饿，却又对任何食物都感到恶心。我不想吃任何东西，至少这一点我很肯定。我感觉骨头都散了，看东西时要费很大力气才能看清。我怎么会坐在休息室的一张旧塑料椅子上？我想不起来了，也不再去想。我的注意力全在捏在手里的头发上——每股扁平、细长的发丝上都粘上了凝胶，我必须把它弄下来，因为它让我的皮肤发痒；因为除了这个，我什么也做不了。

晚上洗漱时，护工把洗手间的门敞开着，站在门旁边等着我。我对着镜子刷牙，看到头顶上的头发像杂草一样僵硬。洗手间的墙是不锈钢板，上面反射出我扭曲的脸。然而，即使它是扭曲不清的，我还是为自己怪异的发型，以及两边已经变硬发黄的凝胶感到尴尬不已。我以为我已经把它们弄干净了。

夜里，那些僵硬的头发仍然硌着我的头。皮肤更痒了，更多碎屑从头上掉下来。我就是传说中满是头皮屑、需要电休克治疗的女孩；令人讨厌的女孩；不肯坦白的女孩。

纽约医院，韦斯特切斯特分部
病程记录，续
1962 年 2 月 13 日
病情加重恶化。已转移到精神失常病房。已经恢复使用电休克治疗，并将

继续使用。

距上次病程记录几周后,患者病情持续恶化。她表现出一贯的退行[①]、幼稚、不合群和自我贬低倾向。此外,她的饮食习惯不规律,睡眠质量很差。她坚持自我怨恨和自我伤害的想法和态度……几周前,她开始接受又一疗程的电休克治疗,一直持续到现在。迄今为止,缺乏整体改善。

——巴雷特医生

虽然进行了电休克治疗,但是我的病情越来越严重。我开始伤害自己,把头往墙上撞,拒绝吃东西。我开始产生幻觉,更频繁地做噩梦。我还开始口吃,整个人也变得越来越笨拙,不是摔倒,就是撞到东西。所有的一切都不再真实,除了痛苦。

接下来的一年半,是一段迷离、压抑的模糊记忆。在这段阴暗的时期里,又额外加了两个疗程的电休克治疗。

纽约医院,韦斯特切斯特分部
病程记录,续
1963年4月17日
电休克治疗停止。三氟拉嗪停用。总体无改善。最近出现自残行为。

两个月前,在完成20次常规电休克治疗后,开始对患者进行每周一次的维持性电休克治疗,在进行过6次后,已于两周前停止。在此期间,患

---

① 退行(regressing):防御机制之一。个体遭受挫折而无法应付时,会从人格发展的较高阶段退回到较早阶段,出现幼稚的语言和举动。退行总是与固着相联系,它一旦出现,就会倒退到发展中发生固着的阶段。分为三种:(1)手段动作退行;(2)年龄退行;(3)幼稚性。——译者

者在思想和行为上的病理模式没有显著变化或改善。她坚持认为自己是一个"愚蠢的混蛋"。她大部分时间什么都不做，只是发呆和蜷缩在沙发或椅子上……对于任何形式的治疗和建议基本没有反应。

——巴雷特医生

最终，他们放弃了。

医院向我父母推荐，将我转入位于纽约市的纽约州立精神病学研究院。但因为我的预后效果很差，而且有严重的自杀倾向，所以研究院不肯接收我。许多年后，我才得知，后来院长之所以又同意我入院，是因为当时的副州长过问了此事。而那位副州长，正是我母亲儿时最好的朋友的丈夫。他们虽然同意接收我，但并不承诺我的病情会得到改善。

纽约医院，韦斯特切斯特分部
1963 年 4 月 24 日

佩雷斯小姐的记录复印件和一封信被一同发送给纽约州立精神病学研究院院长劳伦斯·C.库伯医生。州立精神病学研究院正在考虑接收佩雷斯小姐。

——巴雷特医生

一旦灵魂被掏空，人的肉体还剩下什么呢？除了一些血管和一些虚弱的肌肉。当我想到自己的身体，感觉它就像是空荡荡的走廊，阴暗的角落里挂着结了丝的蛛网。那里散发着一股地下室的气味：潮湿、发霉，与灰尘、泥巴和动物尸体的味道混杂在一起，掺杂着旧报纸、破布、油和汗水的味道，弥漫在空气中，挥之不去。而所有这些，只要你轻轻一碰就会分崩离析。我是否也注定就那样烟消云散？换一家医院，我就能得救吗？我不知道答案。我不知道我还能坚持多久。

第三章　令人恐惧的电击

住院大楼里的一间办公室外面，我坐在一张浅色双人沙发上，身体紧紧靠在沙发的软垫扶手上，负责我病房的胖护士卡拉汉夫人挤在我身边，我们一起等着我父母把我送去纽约市的精神病院。

几个护士和医生说笑着走过大厅，经过办公室门口。他们看见了我，显得有些吃惊，然后他们稍微停了一下，又慢慢地走开，就好像我睡着了，不能被打扰一样。他们之所以会这样，可能是因为患者通常不会出现在这个区域吧。

同屋的人都还没有起床，我就早早离开了病房。"我能跟吉尔和梅根说再见吗？"我边系鞋带，边小声问卡拉汉夫人，"我保证我会很小声。"

"不能，"卡拉汉夫人说道，"我可没空等你干那些。走吧。"

我的主治医生说，转院是个好消息。我相信他的话。对我来说，重新开始是个好消息。对他来说，终于摆脱掉我，也是个好消息。

纽约医院，韦斯特切斯特分部
1963 年 7 月 18 日
今日从精神失常病房搬出，转去纽约州立精神病学研究院。

过去的三个月中，病人的病情基本保持不变。她已经停药，也没有接受额外的电休克治疗。她没有任何企图自杀的行为，但仍处于明显的精神紧张状态：失眠，常做噩梦。整体而言，幼稚、麻木、不合群的行为仍在继续。

她由她的母亲、父亲和一名护士陪同前往纽约市。

诊断结果：精神分裂症，其他类型（抑郁症）
状　　态：未见改善

——巴雷特医生

第四章　再试一次

1963 年 7 月

这感觉像一个反复出现的梦：父母强颜欢笑的脸、伤感地说"再见"，我跟着一位高大的护士从社工办公室走进一部电梯里。我们在六楼下了电梯，她弯下腰来给电梯对面的一扇大门开锁，一堆钥匙从她手心的肥肉里坠出来，不断地撞在木质房门上。门打开后，她示意我走进病房。

又是带油毡地板的淡黄色门厅，我迈进去时鞋子踩在地板上发出很大的动静，她说话的声音渐渐模糊起来。我来过这里，我梦到的场景成了现实。我又成了新来的，孤身一人。所有人都盯着我、打量我。

似曾相识的感觉或许不是真的，但转院这件事确是真实发生了。我刚到达精神病学研究院，新病房是南 6 号。类似的事情我经历了多少？欢迎来到一年级；欢迎来到二年级、四年级、十年级？欢迎来到精神失常病房。现在，欢迎来到南 6 号。

几个星期后，我安顿了下来。南 6 号是研究院里"病情严重但不至无望"的女病房。如果你属于治愈无望，那可能会被关在八楼，他们在那里做药物实验和额叶切除手术，或者他们会把你送去一家大型的州立精神病院，比如罗克兰。据玛西亚说，他的表弟曾不止一次被送去那儿。罗克兰是个非常大的精神病院，里面全是吓人的、真正疯狂的人。相应地，配备的管理人员是过度劳累的护士和只会讲罗马尼亚语的医生。每个病人最怕的就是被送往罗克兰。

南6号有着各种各样的病人，但没人令我感到害怕。其中有位女士曾是一名钢琴演奏家，有人曾在出版社工作，有人曾是股票经纪人，还有一名妓女和一名麻醉师。此外，还有因为药物滥用而惹上麻烦的护士和一名父母是精神分析师的十几岁少年，甚至还有一对同卵双胞胎，她们依据病情好坏轮流来住院，但从来没有同一时间进来过。

我们中有些人是高中或大学的学生，没有工作或职业。我的新朋友艾米丽曾是她所在大学的荣誉生，取得了非常优秀的SAT成绩。十几岁的谢丽尔来自一所只招收天才学生的寄宿学校。而我，20岁，却还没有读完高中。我努力让自己不去想这件事。

医生希望通过新人都要做的一项测试来解开我的病理。欢迎来到心理测试环节。

"我们再试一次。"身旁那个瘦小、温和的男人说道，努力让自己的声音听上去友好且有耐心，"一年有多少个星期？"

会诊室里有一张木桌、两把椅子，以及一个堆放着旧杂志的灰色金属书架。桌子几乎跟那面奶油色的墙壁一样长。一只破旧的黑色公文包打开着，里面塞满了文件，放在桌子较远的一端。一旁的墙上，昏暗的光线透过带铅衬的老式窗户照进来。玻璃外面，厚厚的防护网模糊了夏日朦胧的天空。

"能再给我些时间想一下吗？"

我动了动椅子，捋了捋头发，检查了一下铅笔，又看了看窗外和房间四周，然后咳嗽了一声。"对不起。"我小声说道，努力想微笑一下。

第四章　再试一次

忽然间，我感觉天花板越来越低，墙壁也渐渐缩小。我大气也喘不上来，耳中的嗡嗡声越来越大，舌头粘在干燥的上颚上无法动弹。

这个男人有着圆圆的脑袋和鸟一般的面孔，他的眼距很宽，黑色闪亮的眼睛长在一只优雅的贵族鼻子后面。他的脸下面是白衬衫的领子，领子上系着一条细条纹领带。我眼睛盯着那条领带：天蓝的底色上，精致的皇家蓝条纹和更宽些的酒红色条纹交替相间，会合在领口打结处，然后又从领结上方再次出现。我可以想象这些条纹的路径，它们在重新出现之前是怎样系在一起的，然后又从较长的一边垂下来。领带随着他的呼吸一同起伏着。

这位心理学家清了清喉咙。我猛地从座位上坐直，盯着他的脸，一边努力保持镇定，一边弄清楚自己在哪儿。

"可以把问题再说一遍吗？"我说，祈祷他没有注意到我的走神。

"问题是'一年有多少个星期？'"

一年多少星期……一年多少星期……快点！我恳求我的大脑。你必须知道答案。

我的肌肉因为紧张而变得僵硬，脑子里白茫茫一片。

然后，奇迹般地，雾气散开了。一个解决方案出现在脑海中。一周有七天，一年有三百六十五天，那么我只要做个除法，就会知道有几个星期。好，那么……三十六除以七等于五……呃……

他百无聊赖地看着我。我用的时间太长了。

"马上就好。"我尽可能冷静地说，既兴奋又惶恐。

然后再用六十五除以七……是四？好吧，我知道答案了。我把椅子转过来面对着他。"一年有五十四周。"我依然平静地说道，虽然另一部分的我很想大声喊出答案，大到把肺都喊出来那种。

心理学家盯着我，眼睛睁得大大的，但脸上没有表情。他写下我的答案，好像没什么地方出错。

好吧，真险。

精神病学研究院

心理评估报告

韦氏成人智力测验（WAIS），语句完成测验（SCT），死亡态度测验（DAP），本德格式塔测验（Bender-Gestalt），罗夏墨迹测验（Rorschach）

1963年8月12日—8月13日

  在分测验中，面对失败，她表现出明显的压抑倾向。她无法回答的题目，包括"一年有多少个星期"和"橡胶是哪里来的"。

——G. 弗瑞德博士

  我始终认为是电休克治疗导致我的记忆受损。尽管据我所知，没有任何一家医院的精神病医生将其视为一个严重的问题，甚至都没有提到它。最终，我也选择不再去想这个问题。它可能会令我感到愤怒。我想弄清楚我的大脑出了什么问题，但事情已经发生了，我无能为力。

  在病房时，我会看书，偶尔和朋友一起玩牌。然而，在所有的活动中，我最喜欢的还是潜心思考，它甚至比阅读更具吸引力，因为心烦意乱时，我根本什么也读不进去。我会思考一些诸如：现实存在的意义啊，以及某些事物是否真实存在之类的问题。例如，除我之外，身边其他人是否真的存在，我是否用自己的想象创造了这一切？假如我是唯一真实存在的人呢？又或者，我也不是真实的，而只是其他人想象出来的？

  有时候，我觉得自己很聪明，可能正在探索别人没有探索过的领域。而其他时间，我只想着自己有多么面目可憎，必须去死。我就好比一位科学家，最终发现自己就是致命的污染源头，我的使命就是把这源头斩断。

  无论我怎么努力都无法把我的想法用文字表达清楚。我尽了最大的努力，尝试着描述照片、诗歌、被森林野火困住的动物的故事，但始终无法

第四章 再试一次

让医生明白我所表达的意思。

当然，我是在一家精神病院，医生本身就对那些弄不明白自己的人——真正疯狂的人，比如精神分裂症患者——感兴趣。我们病房的一些病人，比如艾伦，绝对属于完全脱离现实的那种，但其他大多数人的意识都很清醒，至少在我看来是这样。但即便这样，我也被诊断为精神分裂症。

我之所以知道诊断结果，是因为我在医生查房过程中亲眼看到过。我进研究院后不久，在护士站边上候诊、取药或检查通行证时，学会了倒着看病人的护理记录。医生查房时，他们会逐一询问每位病人的情况，当他们停在我的床前，我能看到护士手中的护理记录。记录的最上面清楚地印着患者的姓名和诊断结果。我的记录上写着"慢性精神分裂症：情感性精神病"。

这显然是个错误，我知道我没得精神分裂症。我没有大声地自言自语，不停地来回绕圈走，或者无缘无故地傻笑或尖叫；也没有拒绝吃药，或者向通知去健身房或去睡觉的护士吐口水。艾伦会这样，但我不会。也许，比起以前那个不值一提的我，顶着精神分裂症这个"光环"的我可能显得更有研究价值。但我不能因此就甘心挂上这名头，我必须确保在这件事上不出现任何混淆。所以，我的第一条准则就是：不能说任何让人觉得我疯了的话。

事实上，即便要我不顾准则地说点什么，我也没什么可说的。我的思想是混沌的，完全没有头绪。几个月后，我放弃了与人沟通的尝试。我决定学习抽烟。

所有的精神病院都有关于吸烟的规定，不过细则各不相同。这些细则不仅医院和医院间不同，有时病房和病房间的规定也不同。在布卢明代尔的精神失常病房——我们如此称呼过去在白原市的那所医院，当护士或护工站在旁边时，允许一个人抽一支香烟。而在南6号，你随时可以在休息室里抽烟：只需向护士要一包香烟和火柴，抽完还回去即可。而且我发现，如果我坐在椅子上，手里拿着香烟发呆，工作人员即便注意到我，他们也不会担心我又抑郁了或出现幻觉。他们只会认为我在抽烟，不会来管我。我也不必向任何人做出解释。

拿着红白相间的漂亮烟盒，我将顶端的一圈细封条撕开，烟盒外的锡纸皱了起来。我轻轻撕开银色纸的一角，把烟盒稍稍倾斜，然后我抽出了我人生中的第一支切斯特菲尔德（香烟）。

11月末的一个下午，我像往常一样坐在护士站对面的长凳上，全神贯注地想着一个让我进退两难的问题：到底要不要拿通行证出院一趟？我高中最好的朋友萨拉邀请我下周末去参加一个派对。既然她特意邀请我，是否意味着我必须去？过去这段时间，我几乎跟学校里的所有人都断了联系。到时候，我该跟他们聊些什么？我沉浸在思绪里，低着头，手臂环绕在脖子上。忽然，大厅尽头一阵很响的开门声吓了我一跳，随后我那矮胖、古板的精神病医生马丁走进了病房，我直起身。

马丁医生是个谨小慎微的人，他总是微微耸起肩膀，眼睛不停地左看右看，仿佛他正身处丛林之中，要时刻提防着土著人的袭击。他也很少笑。像大多数病房的精神病医生一样，他看起来很年轻，但为人很古板。如果你问一个他无法回答的问题，比如"你结婚了吗"，他会反过来指责你针对他，他会说"这关你什么事"。如非必要，他从不跟病人待在一起。

他害怕跟病人待在一起是有原因的。他一出现在大厅，在休息室晃悠的两个十几岁的病人劳瑞和梅，就快速地躲到他刚好看不到的角落，故意低声喊："小胖胖！哦，小胖胖。我们爱你，小胖胖。"

快到护士站时，马丁医生听到了这声音，他停了下来，环顾四周，瞪大眼睛，脸涨得通红。然后，他好像突然想起妈妈曾经的告诫——别理那些爱欺负人的人，于是假装什么都没听到，不予理会。在进入办公室关上

第四章　再试一次

门之前，他给了我一个大大的假笑。

我努力不去幸灾乐祸。劳瑞和梅已经不是第一次做这样的事了。我自己胆子太小，不敢捉弄人，但我不得不承认我喜欢这个"节目"。

我知道取笑马丁医生不好。有时候，我为他感到难过，在我知道一些病人是多么厚颜无耻，以及他是多么没有安全感之后。他人还是不错的。我真希望我有勇气制止他们那样做。

"我不知道该不该去萨拉的派对。"第二天，我跟马丁医生说。

我们坐在地下室附近的一间小办公室里，屋里没有窗户。据我所知，这个楼层看似什么都没有，实际上在一扇扇紧闭的门后隐藏着一间间治疗室，它们错综复杂地坐落在顶棚低矮的大厅里。办公室外面，沿着黄色墙壁均匀分布的金属装置散发着白光，在墙上留下小小的影子。一股发霉的地下室气味弥漫在暖暖的空气中。油毡地板上的脚步声在狭窄的空间里回荡。

办公室里有一张小桌子，两把椅子，一张低矮的木制茶几，地上铺着一张绿格子的地毯。马丁医生坐在桌子后面，我坐在他对面的椅子上，偶尔大厅里传来"砰"的关门声和大声说话的声音。

"为什么不去？"马丁医生盯着我，"与朋友互动一下对你有好处。"

因为我跟他们无话可说。我会像一尊长满苔藓的丑陋雕像一样傻站在那里。"他们不会喜欢我的，"我说，"我很恶心。"

"为什么会那样想？"

我的每个毛孔都散发着令人作呕的气味。如果我张大嘴巴，污秽就会像河水一样喷涌而出。"我满身恶臭。"我说道。

"我不明白。"

我知道我无法解释清楚。

于是唯有沉默。

马丁医生耸起的肩膀耷拉了下来，他先是看看我，然后看向墙。我本该说出我所有的想法，但是它们总是很快就飘走了，就如同儿时追逐的肥皂泡。

马丁医生弓着背，身体呈 C 字状，领带垂到了桌子上。他又瞥了我一眼，叹了口气，然后摇了摇头。他把胳膊肘竖起抵在桌子上，手托着下巴。他的肩膀耷拉得更低了，眼皮颤动。

接下来的 20 分钟，沉默占据了整个房间，给多年累积的空谈蒙上一层乏味的尘埃，这让我想起了家。

由于这家研究院是一所教学医院，来自世界各地的精神病学教育者和研究人员时不时会到访病房，对此我们已经习以为常了。每隔一段时间，就会有著名的精神病医生在医院的会堂里做演讲，他们的名字被张贴在医院大厅里，如同剧院海报上的明星。而这里的患者有时会被"借用"去做临床展示。

赫伯特·施皮格尔医生就是这样一位有名的催眠师，我们都听说过他的传奇故事，他能使被催眠者退行到小孩子的状态，像小孩子一样毫无保留地说出心底最深处的秘密。肯尼迪医生问我是否也愿意接受催眠，他的朋友赫勒可以帮忙引荐那位著名的催眠师。这是我找回那些丢失记忆的机会！我激动极了。

唉！尽管我们尝试了一次又一次，但我始终无法被催眠。

在肯尼迪作为我的主治医生期间，我的催眠治疗没有任何进展，我也没能见到施皮格尔医生。

但我还是成功被"借用"了。有那么三四次，一位穿着白外套，非常温和的高个子医生来找我，问我是否愿意接受她的学生的面谈。她解释说，这是他们精神病学课程的一部分，如果我愿意去，会对他们的课程有所帮助。

这位医生有一头火红的头发，大约 40 岁的年纪。她留着波波头，短

第四章　再试一次

短的刘海撒在白皙的前额上，光泽亮丽的唇膏为她的双唇染上了同样鲜艳的色彩。当她自我介绍时，我一定是太过紧张了，以至于注意力不集中——我没记住她的名字。她冷静自信、随和友善，让我觉得她建议的任何事情，我都愿意去做。

"A号展品要出门啦！"每次要跟红发医生去接受面谈时，我都会冲艾米丽、劳瑞和在走廊上碰到的病人这样说，脸上挂着灿烂的微笑。希望他们只注意到了我的幽默，而没发现我有多么想引起他们的注意。

晚上，我躺在床上，想象着她跟我说话的样子。真希望她能做我的医生。

许多年后，当我努力回想当时面谈的细节时，却什么都记不起来。我只记得那位医生脸上的笑容，她的学生对待我时认真的态度，以及跟他们谈话有多么简单和放松。他们聆听我说话的样子是如此恳切认真，令我感到我说的每一句话，对他们来说都非常重要。

第五章　欢乐颂

1964 年 1 月

  我怀着乐观又绝望的心情来到州立精神病学研究院。我在第一家医院的治疗失败了，这里是我的第二次机会。

  但当我和马丁医生找不到有效沟通的方法时，我失去了信心。我开始忍不住自残，也正是这样的行为导致我被转院。所有的监护措施都只能起到短暂的遏制作用。没有什么能完全遏制我的自残行为。

  对于我的这些行为和症状，马丁医生并没有寻求行为背后的动机。我们没有谈论过在第一家医院发生了什么，也没有谈论过我在家住了八个月后又重新入院的原因。当然，这也不能完全怪他，因为我也的确没给他什么帮助。我没有告诉他，恐惧和深深的羞耻感早已占据了我的心。因为，我深信他对此无法理解。

  回家度过的这个周末，我越来越焦虑。

  从我记事起，我就觉得自己的本质是邪恶的。我想通过忏悔、行善消灭自己的邪恶，但是所有的布道、赞美诗、祈祷和弥撒都印证了我无法逃脱原罪。

最近我的病情越来越严重，自我厌恶感与日俱增。我躺在床上，一边吮吸着受伤的大拇指，一边思索着生与死的问题。对于像我这样邪恶的东西来说，最有尊严的选择是什么？

有时候，当我感到绝望时，强劲的音乐会给我重新振作起来的力量。我把唱片播放器的音量调到最大，雷鸣般的和弦也许能消灭我身体里溃烂发臭的邪恶。我决定听贝多芬的第九交响曲。我有一整套贝多芬交响曲，它是我最喜欢的詹妮姨妈送给我的20岁生日礼物。

我把唱片放在唱片机的转盘上，然后按下开关。将唱臂缓缓旋转到唱片上，然后落下唱针，开始播放。起初，音乐的抚慰令我平静下来，但很快，我又被强烈的情绪所主导。随着交响乐的继续，我变得悲伤不已，我为我是如此罪孽深重而悲痛万分。我感觉自己像一艘被惊涛骇浪拍打的小船，在寒冷而黑暗的大海中沉浮。

唱片机放到了交响曲的最后一章时，欢快的节奏回响在房间里的每一个角落，飞扬的歌声是如此美妙，我仿佛看到来自天堂的阳光洒满了房间。"欢乐女神，圣洁美丽，灿烂光芒照大地。"歌声穿越漫长的岁月而来。

我完全听呆了，虽然我不知道歌词的意思，但我知道这是上帝对我说的话。上帝通过这音乐，给了我走出困境的明示：我可以自杀，然后在接受审判时见到他。我可以结束这难以承受的焦虑，还可以净化世界，所有这些，只需一个步骤。我沐浴在音乐圣洁的光辉里，在那短暂的片刻，我感受到真正的快乐和自由。啊！这景象令我难以抗拒！

是的，等待我的终将是地狱，我将永远受苦。但我不在乎，此时此刻，我所有的问题都解决了。

我想把手边的药全部吃下去。我还想把天花板上的灯泡拧下来砸碎，然后尝尝它的味道。

我从药柜顶部的一个盒子里拿出一片剃须刀片。

第五章　欢乐颂

我躺在那儿，慢慢开始担心我能否见到上帝。我们的会面似乎进行得不太顺利。我闭上眼睛，继续静静地躺着，满怀希望地等着。

我还在等着。

但我还是没睡着，我甚至连一点睡意都没有，离流血过多而死也还差得很远。我的双手有冷冷的刺痛感。

终于我再也无法忍受等待的感觉，直起身坐到床边，撸起袖子，想看一下胳膊上的伤口，但我不敢看。只看到有鲜血滴落在地板上。

有那么一会儿，我呆坐在那里，大脑一片空白。然后，意识开始渐渐回笼。

我真的失败了吗？

不，它只是需要的时间比你想象的要长，死亡会来的。

这不是真的！我失败了，我该怎么办？

这次必须成功。再稍等会儿吧，想着自己已经死了。

我集中浑身上下所有精力，想用自己的意念改变现实，但什么也没发生。

是的，你是个彻头彻尾的笨蛋。你根本就无路可走。

终于，我接受了任务失败的事实。我意识到必须做些什么来减轻伤害。我用胳膊紧紧抱住自己，站起来跑到卧室外的楼梯顶端。"妈妈！"我朝正在厨房准备晚餐的母亲喊道，"我想我得回医院。"

母亲的头出现在厨房与楼梯分开的角上。她抬起头问："为什么？"

"我想我弄伤自己了。"我说。

她一言不发地走进客厅，父亲正坐在那里，边喝加冰伏特加边看报纸。他们穿上大衣，母亲看起来很难过，她默默地收拾好我带回家的几件东西。对于我做了什么，她没有问。

我穿着件红色的大毛衣，这件毛衣是布卢明代尔的一位朋友为我织的，上面有精心设计的绳结和花形图案。穿着它，我总能感受到她的耐心和关怀。现在它不仅给了我温暖，又很好地掩盖了我受伤的状况。

车子向市里开去，车里又冷又静。父母坐在前排，我坐在后面。这场景好似一个梦境，而我则像个旁观者，只是在一旁看着。我的脑海中，一切都是静止的。

大约晚上七八点钟，我们到了医院。在白天尤其短的隆冬，很难分清傍晚和夜晚，但我知道，天已经黑了很久。医院大楼里刺眼的灯光仿佛能把我穿透，我的面前像隔着一层厚厚的玻璃，玻璃的另一边，人们在四处奔走，大声询问。我可以让眼前的这些都变得不真实，就好像一切都是动画片，如果我不想看，那就不必看。但刺眼的灯光让我无处遁形。

在嘈杂和疑惑中，一名值班医生走了过来。她端庄秀丽，身穿一件精心裁剪的深粉色西装，柔顺的棕发在脑后梳成一个利落的发髻——一切都不多不少，恰如其分。

我的心跳开始加快，那层厚厚的玻璃不见了，身上仅存的一丝力量瞬间找到了绝处逢生的希望，我终于找到了合适的医生——她会带我脱离困境，修复我残破不堪的身心。我身上的每个细胞都在乞求着她的注意。

"发生了什么？"她问道，语气专注而干脆。

"我，我也不知道。"我回答说。我的大脑僵住了，根本无法思考。

"你为什么那么做？你都吃了什么？"

"我不知道。"我不关心她的问题，只是盯着她的脸。我需要好好消化一下她带给我的不可思议。

"你肯定知道一点儿吧。"她怀疑地看着我，语调也变高了。

"我不知道。"到这会儿，我也不明白自己为什么坚持这样说。我只知道，如果我跟她说了上帝给予我的明示，她会认为我疯了。

医生叹了口气，看着手中的报告。

"你吞下了什么？"一两分钟后她问道，"如果去做手术，我们必须知道你吃进去了什么。"

"我不确定。"

第五章　欢乐颂

医生的表情更严肃了，可我真不记得自己吃了什么，以及吃了多少。此时我存在的所有意义，已经变成了一种异常的渴望，渴望被这位粉衣医生拯救。我无法解释这种执念。我只知道我已几乎溺死在黑暗中，而她就是希望的光。

医生生气地看着我："你这是在浪费时间。"

如同来时那般迅速，值班医生又快速地离开了。把我与世界隔开的那层玻璃又缓缓降下来。护工把我送到街对面长老会医院的急诊室。我们挤在勉强容得下两个人的白帘隔断里，静静地等待着。灯光依然刺眼，除了这个想法，我脑中一片空白。

外科医生缝合了我手臂上的伤口。深夜一两点钟，我终于躺在了病房的床上，但我毫无睡意。我僵直地躺在黑暗中，睁着双眼。

星期天下午，前一天值班的那位医生过来回访。

"我来看看伤口。"她说着，抬起我的左臂，掀开绷带，用手指在伤口旁的皮肤上轻轻按了按。"看起来没什么问题。"她更像是自言自语地说道。

当闻到纱布上的血腥味时，一阵莫名的兴奋涌上心头，令我浑身为之一振，然后我的胃也立刻跟着颤抖了一下，一瞬间我感觉自己还活着。我对自己说，你应该感到羞愧。

"让我们再看看另一边。"说着，医生掀起右手腕上的绷带，检查伤口。检查完后，她就走了。

整个过程中，她都没有看我一眼，而我也没说一句话。之后，我就再也没有见过她。

值班记录

1964 年 1 月 25 日

  患者今晚回到医院，说她割了自己的手腕。检查发现四条深深的刀口。通过进一步询问，患者声称吞下了管道疏通剂、碎灯泡的玻璃和她周末的药物（包含 1500 毫克氯丙嗪）。根据患者和她母亲的陈述，事情发生在下午 4 点钟。关于吞下了什么，是否有呕吐，身体感觉如何，患者每次的陈述都不尽相同。

——戈登医生

第六章　魔鬼、圣人和哈罗德·瑟尔斯

1964 年 4 月

休息室里气氛凝重，所有人都在默默等待着那个坏消息。当我们二十个人全都安顿下来，周围变得异常安静。即便是艾伦，此时也没了声儿——平时只要有人愿意听，她都会大声说话，而最后通常只剩她一个人自言自语。劳瑞和梅也不再互相扯皮或翻白眼，她们挤在铁锈色的小沙发上，两腿交叉，白色的墙壁更加映衬出她们蜡黄的脸。我双腿交叉坐在一圈病人的边上，双臂紧抱在胸前，前后摇晃着。大家都在等护士长莱利小姐说话。

"可能有人已经发现贝拉去了街对面的长老会医院后，就再没回南 6 号。"莱利小姐开始说道，"我认为你们可能想知道贝拉的情况，所以才召集大家过来做个通报。现在我告诉大家，她已经被转移去了罗克兰。"有人倒吸一口凉气，甚至有人还哭了，伴随一声声克制的喃喃低语——"哦！老天！""我早就说过！""天哪！"，被之前的沉默打破了，但所有这些都不足以表达人们心里的巨大恐慌。我感觉自己似乎正看着一大罐汽油桶滚向一堆明火，可怕的事情即将发生。

上个月，贝拉在八楼的实验室里吞了毒药。她没有告诉任何人，因此

给毒药发作提供了足够的时间。傍晚，桥牌比赛快结束时，她倒在了地上。作为她的搭档，那天我注意到她异常安静，皮肤透着奇怪的绿色，但我从没想到她会喝毒药。

她的计划差点就成功了。贝拉在重症监护室待了一周才保住性命。那之后，医生便不愿让她继续待在研究院。我预感她会被转院，但我仍然无法相信这已成为事实。

贝拉是我在南6号要好的两个朋友之一，另外一个是玛丽。我们看待事情的方式相同，我不必多加解释她们就能了解我的感受。

我在布卢明代尔时，玛丽是那里的护士生，是一个我很感激的人。她不仅和其他学生相处得很好，对我们病人也很友善。她尊重我们，而不是把病人当成可以随意驱赶的愚蠢的动物，或是可能咬人的毒蛇。

我转到研究院几个月后的一天，莱利小姐告诉我们来了一位新病人。当玛丽走进来时，我惊呆了。我花了好几秒钟才回过神来，而她也认出了我。我们冲过去紧紧拥住对方，像小女孩一样开心地尖叫。见到她，我高兴极了，一时间甚至忘了这其实是个坏消息：玛丽被送进了精神病院。

大多数时候，她看上去都很忧郁，总是一个人待着。南6号的病人们都遵守着一条不成文的规定：不询问他人的事情。玛丽从未主动提起过自己的事，所以我不知道是什么让她如此抑郁。我们聊天时说的都是我们的猫啦，最喜欢的书啦，或者如果可以，希望自己变成什么鸟啦这样的话题。

2月，玛丽从乔治·华盛顿桥上跳了下去。她从医院逃了出去——医院用了"私逃"一词——然后再也没回来。警方在河下游发现了她的尸体。尽管我知道，以前也有病人做过类似的事，但我还是无法接受玛丽已经去世的事实。失去她，令我心情沉重。最后，当我再想起她时，只剩下麻木。

听到贝拉转院的消息，我又想起了玛丽，我的心怦怦狂跳。如果我再也见不到贝拉了呢？

我跟着最后一批人走出了休息室，来到大厅。各种奇形怪状的妖魔鬼

第六章 魔鬼、圣人和哈罗德·瑟尔斯

怪不停地在我眼前闪现。我朝护士站走去，就好像工作人员能帮我"驱魔"一样。我努力往前走着，脚步越来越蹒跚。我用力往前挪，希望能赶在身体里的能量爆发前赶到护士站……然后，油桶碰上了火焰，我"爆炸"了。

山石、树木、河流、水牛、猫狗，还有死人的脸、胳膊、腿，雨点般向我袭来。我的指甲深深掐入脸颊，在上面狠狠地划过，留下一道道红血印。鲜血染红了我的指尖。我狠狠咬自己，在皮肤上留下深深的齿印。

"爆炸"仍在继续。我铆足力气把头往墙上撞，来抵御熊熊"烈火"的侵蚀。火光中，出现了一名护士和两名男护工，他们抓住我的双手，把我强行塞进身后敞开的大帆布夹克。两名护工把我的双手紧紧箍在胸前，使我动弹不得，然后把夹克的两条袖子绑在我身后——我被迫环抱着自己。护士推着我往走廊尽头走去，一开始我还挣扎抵抗，不久我就放弃了。呼吸不畅让我失去了力气，我倒在地板上，身子蜷缩成一团。

我被放在了隔离室，这里的墙上全都装着破旧的白色绗缝垫，地上铺了一层橡胶垫。屋子里有一股穿久了运动鞋的脚臭味；离房门最远的地上放了一张床垫。

一群工作人员站在门外看着我，说着我听不懂的话，然后他们让开路，让值班医生进来。这次值班的是罗伯茨医生，他过来跟我说话，我没理他，只是蜷缩在那儿。

他又说了些什么。

过了好久，我抬起头有种极度不真实的感觉，仿佛飘浮在无尽的太空中。我满身恶臭，羞愧到无地自容。

"知道吗，安妮塔，"他说，"我觉得你这么做一定很享受。"他的话狠狠击中了我，这本会引发另一场"爆炸"，但我的"燃料"已经用光了。我只是蜷缩在那里。

我必须不让这些发生，我想，我会让时间停下来，我可以的。我一动不动——如果我保持不动，说不定就能穿越到另一个空间。

但什么也没发生。

我用仅剩的一口气,尽力平静地说:"请走开。"

罗伯茨站起身,想了想,然后转身离开。他走出去时,工作人员纷纷给他让路。那扇厚厚的铁门——中间挖出一个带电线的小窗,在他身后重重地关上。

我的人生将永远都是错的。我走向大厅后面的宿舍,希望能在属于我的小隔间里找到一点独处的空间,在那里我可以默默哭泣。还有一周就到我的生日了,而我过得糟糕透顶。我每天都做噩梦,梦里,有的是母亲朝我怒吼咆哮,有的是弟弟想用球棒打死我。对于周六回家庆祝生日,我丝毫不期待——在家里,我只会感到孤独、格格不入。我无心庆祝 21 岁的到来。

我朝宿舍走去,路上我似乎在一片恶魔树林中迷失了方向,里面的树全都长得面目狰狞、张牙舞爪。但我已经没有力气了,也不想再去追究它是真的还是假的。我心不在焉,突然间,一个人抓住我的腰,把我从后面抬了起来。

"呀!"我在半空中尖叫着。我的室友朱迪抱住我,然后一下把我甩到她肩上,落到她肩膀上时,我"哼"出一口气。

"这位小姐,我带你去个好地方。"她说道,而我不停地喘着气。她像个轻车熟路的消防员一样,扛着我往走廊那头走去。

"我把她带来喽。"朱迪一边朝休息室走,一边大声喊道。她把我像奖杯一样展示给屋里的每个人。她们忽然从屋里冒出来,好像预先安排好来参加我们的布拉格游行一样。我笑了起来,胡乱挥动着四肢。

"救救我!"我大叫道。"求求你们啦!"我朝卡罗尔和驻足观看的几个少年扬了扬下巴,冲着抓我的人点点头,"你们看不出她疯了吗?"

朱迪把我放在休息室的乒乓球桌旁,那里是供应晚间零食的地方。我

第六章　魔鬼、圣人和哈罗德·瑟尔斯

头很晕，几乎失去平衡，但我抓住了桌子的边缘，没让自己倒下。

我注意到球网边有一堆小物品，有一两个上面还绑了丝带。过了一会儿，比利——我们最喜欢的那位高大英俊的黑人护工，用铝箔托盘端出一整块肉桂吐司面包，并将它郑重其事地放到桌子上。他笑容满面，好似刚给女王呈上了蛋糕。

在一堆几乎没烤过的浅褐色薄吐司上，一根小蜡烛插在中间，摇曳着微弱的火光。温热的棕色香料、白糖和黄色的奶油一条一条不均匀地涂在面包上。

"生日快乐！"大家喊道。

我怔在原地，眼前的情景仿佛是在看一个情节不连贯的无声电影——怎样都看不明白。我看着朋友们脸上挂着笑容，远远地传来他们的歌声，"……生日快乐，亲爱的安妮塔……"

然后我才意识到，哦，他们在给我庆祝生日。

一阵感动涌上心头，瞬间让我热泪盈眶。

他们爱我。

你是个贱货，他们怎么会爱你？

他们太善良了；他们不必这样做。

他们必须这样做；你傲慢又自私；他们应该恨你。

但他们看起来很爱我。

如果他们知道你的真面目，他们就会看不起你。

乌云遮住了太阳。我的确感受到了片刻的快乐，但它随即又消失了。我忍住眼泪，不让自己因为内心的挣扎而再次落泪。

也许你不必做个好人，也会得到别人的爱……

"快别傻站着啦！"丽塔拉着我的胳膊摇了摇，"还有事没做呢。"

"蜡烛！"其他人喊道，"吹蜡烛！"

我眨眨眼，定了定神，深吸一口气，使劲把身子探到那盘吐司跟前，

然后用尽力气吹向蜡烛。火焰摇曳了一下，然后熄灭了。大家都拍起手来。

"还有这些哦。"莉亚边说边把礼物推到我身边。

劳瑞和梅送给我一个椰子，在它尖的那头画了两个黑圆点，看上去像一只又大又可爱的老鼠。莉亚送了我一个手工制作的杯子，上面的釉面透着漂亮的蓝绿色。卡罗尔送了我一套彩色铅笔。

朱迪送了我一个小笔记本，她说："你可以用这个记录你新的一岁。"蒂娜送给我一大块饼干，那原本可能是她买给自己的。其他人没送礼物，但即使是艾伦也过来跟我说了"生日快乐"。

"谢谢你们没有救我，伙计们。"我笑着跟这群年轻的病人说，"如果这里着火了，我强烈推荐朱迪负责救援。"

"如果有人想偷偷溜出去也可以找她。"梅补充说。

我笑了："疯狂相爱的两人成功私奔了。"

"你们看看到底谁疯了？"朱迪也笑了。

我们一起分享了肉桂面包，我把餐巾纸递给每个需要的人。比利拿着一个大铁壶给大家倒着咖啡，我就主动给大家递上糖和粉状奶精。

"今天是你的生日，你不必伺候我们。"莉亚说。

"真的没关系。"我诚心地回答。他们对我这么好，我一定得报答。

派对结束了，大部分人都去看电视了，咖啡和肉桂的香气还萦绕在屋里。我把礼物收起来，把它们带到我的隔间里，放在窗边的小柜子上。

准备睡觉时，我脑海里的争论又开始了：

不要忘记你已经没救了。

我有朋友，他们在乎我。

无可救药、不值一提。你还真以为自己很棒吗？

也许我不必做个好人，也能得到别人的爱。我想他们也许是爱我的。

不，才不会，那不是爱。

……

第六章　魔鬼、圣人和哈罗德·瑟尔斯

我躺在床上，无法入睡。两种念头仍然在我脑海中喋喋不休。过了很久，为了分散注意力，我决定仔细回想一遍收到的礼物。我把每个礼物按照收到的先后顺序都细细回想了一番。我想象着它们的每个细节——每一条纹理、每一种颜色、每一条曲线和拐角，想到第三四遍的时候，我迷迷糊糊睡着了。

6月底，原来的精神病医生马丁医生不再负责我们病房了。离开之前，他握了握我的手，祝我一切都好，听起来很真诚。我说："谢谢，也祝你一切都好。"

对于他的离开，我并不感到难过。起初我希冀着能奇迹般康复的梦想，早在6月前就降低成了每天能活下去即可。

然后，1964年7月1日，我见到了我的新医生。

不管用哪种世俗标准来衡量，斯坦利·赫勒都非常优秀：他帅气、有趣又聪明，他肩膀宽阔，长得又高又壮；微带波浪的栗色头发长短适宜，时尚之余又不乏专业；棕色的大眼睛总是闪耀着友善。

赫勒医生的幽默感与我气味相投。当我说些愚蠢的双关语时，他会大笑。有一次，我又把头往墙上撞，"脖子好痛！"他说道。我不由地也嘲笑自己。就这样，在迸发着智慧的玩笑中，我们俨然成了同伴，真正能够交流的同伴。

我曾经一度担心赫勒医生可能是个性欲狂。一次，我在病房看到他带着《弗洛伊德全集》第一卷，然后又有第二卷、第三卷。众所周知，弗洛伊德写的东西都和性有关，但同时我也知道，只有非常聪明的人才能看懂弗洛伊德。

赫勒医生绝对是个聪明人，他能向我解释一些事情。当我跟他说所有人都恨我时，他不会生气，相反，他对我的痛苦表示同情。他也从不急于说服我摆脱掉那些痛苦的念想，而只是温和地跟我说，我的想法可能并没

有什么依据。

不幸的是，对赫勒医生的好感并不能解决所有的问题。愤怒仍然毫无预警地爆发，结果我还是一次次地把头往墙上撞。每次这样做之后，我都真诚地发誓"这绝对是最后一次……永远不会再有下次了"，但都没有任何效果。工作人员下了命令，如果我再犯，就给我戴上橄榄球头盔。

"你可是惯犯，安妮塔。"莱利小姐听起来很伤心，但我丝毫不在乎。

"我们警告过你了。这可是你自找的，安妮塔。"

头盔很重。每当我一次又一次地把头往护士站旁的墙上撞时，它总能让我不受伤。但我必须把自己体内的黑暗力量消灭得一干二净，因为是它，将我变成了一座随时准备爆发的火山。我必须阻止大脑胡思乱想，否则我会毁掉整个世界。我必须平息那股火山爆发的力量，不然我就会疯掉。可能有人觉得我已经疯了，他们都是些不明真相的傻瓜，我消灭自己便是向这个世界献礼，而他们不配得到这样的礼物。

一次次的尝试让我精疲力竭，我身体里爆发出的能量，从炽热的熔岩变成了燃烧殆尽的灰烬。我拖着这副躯壳，想着如何才能将它放入垃圾箱。走廊上放着塑料沙发，那里似乎变成了休息室。沙发旁边有一张桌子，这给了我一个安身之所，我爬到桌子下面，像折叠伞一样把身体折起来——一把顶着黑色橄榄球头盔的伞。我彻底崩溃了，愤怒退去后的我，感到一片茫然，随后，羞耻感怒吼咆哮着向我袭来。

过了一会儿，我注意到一个白色身影坐在我旁边的地板上。我不知道她坐在那里多久了。

"安妮塔？"她叫我。

她为什么在这里？我在心里问道，她要干什么？

这是维尔纳小姐，一名我不喜欢的护士，因为她既冷漠又爱讽刺人。她不喜欢我，总是冷着一张脸。她不了解病人。我把身体蜷缩得更紧了，深深地低下头，将膝盖折叠在胸前，双臂交叉紧紧抱住膝盖。她坐到我身边，伸出手,搂着我的背和肩膀。

时间停止了。

好像原来隆隆行驶的火车,终于在这一刻刹了车。我听到了油毡地板上的脚步声,开门、关门的声音,还有大厅里紧张的喊叫声。

"医生来了。"有人喊道,"她在哪儿?"

"安妮塔,你的医生来了。安妮塔,快过来。"

我害怕离开维尔纳小姐的臂弯。我全身酸痛,深感羞耻和内疚,但我还是听话地爬了出来。我站起来,本就沉重的头盔变得更加沉重。

这惩罚对我再合适不过了,我心里想,我就该一辈子戴着这耻辱的东西。

"把那个蠢东西摘下来,"赫勒医生用肯定的语气说道:"你看上去很滑稽。"

"谢谢。"我说。

医院记录

1964年1月5日

我当值时,正在巡察其他两位用头撞墙的患者(不是她)。鉴于过去的行为和工作人员的最后通牒,她被勒令戴上头盔,保持密切观察。

——赫勒医生

走廊里空无一人。下午,不在观察期的大部分患者都在接受治疗或进行一些常规活动,如职业治疗、艺术治疗或者在医护人员陪同下散步。我坐在护士站对面的长凳上摇晃着身体,我在等赫勒医生的到来。几分钟前,朱迪从我身边经过,去进行治疗。在此之前,一群人去了健身房。

"回见了,老奶奶。"丽塔出门时冲我喊道。不论坐在哪儿,我总是晃来晃去,其他病人总拿这点取笑我。如果不是因为安排了同瑟尔斯医生见面,我原本会和他们一起去健身。其实错过健身也无所谓，因为我去不去都无所谓。只是，一个人待在空空如也的病房里有点奇怪。

"哈罗德·瑟尔斯是一位国际知名的心理治疗师和精神分裂症专家。"我们第一次见面前，赫勒医生这样跟我说，"他为全世界的医院提供会诊，也是我的督导。他想见见你。"

我不知道赫勒医生还有位督导，是因为我好转得太慢了吗？我心里想。

我用手把前额和两边的头发拢在一起扎成马尾，让自己看起来利落整洁些，但是两边的碎发还是总掉下来，弄得我脸发痒。我只好不停地把它们别到耳后。我穿着我最喜欢的蓝衬衫，希望不会显出汗渍。跟我其他所有的衣服一样，这件衬衫腋下的位置已经有点褪色了。令我担心的还有我身上的气味。

我还没来得及偷偷闻闻身上的味道，一个穿白大褂的人就出现在我面前。

"走吧，"赫勒医生说，"我们去楼上的会议室。"

我喜欢赫勒医生，有时候我认为他也喜欢我。但更多的时候，我觉得他再也不想管我了，因为无论我多么努力，仍然表现得很糟糕，而且总是自残。

每次去治疗时，我都十分兴奋，好像有什么美妙的事情即将发生，这让我感到无畏而快乐。但我又经常感到失望和沮丧，当赫勒医生把我送回病房时，我的脑海里总有个念头在挣扎：我想让他向我保证，我还没有毁掉他对我的看法，希望他依然在乎我。他离开后，我感到万分沮丧。有时候，我觉得他似乎对我有点生气，或者他提前几分钟结束了面谈，我就会变得绝望，然后拿烟头烫自己，以此来获得一丝解脱。但这样做通常都不会起到好作用，因为我的问题本来就是这么来的。我身边的每个人——医生、护士甚至朋友们——都对我这样的行为感到生气，而这让我感觉更糟。我认为这就是我被安排去见瑟尔斯医生的原因：他们不知道该拿我怎么办。

我们来到了一个没有窗户的昏暗房间，我已经记不清它在哪个楼层，

第六章　魔鬼、圣人和哈罗德·瑟尔斯

以及我是如何到那里的。房间里，三位男士坐在我旁边，他们穿着衬衫打着领带，外面套了件白大褂：一位是赫勒医生；一位是我所属科室的首席精神病专家梅斯尼科夫医生；还有一位就是瑟尔斯医生。梅斯尼科夫医生的出现令我感到惊讶——我没想到他也会来。我成了三位医生关注的焦点。他们可能会把我送到罗克兰精神病院，就像贝拉那样，我想，他们将要一起确定我是不是无药可救。

瑟尔斯医生把椅子往我身边挪了挪，他苍白的皮肤有点松弛，头发几乎全白了，加上慢吞吞的动作，显得他有点浮肿和苍老。我盯着他的圆脸，努力集中精神，因为周围的一切又开始滑向虚幻，片刻前的生动清晰逐渐消失了。我的身体失去了意识，仿佛成了木偶。

"呃，你好，我认得你。"瑟尔斯医生开口说道。他一定是指几周前我们的第一次面谈，因为谈话毫无进展，他们让我离开了。"你是一直想要成为圣人的那个女孩，对吗？"

哦，是的，那个疯狂的说法，我想起来了，一个罪无可恕的罪人怎能成为圣人？他的无知令我感到狂躁。

"实际上，如果你是个下流无耻的人，你可不相信自己会成为圣人。"隔了很长一段时间，我才说道，眼睛没有看他。房间里弥漫着一股汗臭味，我不禁打了个寒战。

瑟尔斯医生没有动，他用一种我看不懂的表情盯着我。我更用力地把身体缩在椅背上。

"你看起来就像一只受惊的小鹿。"他说道。

他知道我害怕。害怕有错吗？我脑子嗡嗡作响。

"你这样看着我，让我感觉自己像个恶心的老色鬼。"瑟尔斯医生边说边靠近我，"如果跟我说话会让像你这样纯洁的女孩感到害怕，那我这人一定差劲极了。我感觉糟透了。你看我的样子让我感到特别内疚，内疚到想自杀。"

房间里的空气凝滞了，我的耳朵一下子竖了起来，我让他想要自杀？我？这完全超出了我的理解范围。当我在脑海里重复他的话时，我的胃里一阵翻江倒海：……老色鬼……纯洁的女孩……你让我感觉……很糟糕，我可能会自杀。这根本说不通。

但他知道我害怕，并为此感到内疚。我也很内疚。让他有如此的感受。

瑟尔斯医生把双手合在一起，点了点头。他站了起来，表示面谈结束了。之后他又跟其他两位医生做了讨论，但我对他们谈了些什么一无所知。

我脑海里仍然嘈杂一片，完全无暇顾及其他。我像一只丑小鸭，跟在赫勒医生身后走出会议室，回到了病房。我径直走到我的隔间，平躺到床上，终于嗡嗡声不再那么响了。转眼，白天变成了夜晚，我几乎没有注意到，因为我脑子里就只有一件事：我对瑟尔斯医生产生了某种影响。他看到了我的恐惧……他想要自杀……因为我。我一直思索着这其中的关联，无法自拔。

第二天晚上，我和其他病人一起闲坐在走廊尽头的咖啡厅里喝咖啡时，跟他们说起了和瑟尔斯医生的面谈。

"我仍然很惊讶，"我跟他们说，"我第一次跟他见面，他就说我行为举止像个圣人。这次他又说我看起来很害怕，我让他觉得自己很糟糕。你们能想象他竟这样说吗？"

"当然能了。"丽塔说。她是一个肤色苍白、有点超重的少女。据我所知，她的主要病症是极度的逆反和不停地咒骂。"你总是不停地帮助别人。"

"没错，"谢丽尔更加老成地说道，"当有人打喷嚏时，谁总是第一时间递上纸巾？你简直贴心到叫人反感。"

"你知道你的做法给我们什么感觉吗？"朱迪的圆脸涨得通红，她挥着双手强调，"就好像你永远都要变得更好才行！"

剩下的朋友中，我认为跟我关系最好的莉亚，差点从椅子上跳下来。她从房间对面朝我喊："你认为只有你可以帮助别人吗？"

第六章　魔鬼、圣人和哈罗德·瑟尔斯

就连一向不怎么吃东西，也不爱说话的卡罗尔也发表了意见："是的，我感觉自己完全是个废人，因为你总是第一个抢着把事情做了。"

连你也这么认为吗？我强迫自己听着卡罗尔对我的看法。为什么听起来这么不对劲？

听到这些不好的评价，我头痛欲裂。然而我并没有崩溃，因为我已经预想到会这样。我能理解她们的想法。我能理解我有多烦人，总是拼命想办法解决所有的问题，使她们失去了证明自己价值的机会。

我不该为此感到羞愧吗？这不是我应该永远消失的最好证明吗？尽管如此，我心里还是产生了动摇，也许我只需改变一下帮助别人的方式？

虽然别人描述我过分助人的行为让我感到惭愧，但另一部分的我却觉得自己获得了难得的夸奖。从他们的反应——先是瑟尔斯医生的，然后是朋友们的——我意识到我的行为影响到了身边的每个人。我影响了他们看待自己的方式，而不仅仅是他们对我的看法。

突然间，我悟到了"互动"这个词中"互"的意义。在某个过程、某段关系中，我占有了一席之地。对一个认为自己近乎隐形和不真实的人——永远处于消失的边缘并且没有任何能力或影响力的人——来说，这无疑是个惊人的发现。

我开心得想要跳舞。

医院记录

1964 年 12 月 3 日

来自栗树草屋[①]的顾问瑟尔斯医生将进行督导。他看出她在外表和举止

[①] Chestnut Lodge，一座历史悠久的建筑，位于美国马里兰州的罗克维尔，以其精神病院而闻名。——译者

都像个圣人。谈到嫉妒她的纯洁时,这导致并引起了她使用第二人称来意指自己。他对预后不太乐观。

1964 年 12 月 16 日

  面谈时,瑟尔斯医生说她已经有所进步,从圣人变成了一个纯洁可爱的孩子;说她如此纯洁,在她面前,他甚至产生了自杀的想法。鼓励她大胆表达对他人的敌对情绪。

——赫勒医生

  似乎没有一个人,包括赫勒医生,能够理解我所谓圣人化的动机。我好到烦人的程度,因为我觉得自己恶心至极,我在努力为我的存在进行补偿,而不是想成为圣人。然而,瑟尔斯医生以前所未有的方式触动了我,尽管他的话可能听起来很不恰当,但他的确打破了我的自我隔离。他可能救了我的命。

第七章　更多的医院生活

1965 年 8 月

　　夏天真不适合住在精神病医院，病房的每个角落都湿嗒嗒的。炎热的休息室里，每次从人造皮的沙发和椅子上站起来，光着的大腿就像胶带从胶布卷上撕下来一样。许多病人仅仅只是四处闲晃几圈，就已经浑身汗味了。如果争取到某些特权，我们就可以一群人出去散步。但这样的天气，傻瓜才会出去，户外通常比南 6 号还要热。

　　到了 8 月份，能放假的医生或护士都会放假，留下来的大多是没有经验的住院精神科医生。他们轮流值班，谁也不知道等待他们的将是什么。加上难以忍受的炎热，每个人都处在崩溃的边缘。

　　有时，我们这些拿到院内走动特权的人会被允许到楼顶上去晒日光浴。楼顶更热，热得能灼伤皮肤。那里只有几个小木椅供人休息，医院楼群的烟囱里冒出的浓烟，混合着马路上的汽车尾气让人喘不上气，西边拥挤的高速路上，汽车的喇叭声震耳欲聋。

　　但是，跟全世界任何地方一样，医院里的女孩也是女孩——为了晒出小麦色皮肤，我们甘愿忍受任何痛苦。楼顶四周围着一层厚厚的金属网，让这里看起来像个巨大的鸟笼。有一次，我在那里睡着了，回病房时，皮肤已经被晒得黝黑，更令朋友们印象深刻的是我皮肤上的一块块方格，她们取笑我是个充满异国情调的怪物。

赫勒医生休假回来了，他现在已经是高级住院医师。我仍然是他的病人，为此我每天都感谢老天。因为每年 7 月份，一旦住院精神科医生接受新的任务，通常很少有人能由自己之前的医生继续负责。为了让主管医生知道我非常感激赫勒医生愿意在我身上再花一年时间，我必须让自己的状况有所改善，并且保证自己不会失控。这意味着我必须控制住所有自我毁灭性的行为：不能再撞墙，不能抓自己的脸，也不能拿香烟烫手臂和大腿。

我努力控制着不伤害自己。尽管如此，有些时候，我有一种坠落悬崖的感觉，为了逃离深渊，我必须让自己疼痛才能保持清醒。引发这种情况的原因可能一场噩梦或受到了批评，有时是被一些说不清道不明的强烈情绪引发。不管原因如何，我必须停止无尽的黑暗。那种黑色，像熔化的铅，在我内心不断地蔓延，不断地密集，一旦它让我感到恐惧，我就会一直坠落，陷入无边无际的黑洞当中。而一支燃烧的香烟会把我从自我毁灭的边缘拉回来，只有皮肤上灼烧的疼痛感才能让我再次知道自己该做什么，也会慢慢平静下来，不再害怕自己会凭空消失。

我的状况已经有了很大改善，虽然我可能仍然感到压抑，也仍然会对其他患者好得过分。我仍然常常觉得自己肮脏、恶心，有时候仍然想死，但我的正常意识恢复得比以前快了。

这是赫勒医生升职后，我第一次去见他，独自前往九楼的新办公室时，我感觉自己又成长了。治疗期间，他在一张不起眼的桌子后面，与我相对而坐。在阳光灿烂的日子里，透过窗户望去，哈得孙河和乔治·华盛顿大桥在远处闪闪发光。这个房间比他以前的房间要小，但是这样我们的椅子会靠得更近，这里的景致也更好，所以我更喜欢这里。

赫勒医生刚成为我的医生时，我非常害羞，经常说不出话。然而，当

第七章　更多的医院生活

我习惯了他那不拘小节的行事风格后，我的大脑开始有了思考的空间。在我用头撞墙、拿烟头烫自己之后，我们会谈论让我感到如此绝望以致失控的原因。随着我越来越乐于说出自己的想法，面谈时间经常在不知不觉间就到了。"我们下次再继续聊，"赫勒医生会说，"很遗憾，我们现在得结束了。"

有一次，他又说"我们现在得结束了"，这让我觉得自己毫无价值，我想他一定不喜欢我。这种想法占据了我的大脑，怎么都挥之不去。几个小时后，我烫伤了自己。"慢慢来，不要太在意这些想法。"后来我们谈起这件事时，他这样说，"我觉得你的痛苦已经足够多了。"他并没有生气。

有时赫勒医生会假装成我母亲的声音，"哦，安妮塔，"他捏着嗓子抱怨说，"你都不关心我，我觉得自己被忽视了。"起初，我喜欢看这个高大自信的男人模仿胆小怕事的女人的样子，还会开心地笑。

"我可不是在开玩笑。"他说道。然后我开始担心自己冒犯了他，就努力想弄清楚他想要表达什么，反复思考他说的话。突然我仿佛被山体滑落的巨石砸中，它从我胸前碾过，砸在我的肚子上——冰冷、坚硬、沉重。

"我肚子有点不舒服。"我半是道歉地说。

"为什么？"他问。

我把赫勒医生的模仿又回想了一遍。这一次，我想到了母亲低垂的肩膀和忧虑的面孔，我仿佛能听到她的叹气声。这加剧了我的恐惧感。

"是的，"我说道，声音很尖，像个小女孩，"很多时候，我觉得我的母亲会因为我感到不开心。我不断地努力，但是始终都不能让她高兴起来。"我的眼里充满了泪水。过了一会儿，所有的感觉都消失了，我变得跟那些石头一样麻木。我深吸了一口气，盯着赫勒医生，他真诚的双眼里满是难过。我想，他认为我真的受到了伤害。

我感觉赫勒医生很生我母亲的气，因为他认为某种程度上，是她造成了我的痛苦。"你难道不明白吗？"我不止一次地向他解释，"母亲天生爱自己的孩子，我妈妈不会做任何伤害我的事情，你不明白吗？"如果我觉得缺失了某些东西，那都是因为我自身的问题。

"你都多大了，还相信那些童话故事？"他问。

"哦，安妮塔，别再为自己感到难过了。"几个月后，赫勒医生再次假扮我母亲的声音说，"你很聪明，而你的弟弟们不聪明，你怎么还会不高兴呢？"

"是的！"我很高兴他理解了一些最让我困扰的事情，"我为自己的郁郁寡欢感到担忧和歉疚，我已经尽量让自己开心了。另外大部分时间，我都觉得自己很肮脏。"到那时，我发现他是想让我了解，母亲对待我的方式是我出现一些问题的根源。有时他说得也有道理。但你对她太苛刻了，我这样想，她已经尽力了。

背地里说母亲的不是令我有些不安，但我又很高兴赫勒医生这样维护我。我的困惑和恐惧，以及极度的焦虑，对他来说似乎都找到了根源，好像真发生了什么无可挽回的坏事。不管发生过什么，那绝不是我一个人的错。有时候，我赞成他的观点，但更多时候，我感到惊慌失措，好像认为自己不应该那样想，那是很危险的念头，所以只有先惩罚自己才能安心。

不过至少我现在已经进步了，在做一些危险事情之前知道寻求帮助了。

一周前的一天，天气热得似乎随时能把人烤焦，去楼顶或去散步都太热了。中央休息室的黄色墙壁反射着太阳的烈焰，病人们昏昏欲睡。我们既痛苦又无聊，我坐在那个锈色小沙发上看书，听到杰克在戏弄艾薇。我知道，很快有人就要爆发了。

从坐着的地方，我看到在休息室中央，杰克朝艾薇走去，他的嘴角挂着邪恶的假笑。我的心跳开始加快。请不要，杰克，别惹事。

"你的胸快要从衬衫里跳出来了。"杰克指着艾薇的胸部，用严肃的语气说道，好像天气预报员正在播报明天晚上哪个县会下雨一样。他后退一步，上下打量着她的身体："也许我能帮得上忙。"

我屏住呼吸。

"滚回托儿所去，笨蛋！"艾薇眯起眼睛，"显然，你都不配上幼儿园。"

"你说我笨？"杰克的声音越来越大，脸涨得通红。

一直躺在我身边的玛西亚，把她手中的书放到一边。随着杰克喊叫的声音越来越大，她坐直了身子，盯着他们。我的头像要炸开一样，但身体却动弹不得。

"你究竟说谁笨蛋，贱人？"杰克脖子上的血管都鼓了起来。他把脸抵到艾薇面前，而她迅速地出手了。

啪！

杰克捂着脸，痛苦地蹲了下去。

"别这样，你们这些傻缺！"玛西亚尖叫道。她朝杰克和艾薇扑了过去，他俩一起转身看向她。

"笨蛋！""冷静点，笨蛋！""打他，艾薇！"几乎每个人都在大喊。护工飞奔过来。

当玛西亚扑过去时，杰克或艾薇推了她，她向后退了几步，屁股重重地摔在地上，手腕压在了下面。她摔倒的声音和她愤怒的尖叫让我感到更加内疚。如果你不是那么懦弱，这一切就不会发生。我的脑子里砰砰作响，肾上腺素急速飙升却无处释放。

上一次弄伤自己是在一个月前，我用烟头烫伤了脚踝内侧，骨头后面的部位。我用袜子遮住伤口，伤口有些感染。每当我用力时，就像有把刀在割我的脚踝，但我没有告诉任何人。

在那之后，我拿到了一张特别通行证，跟我最喜欢的詹妮姨妈去了上东区一家歌剧院看歌剧《天皇》。我们从医院走到街区尽头的一个地铁站，经过一排灰色的医院大楼和对面的银棕榈树餐厅。虽然我的脚踝疼得要死，但我仍像往常一样谈笑风生。

夜晚的微风不时地把我的头发吹到脸上，但我并不介意，至少风很凉爽。我告诉自己，离开医院的这几个小时才是最重要的，起码那时我是自由的。但是当我们从地铁站出来走向影院时，每走一步都像有人用炽热的煤在烫我的脚一样。我使出所有力气才装出若无其事的样子。

第二天早上，我再也忍受不了这种疼痛了，于是我给我最喜欢的护士郎小姐看了那个已经化脓的伤口。她在上面敷了药膏，又长篇大论地说了一通为什么烫伤自己不是控制情绪的好方法，但她并没有生气。也许是因为烫伤自己是在几天前了，所以他们并没有取消我的特权。

我喜欢这家医院的管理方式。如果我们有所改善并能控制自己，就会赢得更多、更高级别的特权。如果我们表现得不好，就会失去特权。我自杀未遂后，他们对我实施了自杀监控，之后好几个月，我的一举一动都有人盯着。如果没有护士或护工站在厕所外，我甚至都不能去上厕所。

从那时起，我从陪伴走动特权一步步拿到了院内走动特权，这意味着我可以一个人单独在整个医院自由活动。如果他们因为我烫伤了脚踝而惩罚我，我就会失去那些自由。我意识到，如果我再伤害自己，得冒多么大的风险。如果没有院内走动特权，我不仅不能到楼顶去晒日光浴，不能和姨妈出去玩，也不能到12楼看河边的景色，或者到咖啡店去吃英式烤松饼，或者受托将林泽面包店的蛋挞买回来给无法离开医院的病人。我还想去医学图书馆当管理员。所以我不能放弃。

看到玛西亚的手腕受伤了，杰克和艾薇才终于平静下来，他俩无意伤害她。然而，那时的我已经变成一个充满恐惧的污水池，恐惧正在往外流。当时我认为，我没能及时阻止冲突，导致了玛西亚摔倒，我必须承担坐视不管的罪名。后来，我才意识到这个想法太傻了，但当时巨大的负罪感已经将我淹没。我的胃抽搐起来，疼得无法呼吸。我需要攻击或淹死自己。

第七章　更多的医院生活

但是，我意识到，这与之前我要烫伤自己时的感觉一样。如果我付诸行动，并被工作人员发现，那我肯定会受到惩罚。于是我跟莱利小姐说我需要和医生谈谈。她正忙着处理斗殴的后续事宜，她说需要我等一下，过会儿她会给医生打电话。

我在黄色大厅长长的走廊上来回踱步，眼睛紧盯着地板。来来回回，一趟又一趟。其间我经过一群十几岁的病人，他们在讨论玛西亚干涉打架的事；其他人则歪歪扭扭地躺在护士站对面的长凳上。

"你能别走了吗？"大概走到第四圈时，我最好的朋友莉亚说，"我的头都晕了。"

"让她走吧，至少还能弄点风出来。"谢丽尔反驳道。

"不能让她再走了！"丽塔喊道，"我也头晕恶心。"说着丽塔把她那庞大的身躯横在我的面前，把我挡在大厅中间。

"嘿，你，听着！"她对着我的脸皱起眉头，"你想让我吐得这层楼到处都是吗？"我转过身，朝着相反的方向快步走去。我知道她不是在开玩笑，但我没理她。我身上的汗水在不停地往下流，我也没有理会。我甚至都不觉得热，好像所有的感官都失灵了。我必须撑到赫勒医生来找我。我身体里的火山即将冲破皮肤喷涌而出，我不知道自己还能撑多久。这时，从遥远的走廊尽头，出现了他白色的身影。

赫勒医生似乎没有因为被打扰而生我的气，而且他对这场斗殴也没有兴趣。"走吧，"他说，"我们离开这里吧。"一开始我以为要去他办公室，但我们坐着电梯一直到了九层。

我跟着他，经过几张褪色的音乐节海报，走到排着一排自动售货机前。在明亮的荧光灯下，粗糙的机器和年代久远的海报更映衬出这里的孤独感和历史感。

"我快要热死了。"赫勒医生说，"我真得吃点冰激凌。"他从口袋里摸出一枚25美分的硬币，将它塞入一台大型甜蜜使者（美国著名冰激凌品牌）售货机的插槽中。一支裹着巧克力的香草雪糕落在了底部的取货槽里。

"你呢？"他转向我，"要不要也来一个？"

我惊呆了，我不知道医生还可以做这样的事。我的脸一下子就红了——现在我感受到了，的确热得很。我一句话也说不出来，只是拼命地点头，不想让他觉得我缺乏热情。

这是他主动提出的，这应该不是坏事，对吧？我并没有要求他这样做。我心里这样想着。

赫勒医生又从口袋里掏出25美分，塞入冰激凌售货机的插槽。也许他意识到我惊讶得连话都不会说了，所以他没有让我选，而是直接选了跟他一样的。他把冰激凌递给我，我们并排坐在旁边的简易木凳上。我慢慢地吃着，尽情享受这口感丝滑的奶油冰激凌。我用舌头裹住甜甜的巧克力，让它尽可能在嘴里待得更久些。那个必须烫伤自己的想法，像正午的月亮一样不见了。

我不再急需他的关注了，赫勒医生似乎并不介意这事，他也没有提起。我们聊了天气，聊了什么时候会凉快些，还聊了天气这么热时，我在家都做些什么。

"有时候，卖甜蜜使者的会来我家附近，但父亲只允许我买一根5美分的冰棍，而且不是每次都让买。"我解释道。

赫勒医生抚摸着他的下巴，仿佛陷入了沉思，"我明白了，"灿烂的笑容浮现在他的脸上，"那样你就能买两根便宜的冰棍了。"

"你说得对！"我笑了起来，"买一送一特价活动。"

他知道我喜欢双关语。那一刻，我们就像两个在一起吃零食的老朋友。周围的一切仿佛都不一样了：墙壁、窗户、他和我——一切都变得清晰生动，而之前我身边笼罩着焦虑的浓雾。

一会儿，我们回到了安静的病房，所有人都恢复到他们打斗前的样子。赫勒医生离开了。

第七章　更多的医院生活

在接下来的几个小时里，我独自一人坐在大厅尽头的小会议室里，回想所发生的一切。我感觉自己仿佛身处一个盛大的舞会，我和舞伴以一种无比优雅的舞步尽情旋转着——我的思绪无法停止。我发誓一定要记住那种感觉。

医院记录
1965 年 8 月 16 日

在我休假期间没有出现任何自残行为。充分利用各项特权进行社交活动。

——赫勒医生

让我措手不及的是，一个星期后，自我厌恶的感觉又出现了。我觉得自己是个恶心、卑鄙、丑陋的家伙，但是当赫勒医生问我为什么会这样想时，我回答不上来。到了周三早上，我对自己的憎恶达到了必须采取行动的地步。我想从大桥上跳下去，同时这个想法也令我害怕。有一部分的我并不想死，于是我把这些想法告诉了莱利小姐。

她没有嘲笑我，也没有生气。"怎么了？"她问，"我需要告诉值班医生。"

大约半小时后，值班医生来了，我并不认识他。"我就像是一个被纳粹侵略的村庄，他们把这个村庄变成和他们一样邪恶的地方。"我告诉他，"我的大脑被一堆可怕的想法占据了。我说不上来。"

"你是说你的思想不是你自己的？"医生看起来有点担心。

"没剩下什么好东西。我已经变成他们的一员，从头到脚都跟纳粹一样邪恶。"我哭了起来。

值班医生说，我被限制行动了，直到赫勒医生来。在此之前，我不得以任何理由离开病房。

纳粹般邪恶的感觉不断侵蚀着我的内心。到了下午,我感觉自己被纳粹附身了。我需要藏起来。我知道大厅里有个地方,就在衣物柜后的凹墙那里。我爬到凹墙的最里面,藏在各种外套和气味难闻的羊毛大衣下面,把自己缩成一个球,紧紧地贴在地板上,试图让自己消失。

赫勒医生找到了我——我不知道他是怎么找到我的。他也爬了进来,坐在地上跟我说话。

"你怎么来这儿了?"他问道,好像我们在一家百货商店偶然碰到了对方。

"如果你变成了纳粹,那就没有逃脱的希望。"

他看起来很困惑。我搜索了所有能表达恐惧的词语:"恶心、肮脏、被唾弃。这样的你不配活着,你必须得死。"

但对于我的邪恶,赫勒医生并不像我一样害怕。"上周你还没认为自己是这样的人,肯定有什么事影响了你。"他说,"是病房里发生了什么事吗?"

"相信我,我都想过了,什么都没发生。邪恶就是邪恶,你永远遮盖不了,它迟早都会显露出来。"我已经尽力表达,但这些话还是很难让人理解,即使我自己也不明白。但他还要努力理解我,我都替他感到痛苦。

"那你周末回家过得怎么样?"赫勒医生问,"发生什么了吗?"

他这么一问,我想起来了。

星期六,我和父母去拜访了爸爸以前工作上的朋友。这个朋友和妻子一起住在康涅狄格州格林尼治,拥有一栋迷人的白色殖民地风格的房子。他们那漂亮的绿色庭院里有个可爱的蓝色游泳池,泳池边上放着白色锻铁桌和配套的雕花椅子,每张桌子上都遮着太阳伞。泳池四周竞相开满了黄玫瑰。

游完泳,大人们坐在草坪的躺椅上吸烟、喝酒、闲聊。我一直在一张

第七章　更多的医院生活

桌子上看书，这时爸爸走过来坐在我旁边。

"你在看什么书，丫头？"他问道，一边歪过身来看我的书，"《简·爱》啊？当然，肯定是与你的才情相配的书。喜欢看吗？"没等我回答，他把他的椅子拉得离我更近。

"你的皮肤衬得头发特别可爱。"爸爸说，"你的皮肤在发光。"

香烟的烟雾缭绕在我的脸庞。我的泳衣似乎在不断缩水。我僵在那里。

爸爸盯着我，"你是所有父亲都梦寐以求的女儿。"他说道，然后他停顿了一下，"我不能……控制，我……不能……控制……我自己。"他语无伦次、结结巴巴地说，仿佛不知道自己在说什么。"我爱上你了。"终于他脱口而出。

我当时一定吓坏了，因为他马上补充道："当然，所有的父亲都对女儿有这种感觉。"

他向我伸出手，似乎想触摸我的胳膊。然后突然他又把手缩了回去。"不，太诱人了。"他喃喃道，"我信不过自己。"说完他倏地起身离开，重新回到草坪上的众人中间。

我脑袋里像有上千只蜜蜂在嗡嗡叫。他一定是喝醉了，我跟自己说，他不知道自己在说什么。人喝醉了，什么话都会说，那都不是他们的本意。脑子里的蜜蜂仍然嗡嗡叫着，我最终判定一切都正常，然后就把这事忘了。

听我说完，赫勒医生惊讶得下巴都快掉下来了。他认为发生了很严重的事情。他让我把父亲的言行重新说一遍，好像第一次没听明白一样。他可能不明白，爸爸喝醉了，所以他说的话并不算数。

赫勒医生没有就我想自杀的事而责怪我，也没有对我感觉被纳粹附身或希望把自己藏起来的问题责怪我。他没有对我被下了限制令还要求见他而生气。我既惊讶，又感激。赫勒医生并没有把我绑到柱子上烧死——我觉得这是我应得的——他只是陪我一起坐在臭烘烘的衣服下面。我看得出来，他自己也深感不安。但是，我并没有因为让他心烦而感到内疚。我觉得他好像能让我不再憎恶自己。

混乱、肮脏、被纳粹附身的我悄然离开了。我不再急迫地想要自杀，仿佛之前想自杀的根本不是我。

现在，我只感到彻骨的悲伤。

医院记录
1965 年 8 月 25 日

发生了很多事……她又被限制行动了，我找到了她，她告诉我，星期六那天她父亲在她旁边坐下，跟她说他爱上了她，她很诱人；而他必须离开，因为跟她在一起，他信不过自己的自控力。安妮塔惊恐万分，并且出现了自杀的念头，因为那些话所造成的影响当然是惊人的……

——赫勒医生

后来，当我回想赫勒医生的反应时，所有的理由——他必须如此表现因为他是我的医生……他只是个英俊的机器人，对待任何人都会这样——都无法解释他脸上那万分惊愕的表情。终于有一个我在乎的人意识到了我的痛苦，并为我感到伤心难过。我是重要的。

我发现了心理治疗的核心因素——人与人之间的联结。

每年，全国精神病学委员会都会来研究院，因为他们需要精神疾病患者在面谈技术考核中充当来访者，而我们符合他们的要求。这期间，所有的日常活动都会暂停，我们早早起床、吃饭和穿衣，确保在早上八点准时到达九楼。当门打开时，几十名胸有成竹、看上去有点累的男医生，还有几名女医生，一股脑挤进房间。头一次，我们这些病人成了围观者，而那些紧张的医生成了被围观者。

虽然在医学图书馆的工作很清闲，但对于被要求配合考试而错过工作，我还是感到不满，好像我的责任与医生比起来显得并不重要。同时，我惊讶地发现，那些精神病医生，还有该机构的高级管理者，此时都像小学生一样，排好队等待着测试。他们需要我的帮助，这种想法令我感动。能被他人需要我很开心，我也想回报他们。

在类似探视室的房间里，我们坐在椅子上，看着延伸到大厅中央的不规则队列。他们看起来都很紧张，尽管我们就坐在距离他们几米远的地方，但他们像是没看见一样，兀自交谈着。我无意中听到一些对话，知道他们有人是从很远的马里兰州和俄克拉荷马州过来的。这些人我一个都不认识。我在想赫勒医生是否也经历过这些，如果是的话，他都经历了哪些才成为今天的样子。

偶尔，会有几个讨厌的少年故意给医生难堪。"嘿，混蛋，"丽塔朝一个又高又胖、黑色鬈发的男人大吼道，他正埋头看教科书，"知道吗？你不用特地来这里看真正的疯子。你只要照照镜子就好啦！"

"哈哈哈！"她的几个朋友笑了起来。我感到一丝不安。有几个医生听到她的话转过身去，还有几个紧张尴尬地笑了笑。多年来一直在我们病房做护工的坦泽夫人急忙跑到丽塔面前，狠狠责备了她。她说的话不知道有多少是认真的，多少是在作秀。我猜测，我们其实都支持丽塔。

轮到我的时候，一名考官从离大厅几步远的房间向我招手。我走进房间，通过后窗可以看到大桥。

一位肤色苍白的白发女人坐在窗边，身前是一张光秃秃的桌子。她右边的椅子上坐着考官，一个圆脸红腮的男人。他稀疏的白发服帖地往一边斜梳着，戴着金丝眼镜，留着精神病医生特有的山羊胡。我坐到小房间正中的椅子上，面对他们两个。我已经不是第一次来充当精神病学委员会的来访者了，对于可能要回答的问题已经有所准备。

"说说你自己的情况。"那考生有点有气无力地对我说。我为她感到难过，焦虑让她显得如此脆弱。从之前的经验来看，我发现这些测试的重点，是让考生与我们交谈并做出诊断。我决定给她一些帮助。

我多年来在护士站旁练就的多方位、长距离的阅读技能派上了用场，我盯着她的眼睛说："我是一个患有慢性情感型精神分裂症的患者。"

"噢！不！"她叫道，把手放在额头上。"快停下！"考官从椅子上跳起来，站在我面前直挥手，好像这样做就能像驱散苍蝇一样驱散我说过的话。

我闭上了嘴。

接下来的几分钟，考官和考生挤在办公桌前，紧张地低声说着什么。说完，考官转过身对我说我可以走了。我提出可以再试一次，但他明确表示面谈结束了。

回病房的路上，我有些愧疚，但脸上仍保持微笑。我本意是想帮助那个紧张的考生，我也并非完全不知道自己在做什么。简而言之，我战胜了自己老好人的一面，并且敢于做个"自私"的人了。

我几乎为自己感到自豪。

除了精神病委员会的活动外，每周二、三、五早上，我会去楼上的医学图书馆工作。两个小时的工作时间里，我要把索引卡和书籍归类放好。由于出色的工作表现，我原本的院内走动特权被升级为单独走动特权——可以短暂离开医院的最高特权。所以每到下午，如果没有职业治疗或其他治疗安排，我可以离开医院去自己喜欢的地方待一阵子。为了保住这一特权，我必须不再割自己或烫自己或撞墙。按照规定，我必须在晚上八点之前回到医院。

第一次独自出行，我选择了离医院只有几条街的小公园。以前我经常跟一群人来这里散步，从来没有单独一个人来过。远离秋千和人群的草地边上有一棵橡树，我把书放在地上，脱下毛衣，然后背靠着树坐下来。树皮隔着衬衫蹭得我有点痒，于是我把毛衣塞到后背，从牛仔裤口袋里掏出一个苹果——那是我午饭时省下来的，然后打开书开始读。咬下第一口，甜甜的苹果和青草的清香沁人心脾。这香气消弭了城里汽车尾气、工厂烟雾、油烟和医院厨房的味道，让我犹如身在一个乡下果园里。

《我从未承诺给你一座玫瑰花园》是一个真实的故事。"瑟尔斯医生认识这本书的主人公黛比，是他帮黛比好起来的。"赫勒医生告诉我说。这本书我已经快看完了，原以为，情节会顺着患者成功康复的线索继续发展，没想到黛比的第一次出院以失败告终，她又重新回到医院。我继续看着书，但我的心已沉入谷底。

突然，我意识到太阳已经落山了。天渐渐黑了，我站起身，在暮色中，看了看公园四周，远处的物体投下了长长的影子；路灯在黄昏中闪着昏暗的光。我把东西收好，往研究院走去。我打心底里同情黛比，同时也担心自己的结局会像她一样。走着走着，这些担忧就被汽车、出租车、卡车快速驶过的声音冲散了。尖锐的轰鸣声响彻整片街区，把我拉回这城市的交响乐中。整八点，我走出六楼的电梯，感谢自己仍然活着。

偶尔，我仍然有自残的冲动。几个星期后的一天，我心烦意乱地走出医院，往街上走去，刚过路边，我就停了下来，我忽然有一股想让车撞死的冲动。当我鼓起勇气继续走时，我一口气从168街走到181街，冲过了26条街——中间一次都没有停过。回到病房时，我的愤怒消失了。我饿得只想吃晚饭。

之后的那个周末，我把便携式收音机带到了公园，收听了纽约古典音乐电台，他们播放了大都会歌剧院的歌剧《阿依达》。在那棵树下，我又吃了一个苹果。

第八章　准备做个正常人

1965 年 10 月

自从 7 月份，赫勒医生成为高级住院医师，并决定让我继续做他的病人开始，我的目标就从努力让病情好转，变成了能离开医院独立生存。因为我想在他离开研究院自立门户时，还能跟着他做治疗。极少有患者能在研究院里待三年以上，而我又不想进罗克兰精神病院，这也是我努力让自己好转的另一个动力。

由于研究院是一家州立医院，如果患者打算出院，其中第一步是要和 DVR（纽约州职业康复部）的咨询师进行面谈。我跟父母说了我的打算，他们很吃惊。

"你需要准备什么呢？"我父亲问。

"我想她可能需要一套正装。"母亲说道。

于是我和母亲计划去商场买套合适的正装，父亲也同意了，那一刻我心中五味杂陈。一年前，有次从医院回家，我在杰侬百货公司的超级特卖中，买了三件短袖连衣裙，每件 4 美元，这是我有史以来买衣服最多的一次。医院处方中的高剂量氯丙嗪让我的体重增加了，原先的衣服都穿不下了。"除非你认为自己特别美，否则你只需要一件连衣裙就够了。"当我向爸爸展示我的购物成果时，他说道。然后他冷笑着对母亲说："罗珊娜，你到底是怎么想的（让她买这么多衣服）？"

对爸爸来说，花钱就像在一滴一滴放他的血一样。如果我买的衣服让他觉得不值得，那我就成了双手沾满他鲜血的罪人，如果他又因此责怪母亲，那我又伤害了母亲。所以也难怪我们很少购物，每个人的衣服也很少。

但此时，父亲同意我置办一套正装，也许他相信我能找到一份不错的工作。我这样想道。

我昂首阔步走在第五大道上，穿得活像《纽约时报》周日版上的模特。我穿着最新款的高跟鞋，头发梳成时髦的发髻。我画着精致的妆容——口红、粉底、眼线、胭脂、睫毛膏，一样不少。我走进一座宏伟的办公大楼，然后轻松地爬上楼梯，沿着大厅继续前进。我在左边第三个橡木门前停了下来，门上有金箔材质的指示牌和坚固的黄铜把手。我扭动手柄，推开门，走了进去……这就是我工作的地方。

那样爸爸一定会高兴坏的。

打算去购物的那天早上，我早早地醒了。因为依然有单独走动的特权，我只需要登记一下，就可以出去了。当莱利小姐在登记本上看到我的名字和目的地时，她笑着祝我好运。

我几乎一路蹦跳着走到街尽头，先坐 M10 路公共汽车到了中央车站，然后在那里赶上了早上 9:15 到白原市的列车。我找了个能看见窗外风景的好位置坐下。我有些兴奋，根本看不进去书。但随后我就感到了失望，

第八章 准备做个正常人

火车在黑暗中大约行驶了五分钟，然后从隧道中驶出，穿过布朗克斯那些烧毁、倒塌的丑陋建筑群。我坐在车厢的尽头，一名邋遢的醉汉穿着件破旧的大衣，抱着一瓶酒，上面裹着牛皮纸。我为他难过。跟他隔了几个座位的地方，坐着一个留长直发的小女孩，看着有八九岁的样子，她被她母亲张牙舞爪地大喊大叫吓得瑟瑟发抖。我努力没让自己哭出来。

接下来，随着列车里场景的变化，我的心情也随之变化。当火车抵达白原市时，我又重新充满了活力。空气里充满了秋天特有的凉爽气息，红色和金色的叶子在湛蓝的天空下随风舞动。我大步走出车站，马上就看到了父母的车。

"嗨！"我打开门滑进副驾驶座位时，母亲跟我招呼道，"见到你真开心。"但她的前额皱了起来，香烟在她手中微微颤抖了一下。

我一路上积攒起来的信心立刻被焦虑取代了，速度比我想象的还要快。从我还是个小女孩起，我就一直在努力"吸收"她的痛苦，以为那样就能缓解她的痛苦，就好像她的恐惧是水，而我是块海绵。

我一字一顿地说："妈……妈，我也开心……见到你……"

足够多的治疗让我知道遇到情绪即将失控时要放慢语速。我深呼吸了几下，然后继续说。

"最近怎么样？"我问道，"天气简直太好了，是不是？"

"是的，是的，的确再好不过了。"

"其他人怎么样？里奇什么时候放假？泰勒呢？"

也许我这样说，让她觉得我的状态还不错，她才放了心，因为我感觉到她放松了下来。我也松了一口气。

我们先去了杰侬百货公司。我不知道母亲喜不喜欢杰侬百货，也不知道她喜欢一家店是因为商品还是因为价格。我无法分辨她真正喜欢什么，她事事都以别人的需求为先，惯于委曲求全。她总给人留下友善、和蔼的印象，但对我来说，她却总是那么捉摸不定。

在我高中时，没进精神病院之前，我的朋友们都认为我有一个世界上最好的母亲。母亲喜欢他们到家里玩，经常变着花样地招待他们。有一次，我们参加完学校的半日活动，萨拉、苏和芙兰过来吃午饭，母亲建议在后院野餐。她做了小三明治，每个都用蜡纸包起来，把它们放进篮子里，还给了我们一条毯子，这样如果我们坐到远一些的草坪上时，就可以把它铺在上面。

对于快乐的事，母亲总是充满热情，但一旦碰到困难，她就会退缩逃避。几年前，有一次我告诉她，萨拉说我在情感上不成熟，她对我说孩子们总是这样说，萨拉的话不应当令我困扰，她的声音听上去很难过。我试着向她解释，我有多么害羞，害羞到不敢去约会，但从她脸上的表情可以清楚地看出，我的不安全感给她带来痛苦。在我的治疗过程中，赫勒医生有时会假装用我母亲的语气说话，他故意发出虚弱而令人内疚的声音，就像《如何成为一名犹太母亲》那本书中的母亲一样。我把这本书当作一个玩笑送给他。（但他说那不是个玩笑，在我们仔细分析之后，我同意了他的说法。）我知道他只是通过夸张讽刺的方式在模仿我的母亲，而这的确让我想起了我母亲实际的样子。

在要去购物的前几个星期，一天晚上，我胸口靠近心脏的位置突然一阵疼痛，好像刀扎一样。它持续了很长一段时间，疼得我几乎无法呼吸。那天正好是周末，我在家里，于是把这事告诉了母亲。

"那是焦虑。"她靠近我，用手遮住嘴巴，在我耳边低声说，好像她说了什么不可告人的事。显然，焦虑是可耻的、不可告人的。那代表我是个怎样的人？

车沿着街道往前行驶，周围的一切对我来说似乎都很陌生，因为电休克治疗让我丧失了太多的记忆。我看着母亲，想知道在这次出行中，我应

第八章 准备做个正常人

该怎样表现才比较合适。但我什么信息也没接收到——我们在情感上没有任何联结。接下来，我像一个敬业的演员一样，充满热情地表演着。

"火车有点晚了，但也不是太晚。火车刚从隧道驶出来，我就看到了晴朗的天空。我那个车厢里有个醉汉，但他并不可怕；还有个长头发的小女孩和一个把吉娃娃塞在手包里的女人。我对这次购物还有买新衣服感到非常兴奋，我也想找份工作，或许也去艾米丽那儿工作。昨晚大家聚在一起喝咖啡时，我告诉莉亚和谢丽尔我要去买衣服，她们说一定要去梅西百货，还有罗德与泰勒百货的女装专区，如果你去的时间正好，还能赶上他们打折。连郎小姐都说，我得多逛逛，不要立刻挑中一件，除非我真的很喜欢它。真不敢相信我们真的一起来购物了。谢谢你带我来商场，谢谢谢谢。"我就像个上了发条的娃娃，一松开发条，我就开始喋喋不休，用无尽的话语填满我们之间所有的空白。

我们很幸运，市中心并没有那么拥挤。母亲在离商店不远的地方找到了一个停车位，她把一枚硬币放进停车计时器，然后带我走进那栋高而单调的大楼。

杰侬百货跟很多百货公司一样，每个楼层都挂满了各式各样的衣服、裙子，中间还穿插着一些化妆品柜台和卖帽子、手套、皮带、围巾的配件柜台。所有的东西似乎都在呼唤我去看一下它们的形状和颜色，感受一下它们的质感。我有些眼花缭乱。

我在一个卖印度围巾的柜台前停下脚步，仔细看着每一条围巾，想象着应该穿什么来搭配它们才好看。我伸手摸了摸，那柔软光滑的触感令人心情愉悦。材质特别细软的丝巾会钩在我指尖翘起的倒刺上。当我紧张时，还是会撕指甲边上的皮。

围巾旁边是各式各样的帽子，小小的圆顶帽，上面还装饰着可爱的宽边。我试了一顶镶软边、配丝质帽带的芥末绿帽子。这帽子可真大！照镜子时，我几乎看不到自己的脸。我像一个在玩试装游戏的孩子，接着又试了一顶尺寸较小的红色帽子，我很喜欢它。然后我发现我没见过眼前这些围巾专柜，我左看右看，身边已经没了母亲的踪影。我迷路了。

保持冷静，我告诉自己，要尽量表现得正常。

我决不能做出任何可能将自己定义为精神病的行为，但是，我的身体似乎已经脱离了大脑的控制，它根本不听指挥。

别担心，笨蛋，要假装一切正常。

我伸出右脚，往前迈了一步，然后又伸出左脚，重复这个动作。看吧，即使是傻子也可以做得到。现在，慢慢走到自动扶梯那儿去。她会找到你的，她会回来的。

一想到已经22岁的我，独自在家乡的百货商店里还会害怕，我就有些窘迫。也许是害羞导致我缺乏安全感，也许是我在精神病院住得太久，以至于没机会做些普通的事情，比如自己购物。但如果我真的没救了呢？

我走到自动扶梯时，母亲出现了。"你去哪儿了？"她问道，看上去很着急。

"对不起，我没注意。"

她说："正装应该都在女装那层。"

当我们坐自动扶梯到三楼时，发条娃娃又开始喋喋不休起来："我真的好兴奋！"

"是吗？太好了。"母亲如释重负。

女装专区有各式各样的正装，但它们看起来都很老气，更适合那些中年高管或精神病专家，或者希望给有钱的学生父母留下好印象的高中校长，而并不适合年轻人。那些衣服颜色很深，几乎都是黑色、棕色或海军蓝色，面料都很厚重，大部分也都没有我的尺码，而最重要的是它们都太贵了。

我不想让母亲失望，但我觉得在这里买不到适合我的衣服。

第八章 准备做个正常人

幸运的是,虽然我什么都没说,母亲也意识到了这一点。"我们再去梅西百货看看吧。"在售货员准备让我试一件老气的套装时,她建议道,似乎没有一点不耐烦。梅西百货就在街的另一边,我们可以把车停在原地。她往停车计时器里又塞了一枚硬币。

梅西百货比杰依百货更大,里面的衣服也更贵,那里可选择的套装款式当然也更多。我挑了三件想试试,但是问题又来了:她究竟会不会陪我一起进试衣间,而她的意见我又该听多少呢?我已经 22 岁了,但我感觉自己还像 12 岁,或者 5 岁。我也不知道自己是否希望她陪我试衣服。

我不知道该如何定义我和母亲之间的关系,我甚至不知道该怎样称呼她。在入院之前,我总是叫她"妈咪",但如今还那样叫似乎已经不合适了。"妈咪"是小孩子的叫法,是当你遇到危险时首先会喊的那个人,是有能力保护你的那个人。当赫勒医生调侃讽刺我母亲时,我并不完全同意他对她的评价。她已经很努力了,也尽全力给予我帮助了,而且我的敏感脆弱不是她的错。但跟我在一起时,她看上去总是很不自在。叫她"妈咪"显然不合适。

我的几个朋友叫他们的母亲"妈",但在我们家,这个称呼却被视为一种侮辱。自从我进入精神病学研究院,我的父母也被要求接受心理咨询。负责咨询的社工艾希纳夫人指出,我的母亲过度保护孩子,常常过于担心我和弟弟,而且对我们太过宠溺。而我的父亲会顺势抓住这一点,就像发现姐姐来了月经的小男孩。他会说"好好当个妈",并故意把"妈"字拉长,好像那是个恶心的字眼。我个人认为,他是在嫉妒母亲把关注都给了我们而不是他,所以他故意让母亲痛苦。面对他的嘲笑讥讽,母亲总是畏缩、退让。对我来说,"妈"这个对母亲的称谓已经被毁掉了。

为了避免使用某种称谓,我从来都不直接叫她。我会在离她足够近的位置说话,确保她能听到我说了什么,或者碰碰她的手臂引起她的注意。

有时我做得非常明显，不知道她知不知道我这样做的缘由。

我没有明确提出要不要她陪我，因为在不知道她意愿的情况下，我怕说错话，反而会伤了她的心。她或许会为有个无法自立的女儿而感到难堪呢；但或许，她想照顾我呢？我俩谁都没提这茬儿，她缩在墙边的一张凳子上休息。我们都一脸的不自在，又都努力表现得好像一切正常。我不喜欢在母亲面前换衣服，但又努力假装不在意的样子。第一件是深蓝色羊毛套装，裙子不合身。不要。第二件褐色的，太大了，我穿上像个鼓鼓的西葫芦，但很便宜，所以我打算考虑一下。第三件棕色格子的，穿上去很合身，但我感觉有点别扭，因为它看起来很时尚，我担心穿它有点太过招摇。我不想给人留下自命不凡的印象。我母亲倒是非常喜欢，但它很贵。我担心父亲可能会有意见，决定再四处看看。

往后走，我发现了一个清仓特卖架。在没人想要的一堆奇装异服里，我淘到一套打五折的漂亮正装，一件5号的精致羊毛套装，有着比祖母绿稍浅但同样浓郁宜人的绿色。它非常合身：裙子服帖地包裹着我的臀部，膝盖上的部分打着漂亮的褶皱。上衣也难得地好看，它前面的领口开得低低的，周围是镶了边的翻领。

我好喜欢这套衣服。它价格不贵，又非常合身，美丽的颜色和面料刚好适合像我这样的女孩。它很时尚，但又不会过分张扬。我激动极了。

我的快乐让母亲也很开心，她很快付了钱。

"当然，你还需要件衬衫来搭配它。"说着，她把收据放进口袋，"我们去买一件。"

衬衫找得非常顺利。我们商量买件白色的，另外我希望领子高一点。然后我们找到一件大领子衬衫，也在打折。好吧，这多少符合我的要求。

"你有没有合适的衬裙？"母亲问道。

"我……我……呃……没，好像没有。"

第八章　准备做个正常人

实际上，我有几件勉强可以穿的旧衬裙，它们都已经褪色，裙边也都脱了线，像我指甲边上的倒刺。于是我毫不犹豫地逮住这个买新衣服的机会，尽管这意味着我夸大了事实。

我们心满意足地离开商店，全然不担心父亲会生气。这是有史以来最好的一次出行，没有滴血，没有嘲讽，我甚至还买了一件新衬裙！能半价买到这样精致的套装，爸爸也很高兴。周日下午，他把我送回医院时，还祝我面谈成功并顺利找到工作。

我不能辜负他对我的期望。走进大楼，按下六楼的电梯按钮时，我这样想道。

我的第一次求职以失败告终。我面试的职位是护工，杰瑞恩的叔叔是那家医院的医生，他负责招聘这个职位。他说，把病人从病床上抬起来、更换床单这样的工作，对于像我这样瘦弱和缺乏经验的人来说太困难。他知道他的侄女是精神病患者，这意味着他知道我也是。

到11月中旬，通过《纽约时报》和《每日新闻》刊登的招聘广告，我找到了一份真正的工作——在金贝尔斯百货公司做假日销售。比起在精神病院做图书管理员，在一家大型百货公司当玻璃器皿的售货员听上去要好多了。

我喜欢从研究院一路乘地铁到市中心。在金贝尔斯，我学会了如何使用收银机，如何识别玻璃器皿的大小和功能，以及如何摆放。我努力让自己保持愉快的心情、面带微笑，常常听店里的其他店员聊天，但很少参与。我还是会有不真实感，头也会嗡嗡作响。我的手有时候会发抖，这时我就赶紧去没人的仓库，打开水龙头，吃一片氯丙嗪。

"我们希望你留下来，作为长期雇员。"圣诞节后不久，部门经理对我说，"工作时间跟以前一样，但工资会涨。"

他们不认为我是疯子吗？我惊呆了。"谢谢！"我说。

新职位需要提供更多的文件并进行体检。"只是简单检查一下。"公司的护士告诉我，"不会花很长时间。"

如果她看到那些伤疤怎么办？想到这里，我已经无法呼吸了。如果我说，"我不小心被易拉罐绊倒，摔的"，会有人相信吗？

护士听了听我的心脏和肺部，检查了我的眼睛和耳朵，然后抬起我的左臂进行结核检查，这时她注意到我肘部内侧那两条突出的疤痕，之后又不可避免地看到了我手腕上的伤疤。

你永远无法得到这份工作了。我转过头，死死地盯着房间的另一头，避开她的双眼。没有想法，没有感觉，完全无法思考。

"这是什么？"护士有点吃惊地问。我的双眼充满了泪水，急促呼了几口气，想回答她的问话。"哦，"她轻声说道，"是个切口。我知道了，是静脉注射，还有外科手术造成的？"她在说什么？切口？手术？我看着她善良而焦急的表情。她在等我回答。

慢慢地我意识到，她是在帮我，于是我点了点头。她在报告上签好了字。体检通过了。

一个月后，部门经理请我到她的办公室，她是个穿着讲究、很有魅力的女人。"我需要和你谈谈。"她说，"这是个人隐私，除了你和我不能跟任何人提起。"

我一下子呆若木鸡。我做错什么了吗？

"我曾经住过院，因为我想死。有时候我觉得很压抑，感觉就要撑不下去了。我需要找到一个可以倾诉这些经历的人。我相信你能理解我。"

我一头雾水地离开了她的办公室。难道她知道我的事了？是那个护士告诉她的吗？照我家的惯例和她的要求，我从未向任何人说过这事。近半个世纪过去了，当我再次回想起这件事，才猛然惊醒。哦，天哪！她是说

第八章　准备做个正常人

她想自杀。她是在求助。但那时候，我只是个唯唯诺诺的下属，并没有发觉和留意她的恳求。

1月初，一次散步回来，彼得·马克斯向我扔了一个雪球，从此我就爱上了他。当时我对自己的生活非常乐观，那时我已经做了三个月的兼职，而且刚刚被转移到南5区。

彼得看上去很聪明，他身材高大，一双温和的棕色眼睛，浓密的棕色头发，帅气的方脸。他让我想起赫勒医生。之后的一个月，我们一起坐在中央休息室的扶手椅上，手拉着手。大家都知道院里规定，严禁异性患者之间进行身体接触，但对于我们的事，工作人员选择睁一只眼闭一只眼。我偶尔会看到他们朝我们投来的善意微笑。

2月底，彼得出院了。他搬到哥伦比亚附近的一个公寓，打算在那里继续攻读研究生学位。那时，我已经在金贝尔斯成为正式店员，也习惯了在工作和医院之间奔忙。当他邀请我去他的公寓吃饭时，我接受了。我们要约会了！

彼得骑着他的韦士柏摩托车到研究院来接我，我们沿着百老汇大街飞驰，周围白雪皑皑。彼得驾着他的小车，我坐在他身后，屁股挤在车座上，胳膊紧紧搂着他——不能丢掉宝贵的生命。摩托车一路疾驰着穿过华盛顿高地、阿姆斯特丹区、哈莱姆区，而我没有感到一丝恐惧。我的金鹰王子将带我去往充满无限憧憬的世界。风吹过我的耳边，我满心欢喜。

诱人的牛排火候正好，烤马铃薯又松又软，沙拉让我印象深刻，里面的酱汁是他自制的。我们喝了葡萄酒，又吃了薄荷冰激凌作为饭后甜点。

公寓的中间有一个小小的壁炉。晚饭后，彼得点燃壁炉中的火。我们手拉手坐在沙发上，一起看着火苗噼里啪啦地闪烁。唱片机里播放着皮特·西格的歌，我感觉生活完满了。

大概 10 到 15 分钟后，彼得搂着我的肩膀，把我拉到他身边。

啊哦，我想。

他先是把手伸到我身后抚摸我的背，然后缓缓滑到我的胸前。突然间，我似乎回到了去年夏天的一个场景。当时我正跟其他人一起散步，我们来到一处公园。有几个病人想要荡秋千。我在树丛中找了一张长椅坐在上面，开心地仰望天空。忽然身旁坐过来一个衣衫褴褛的老头，他凑到我身边，我屏住了呼吸。他把手伸进我的衬衫，解开了我的胸衣。"我爱你。"他一边抚摸，一边用沙哑的烟嗓说。我没有动，我不想让他难过。当护士让我们集合时，我站起身，边走边紧紧拉上毛衣，遮住松开的胸衣。我没跟任何人说这件事。

彼得搂紧我时，我仍然没有动。他把手慢慢放了下来，用右手抚摸我的大腿。他看着我的脸。

我的头开始嗡嗡作响，头晕目眩。我微笑地看着他——我知道我应该对他的努力表示赞赏。

他向我靠了过来，捧着我的脸，拉到他面前。然后，他的唇压在了我的唇上。我们吻了很久，他又开始抚摸我。你必须喜欢这个，必须喜欢。我对自己说。但是我的脑子里一片混乱，我感觉我的身体消失了。

我觉得我们仿佛吻了一个世纪，他才终于停下来。"你喜欢这样吗？"彼得盯着我的脸，寻找着答案，声音里带着试探，可能还带有一丝怨怒。

"这样很好。"我说道。我不想伤他的心。

"你什么感觉都没有吗？"他问，脸上写满了失望。我整个人都僵在那儿，他看出来了。

"真的很抱歉。"我说，"但我确实没有感觉。"

依照之前的计划，彼得仍然负责任地送我到了地铁站，但脸色有些吓人，

第八章　准备做个正常人

一路上我俩如丧考妣。之后，我在颠簸摇摆、吱呀吱呀的车厢里，又重温了我们美妙的韦士柏之旅和美味可口的晚餐，感到心很痛。

外面的生活可能比我预想的要复杂得多。

PART TWO

第二部分：
当悲伤遇见阳光

我之所以被认定是个疯子，是因为我的悲伤藏得太深了。直到有一天，有个发光的灵魂，愿意用他的睿智和温暖来驱散我心中的阴霾，给悲伤一个释放的出口，我这个疯子也一样可以做个正常人。

第九章　从前门走出去

1966年5月

  这是个温暖的小房间。浴缸里的热水散发出浓厚的水汽,透过水汽看过去,墙上浅绿色的瓷砖变了形。湿漉漉的头发沾在我的脸上,汗水不断地往下流。我的双颊热得通红,水从睫毛上流下来,遮住了我的视线。我把自己浸在热水里,只露出头,享受这独立的美好时光。这是我搬到我的新家——青年旅馆的第一个晚上的第一次沐浴,也是有生以来,我第一次一个人住。我让水龙头一直开着,源源不断的热水保证了水不会变凉。
  迄今为止,这可能是我生命中最美妙的时刻。
  我不必再征得任何人的许可,想洗澡就可以洗,只需要看看卫生间是否能用。我脱下裙子和衬衫,换上浴袍,然后从房间里拿上毛巾、香皂和一些干净的内衣,把它们带进卫生间并锁上门。是的,锁上门!除非我允许,否则没人能随意打开它。没有人知道我在里面,我也不必告诉任何人。
  我满脸通红,脸涨得像极了气球,手指上的皮肤也已经泡得起皱发白。该出去了。我站起身,水从我身上哗哗地流下来,搅得浴缸里的水来回晃动。我紧紧抓住浴缸的边缘,从浴缸里跨出来踩在地面上。都好了。我快速把身体擦干，赶紧离开潮湿闷热的浴室，回到我的房间。

房间的宽度相当于我双臂展开的长度的两倍，长度比这稍长一点。从暖气片上方的窗户可以看到第八大道。有足够的空间可以放下一把直椅，一张小床和一个梳妆台，梳妆台上面放着詹妮姨妈送我的珍贵的唱片机。父母帮我从医院搬到这里时，把它跟我的唱片一起带了过来。

父亲给我交了房租，青年旅馆的女服务员把钥匙、房间号和住宿守则交给我时，认真叮嘱了一番。我所有的生活必需品，一趟电梯就全部运完了。多年的医院生活教会我，生活并不需要太多东西。

父母离开后，我在餐厅吃了第一顿晚餐。食品供应台里摆满了诱人的食物，许多张餐桌整齐地摆放在餐厅里。这种格局的舒适性和亲切感远远超过了医院的餐厅。我点了面包屑炸鸡块搭配豌豆和土豆泥。如果我愿意，还可以选择烤肉或青豆。没有人注意我，我想吃什么就可以吃什么。

这会儿，刚洗完澡出来，我打算听一会儿唱片，然后吃药睡觉。我躺在床上，听着《波希米亚人》第一幕的咏叹调。

再没什么比这更好的庆祝方式了，庆祝我自由的第一天。睡着前，我这样想道。

1966年5月6日，是弗洛伊德诞辰纪念日，也是我23岁生日的前一天。就在这天，我搬出了医院，搬到了第八大道上的基督教女青年会。几天后，我回到研究院去参加出院审查会。

"请说一下，为应对出院后的下一个阶段，你做了哪些准备？"礼堂的讲台上，坐在我对面的精神病医生问道，她没有直视我。赫勒医生和梅斯尼科夫医生挨着坐在讲台的一侧。看起来有点杂乱的学生和工作人员散落地坐在礼堂的前排座位上。往后几排，我能看到我的父母坐在过道边上。出于某种原因，我一点都不紧张。就当作在演一场戏，我对自己说，我知道该怎么做。

提问的医生不安地摆弄着提示卡。

"去年11月起,我开始在金贝尔斯百货销售玻璃器皿,但那只是兼职。关于全职工作,今年3月,我在戴维凯伊鞋业经销公司找到了一份文书工作。现在我在柏丽针织品公司的会计部当书记员。"我停顿了一下,到谢幕的时候了,"我在努力天天向上。"

除了紧张的提问者外,其他人都笑了起来。我感觉自己仿佛高大了许多。至少暂时,我已经掌控了自己的生活。

医院记录

1966年5月14日

病人在出院审查会上表现得很好。她还和面试官开了个玩笑,展现了她的幽默感。当被问及为什么不再伤害自己时,她回忆说,有一次,她又用头撞墙后,我对她说,我以为她这么做是想撞开门离开医院。这让她的自残显得很可笑。

——高级住院医师 赫勒

出院前几个月,我去见了职业康复咨询师利普卡夫人。那次面谈之后,她把我送到上东区的一位心理学家那里进行评估,其中包括一系列心理测试。我跟利普卡夫人坐在桌子的一侧,我倒着看到医生在报告的第一段写道:"病人以精神分裂症患者一贯的方式来回摇晃身体……"的确,我坐着的时候会经常摇晃身体,但这与精神分裂症有什么关系?我无法理解。幸运的是,尽管他认为我精神不太正常,但还是认为我应该去上大学。

在让我手足无措的成人世界的海洋里,利普卡夫人充当了船锚的角色。她帮我申请了纽约大学的三年制语言障碍矫正课程。我已经远远落后于我的高中同学,而我不能再等四年才开始我的职业生涯。虽然没有明显的身体障碍，但由于生性容易害羞和不安，我必须非常努力地与人进行沟通。我的想法是，如果我能当一名语言治疗师，也许可以帮助一些有语言障碍的人。

当纽约大学拒绝了我的申请时，我愤怒极了。申请过程中，我需要接受一轮面试，而面试官是我见过的最郁闷的精神病学家之一。他病得比我还严重，但他竟然有勇气断定我健康状况欠佳。

利普卡夫人向我保证说，哥伦比亚大学的成人社区教育计划——综合教育学院，实际上比纽约大学更适合我。负责面试我的是一位说话温和的亚洲人。"欢迎！"面试结束时，他边跟我握手，边说道，"我相信你会成为我们学校一颗闪亮的明星。"他对我的信心，令我感到震惊和鼓舞。每当受到打击，感觉没有希望时，我就会想起他的话。

赫勒医生的定期治疗也支撑着我。我们每周面谈两次，一直持续和贯穿了我的整个大学生活。在他的办公室，我可以完全敞开心扉，不留任何秘密。但有点讽刺的是，我却感到必须隐瞒正在接受治疗的事实。

1967 年 1 月底，在利普卡夫人的指导下，以及赫勒医生的祝福中，我在父母的帮助下搬进了哥伦比亚大学研究生女生宿舍——约翰逊楼的一个小单间。虽然我不是研究生，只是一名大一新生，但是当时学校没有其他地方可供就读综合教育学院的女生住宿。

我善于吸收他人释放的信息，这种技能在精神病院一直是个问题，但在大学里却证明是财富。我很快就沉浸在各种哲学和文学的世界里。随着对感兴趣的课题有了更加深入的了解——尤其是涉及人际关系、社会的性质和结构，以及语言对文化的影响，我感觉自己像脱离牢笼的小鸟：懵懂而无知，但却渴望在崭新的领域一试身手。我陶醉在迷人的和未知的社会生态学中，唯一的烦恼是要选择在哪里落脚。

第九章　从前门走出去

1967 年 4 月

进入大学几个月后，一天早上，我正走在去图书馆的路上，走到百老汇街和 116 街交会处的人行道，也就是哥大入口处的大铁门外时，我停了一会儿。果树上盛开的花朵让空气充满了芳香，散落的白色花瓣像给地面绣上了蕾丝花边。熙熙攘攘的学生和来来往往的汽车匆匆从马路上经过。尽管早上还有点凉，但温暖的上衣让我感觉不到一丝凉意，甚至还出了点汗。我把抱着的那摞书换到一只手上，另一只手把掉落的碎发别在耳后。我必须时刻保持整洁镇定，以确保看起来像个正常人。

一个漂亮的鬈发女孩快步向我走来。

"嗨，安妮塔，你怎么在这里？"她热情地跟我打招呼。

"嗨！"我笑着温柔地回应道。我打量着她的脸，在脑子里搜索着关于她的印象，祈求上天能给我点提示，同时又希望我不会因此而停顿太久。天哪，她是谁？

"你最近都在做什么？"我冒险地问道，身体僵硬，好像一个机器人在背诵剧本。但我在高中时的演技是值得肯定的，所以我定了定神，竭力扮演好自己的角色。我深吸一口气——还好还没有紧张到出汗——然后再次对她咧嘴一笑。

她说了一长串有关她的近况。她在郊区跟人合租了一套公寓，和音乐家或工商管理硕士学生约会，但还没有碰到特别喜欢的。大学毕业后，她去法国旅居了一年。现在，她在市中心的一家银行做一份不喜欢的工作。她到这里来是想看看法学院的课程。她停顿了一下，问道："你呢？"

"我们真的好长时间没见了，对不对？"我说道，好像我在回答她的问题，好像我们是老朋友一样。她又重新说起了自己的事情。每当她等我回应时，我都会赞同她的话，鼓励她继续说下去。"是吗？……不是在开玩笑吧……他还真那样做了！"我们看上去是在对话，而实际上只是一个人在独白。

我很确定，她没想到我根本不认识她。

我像个经验丰富的卧底特工，一边收集关键的信息，一边争取着时间。我的秘密身份：前精神病患者，隐退近6年后又重出江湖，几乎没有任何精神病院之外的生活记忆。我的公开身份是跟她一样的本地大学生。我根据她的年龄、着装和用词方式，尽量按照她的方式回答。她看起来似乎跟我同龄。我快24岁了，但别人总觉得我比这个年龄小，这意味着只凭年龄判断不够可靠。她穿着干净的白色棉质衬衫和开襟毛衣，熨烫过的绿色灯芯绒裙子。她表达非常流畅，性格很活泼，表情没有任何不自然，头发也没有乱蓬蓬，更没有那种一看就像幽灵的感觉，这说明她肯定不是我在精神病院认识的患者。她很可能是我的高中同学。

我不能直接承认我不认识她，因为如果告诉她我已经失去了大部分记忆，那我就必须解释原因。如果我说这是由于在精神病院接受了大量的电休克治疗，她肯定会以最快的速度跑开。这完全超出了她的心理承受力。而我入院前认识的人，不会相信我已经忘掉了那么多事情，甚至连她是谁都不记得了。

我经历过实话实说的后果——他们满脸惊愕。我那时猜测同学们已经知道了我去精神病院的事，因为我突然离开了学校，再也没有回去，至少萨拉和苏肯定知道。而且孩子们会四处谈论这些，高中没有什么真正的秘密。想着应该对别人诚实，于是我笨拙地解释为什么我不记得他们了。

听我这么说，一些朋友看上去很受伤，有的甚至很生气。他们脸色煞白，目瞪口呆。我想，他们可能觉得我不重视他们，所以才会忘记他们。当然，还有人担心我是真的疯了。尽管没人直接说出来，但他们结结巴巴、拐弯抹角的样子已经足够说明问题了。我怎么能怪他们呢？如果我是他们，可能结巴得比他们还厉害。

我第一次意识到这种情况有多微妙，是有一次从医院回家，恰好赶上弟弟最好的朋友鲍比来家里玩。他按了门铃，我去开的门。我让他在门口等一下，然后去叫里奇——他从部队回来休假。然后他们一起出去喝酒，一直到我睡了，里奇才回来。但第二天回医院前，里奇在客厅满脸怒气地叫住我。他把脸凑到我面前，瞪着我的眼睛。

"我对你很失望。"他咆哮道，指着我说，"我希望你尊重我的朋友，听懂了吗？"

"你……你是什么意思？"我咕哝着说。我不知道自己做错了什么。

"鲍比说你特别冷漠。"里奇继续嚷嚷，"你不理睬他，好像完全不认识他一样。"

"我只是想有礼貌些啊。他是你的朋友。我并没有无礼啊。"

后来我才知道，鲍比曾经也是我的朋友。他来我家并不只是来看里奇，也是来看我的。而我却认为他只是来找我弟弟的，可以想象他为什么会感到被漠视。

"对不起。"我说，同时也很失望。我以为里奇知道我的记忆出了问题。我没有再为自己辩解就溜走了，想到马上能回到医院，心里甚至有点高兴。

大约一年后，刚过感恩节，我又回到家里。里奇也在家。那时我已经出院几个月，在针织品公司工作，住在青年旅馆。我离开的那些年，高中的朋友们已经毕业并上了大学，他们继续着各自的生活轨迹。我那非常善于交际的弟弟里奇，和我最好的童年伙伴莱妮成了好朋友。她已结婚并搬到了加利福尼亚州，那周她正好回来探亲访友。

那天，正是寒冷的11月，莱妮到我家来看我弟弟，我没有认出她来。看到我时，她显得很慌张。她可能一直在想如何跟一个疯子说话。我们从小学到初中一直是最好的朋友，可那已经是很多年前的事了。

"安妮塔？哇，呃……最近怎么样？"

那时我已经知道，要表现得我们曾经是朋友。"你气色真好！呃……快坐吧。"我指着沙发说，"要不要来点果汁？"

"那真是太好了。"莱妮微笑着说。我能看出她稍微放松了些。"我们最后一次见是什么时候？还记得我们一起玩的通宵派对吗？还有那些游戏，你还玩吗？"

"里奇告诉我你可能会过来……是的，我很好，呃，你怎么样？真不敢相信天怎么这么冷，上周还没这么冷呢……"

莱妮打扮得时尚又漂亮。我盯着她那时髦的帽子、衣服，尤其是她的脸，听着她说起以前的事，"……那次我们和你妈妈一起去海边，还决定不经过她的允许就去参加派对，记得吗？……当你弟弟拿走你的书时……还记得我们讨厌舞蹈学校吗……你不记得了吗？"

我无话可说。莱妮坐在沙发上，摆弄着她的帽子。

我感觉脸在烧，汗在流。我尽可能专注地看着她，仔细听她说的每一个字。我在脑海里，紧急回顾了一下过去的生活，但仍然一片空白。我记不起任何关于我们的事情，就好像我走进自己的园子才发现，原本该有鲜花和蔬菜的地方，却只有沥青和石子。里面空无一物。

我别无选择，只能解释。"你也知道我在这里的精神病院待过好几年，对吧？"我停顿了一下，无法直视她的眼睛，"是这样，他们给我做了很多次电休克治疗，而这种治疗会让人忘记一切。我不记得任何关于学校的事情——从小学到高中。我痛恨这样。真的很抱歉。"

起初，她看上去很震惊，然后缓缓地深呼吸，继续思考着我说的话。她扬起那画得很精致的眉毛，狐疑地看着我。她歪着头，嘴唇紧紧抿成一条线。然后叹了口气。"很高兴你能告诉我这些。"但她的语气却并非如此，"请转告里奇我来找过他。"然后她抓起手包，拾起身边的外套，转身离开了房子。门快要关上时，我听到她说了声"再见"。

第九章　从前门走出去

我知道莱妮不相信我。我甚至可能吓到她了。那之后，我再也没有见过她，也没有听到她的消息。

"你最近跟其他人联系过吗？麦克？萨拉？"

这个问题把我的思绪拉了回来。我猜对了：面前的这个女孩是我高中时的朋友。她提到的那两个人是我班上的。这次我没有说谎："最近没有联系，你呢？"

她就又说起了她和她的朋友的故事。最后，我甚至可以推断出她是谁了——艾琳。我们曾一起上过荣誉班的大部分课程。那次我很幸运，收集到了足够的线索，从而确定了她的名字。虽然我不记得任何涉及艾琳和我的具体事情，但至少我知道了她的名字。

"就这样吧。跟你聊天真开心，下次你见到他们时，要代我向他们问好。"

"好的，一定。"

她微笑着拿起书包，向街上走去。

"再见……艾琳。"我补充道，那时她已经走远，听不到了。

渐渐地，我知道，没有人能理解我丧失记忆的状况。这是不可理解的，就好像我是来自另一个星球的访客，有着只有我自己知道的风俗习惯。为了避免让遇到的人疏远或害怕我，我开发出一套系统：认真听他们所说的话，从中收集足够的细节，来弄清楚我们彼此相识的背景关系。之后挑一些我认为我们肯定一起做过的事情作为话题，而通常这会令对方十分满意，甚至是感激。

在这个过程中，我认识到，人们是多么渴望被倾听，却很少注意到事情的真相。我开始觉得自己像个倾听专家。而更重要的是，在搜寻信息来证明——我是他们认识的那个我——的过程中，我对自己有了更多的了解——他们眼中的那个朋友：安妮塔。

第十章　尝试一场恋爱

　　由于没通过综合教育学院的英语考试，我被分到了初级班。我还要补习数学。而高中时，我在全国诗歌比赛还得过奖，但如今我已经不能精确地使用一个副词或句子。我不敢对别人提起我原来的英语有多好，否则你还得解释英语变差是因为电休克治疗。

　　在这之前，我一直想成为一名儿童心理学家。第一学期，心理学基础导论课的时间跟我的课业表有点冲突，所以我转而选修了社会学导论。讲这门课的阿兰·布鲁姆教授是一位睿智、见多识广的教师。他在课堂上给我们讲，人们如何构建社会、社会如何赋予行为意义，以及人类如何相互沟通。

　　除了经典的社会学理论外，他还教授20世纪60年代一种被称为民俗方法论的激进的社会学。我们研究人类行为中的一个基本课题：分享如何使沟通成为可能。"人类之间给予彼此的信号，传达着各种不同的信息。假设一个火星人来观察人类的这些行为，他会理解到什么呢？最基本的必要信号是什么？"他的专长是精神疾病社会学。哪些行为能将某人定义为疯子？

　　"如果看到一个披头散发的女人在电话亭里尖叫、哭泣，并用拳头砸玻璃，我们能以此断定她是精神病吗？"他问道，一边踱步一边抽烟，挥着手臂强调道，"如果我们了解到，她在电话里被告知，她的孩子被公共汽车撞死了呢？"我的脑子不停地思考着各种可能性。我领会了他的理论，并将它应用于我周围的一切，就好像我刚刚发现了颜色，然后注意到它们到处都是，于是迫不及待地说出每一种颜色的名字并对它们进行分析。

心理学导论是心理学专业和任何高级心理学课程的必修课。我从课程目录中了解到，这个课程是关于老鼠和鸽子的——科学原理、历史和普通心理学的经典实验概念。但老鼠和鸽子并不能激发我情感上的共鸣，于是我在夏季强化班进修了这门课，用了五周的时间把它修完。

虽然我仍然认为我应该学习心理学，但我发现自己被社会学迷住了，并从中学到诊断标准不明、分类不清的概念，例如在精神病诊断中，某些行为如何被定义为精神疾病的症状，以及这些定义如何在不同文化中得到迁移。英语、法语、历史、音乐和艺术欣赏等一系列必修课程填满了我的日程表，而每当有一点空余时间，我就会去听社会学课。为了跟随自己的内心——那时候是我更喜欢人，而不是鸽子——我主修了社会学专业。

同时，我还进行了自己的社会学研究，课题是"正常"。我观察其他学生，把我的行为同他们的行为进行对比。我还模仿我喜欢的学生和教师的着装及行为姿势。

有一天，高中时曾经同组的一位老同学在街上认出了我，并邀请我去参加在她公寓举办的派对。我曾经最亲密的朋友们，大学毕业后纷纷搬到了这个城市。萨拉在一家出版社担任编辑助理。苏在写申请哈佛的论文，她的男朋友住在哈佛。杰弗里在攻读新闻学。

他们如今都成了陌生人。派对上，我坐在椅子上，一句话也说不出来。我为在学业上远远落后于他们而感到羞愧；我没有任何生活琐事与他们分享，没有人会聊精神病院。我强烈地感觉到这是一场梦。朋友们讨论着办公室里的钩心斗角，而我整个晚上都在恐慌中度过，思考着为什么世界还

第十章 尝试一场恋爱

没有毁灭。但从表面上看，我至少若无其事地撑过了这个夜晚。

我的老朋友好心地忽略了我上次的"惨烈"表现。几个星期后，她再次邀请我去参加派对，这次是在郊区。当他们聚在一起，笑着分享各自的故事时，我决定把自己灌醉，也许这样我就不是个"外星人"了。于是我自己到厨房倒了一大杯伏特加，并加了足够多的橙汁，这样易于下咽。

没多久，我就站不稳了，躺在堆满了大衣的床垫上，感觉墙壁在旋转，我就这样度过了那晚剩下的时间。天旋地转又动弹不得的感觉无疑是可怕的，却是暂时的，而我糟糕的表现留给我的羞耻和遗憾却是永久的。几十年过去了，我再也没见过他们中的任何一个人。

第一天上布鲁姆教授的社会学导论课，我和比尔就相识了。他在海军服役四年之后，正在努力回归正常生活。

仔细想来，我大学真正意义上的第一门课是社会学导论。它不同于我在高中时学过的英语、数学或历史等科目，它让我的学习热情更加理性和成熟。比尔跟我一样对学习充满了热情和期待，他计划先学习一些社会学课程，以便选择合适的专业，然后返回耶鲁大学继续读大三。

我读詹姆斯·乔伊斯[①]的《一个青年艺术家的画像》，里面的文字让我感觉自己时而渺小，时而高大，时而又给我惊喜。我喜欢思绪翻飞的状态——现在我意识到那都是受到乔伊斯意识流的影响。每周三上完社会学导论课，综合教育学院的学生四点钟会在休息室吃茶点和零食。那时我和比尔会在那里交流彼此的见解和想法，在道奇大楼的休息室碰撞出迷人的智慧火花。我为与比尔如此心意相通感到惊讶。

比尔喜欢上了我。在学校里，我去哪儿，他就出现在哪儿。虽然我喜欢和比尔谈论社会学，但并没有和他约会的想法。他摸清了我的日程安排，

[①] 詹姆斯·乔伊斯，爱尔兰作家、诗人。——译者

总在课后等着我，这让我非常害怕。我开始故意晚一点离开教室，如果发现他又在等我，我会跑到女卫生间，然后一直躲在里面，直到确定他离开才出来。我不想直接拒绝他，怕会伤害他。后来我们聊起这事时都会忍俊不禁，但当时我并不觉得好笑。

1967年6月，学期结束后，比尔离开了哥伦比亚大学。8月的一天，我正从张贴着暑假班分数的行政楼走出来，在前门外的人行道上遇见了他。他来把他的课程学分转到耶鲁大学。一见到他，一种巨大的幸福感涌上我的心头，这令我很吃惊。当我得知他已经回来了两个星期却没有联系我时，我心中那种烦恼的感觉更令我吃惊。他邀请我共进晚餐，我答应了。

接下来的几个月里，比尔经常在纽黑文和纽约市之间来回跑，说是因为纽约布朗克斯区的一对夫妇打出来的耶鲁论文质量一流。他也经常来看我。

我认为，如果要认真开始一段恋爱关系，首先，我必须诚实，要让比尔知道我的精神病史。我知道，一旦告诉他这些，我很可能会失去他。每次约会，我都跟自己保证：这次一定跟他坦白。但每次约会完，我都会把这事忘掉或给自己编个新理由，下次就说。一个星期六的下午，我们坐在学校附近的一家咖啡店里，一起吃着蛋糕。突然，我觉得是时候了。

"我比大多数新生年龄都大，因为我在两家精神病院待了几年。"我脱口而出，"之前的生活，我几乎都不记得了，因为我在第一家医院接受了大量的电休克治疗。"我叉起自己盘子里的一块覆盆子蛋糕，递给他说："再来一点吗？"

比尔盯着自己的叉子。我叉着蛋糕的手抖了一下。

他吃下我递过去的蛋糕，然后慢慢地、小心翼翼地斟酌着词句。"我的家庭实际上一团糟。"他平静地说，"我同父异母的姐姐十几岁时，也曾进过精神病院。她也接受过电休克治疗。"他把他的巧克力慕斯蛋糕推向我，我们都盯着食物。"我很小的时候，我母亲就让我去看精神病医生。"他继续说道，"等我一回耶鲁，就赶紧找个好医生开心理治疗。"他拿起银壶倒了一杯咖啡，然后把它递给我："可以吗？"

我几乎笑出了眼泪。

之后，比尔定期回纽约，请我吃晚餐，带我去听音乐会和戏剧。他会准备好香槟、新鲜的草莓和鲜奶油，带我到哈得孙河对面的帕利塞兹野餐。我们去参观博物馆、艺术展、花展。无论什么活动，我们都有说不完的话。

我还记得，当上课铃声响起，比尔走进社会学导论课的教室，坐在前排，不时地向老师提问，那时我就知道比尔是一个非常聪明的人。一年多后，我仍然对我们之间激烈的讨论乐此不疲——分析和构建我们在课堂、书本、新闻及任何地方所发现的各种想法和理论，而且比尔对我的想法和理论能立刻心领神会。我想我可能找到了我的灵魂伴侣。到1968年春天，我也开始坐火车到纽黑文，与他一起过周末，但大部分时间我们还是在纽约度过。

一个温暖的夜晚，我们去林肯中心附近的可丽饼餐厅吃饭。那是我们最喜欢的餐厅之一。

比尔像贵族绅士一样有风度地推开门，点点头让我先走进去，然后跟着我进入餐厅。一位优雅的黑发女侍者穿着白色的围裙，戴着一顶精致的蕾丝花边帽，亲和有礼地站在门边。

"晚上好，女士，先生。"她微笑着用法语向我们打招呼。我们跟着她，穿过弥漫着植物香气的大厅，来到餐厅最靠里的一张小桌旁。

"晚上好，女士。"比尔微笑着回应侍者，他的法语流利而动听。女侍者的脸变得更红了，黑眼睛闪闪发光。我的心跳得很快。和如此迷人、博学的男人在一起，我是多么幸福啊！

比尔总能打动我。有一次，他带我去四季酒店吃饭，并提前订好喷泉旁边的位子。他带了自己的一瓶葡萄酒，并让斟酒服务员帮我们打开。他认为我很重要并设法打动我，这让我非常开心。但我更喜欢平时的他，自然流露出的博学多才。我们在这里吃过很多次饭，甚至称它为"我们的餐厅"。当他用法语回应侍者时，并不是为了炫耀，他只是喜欢用她的语言与她交谈。

夜晚，微风轻拂。每张餐桌上都点着一盏小油灯，空气中有玻璃花瓶中的紫丁香气，也有香草和奶油煎饼的味道。我们吃完了主菜，比尔点了香槟。我正要点一支烟来打发等待甜品的时间，比尔对我摆手示意说不要。"那会影响香槟的口感。"他解释道。我知道他不喜欢我抽烟，所以我没抽。

在安静的等待中，我沉浸在荧荧烛光里，感到一阵迷离恍惚。我怎样才能平衡两个角色？一个是跟迷人、高贵的男子在优雅的法国餐厅吃饭的大学生；一个是五年多的时间都在精神病院，因为电休克治疗而忘记了高中所有知识的精神病患者。两个不同角色几乎分不清彼此，好像双重曝光的照片。我对比尔笑了笑，确信自己的确和他在一起。我把香烟放回烟盒，装进手包，然后把膝盖上的餐巾抚平。

比尔拉着我的手放在桌子中央。我的心跳再次加速。他身体微微前倾，凝视着我的眼睛。"我爱你。"他说道，清晰而认真。一瞬间，我的大脑变得麻木，眼冒金星，身体像针扎一样疼，然后我倒下了……

不知过了多久，我发现自己侧躺在之前坐过的长椅上。我的头重得无法动弹，头昏昏沉沉的，感觉像刚被人从熟睡中叫醒。身上密密麻麻的刺痛感，就是手脚麻木后，你一动它们时的感觉。我努力让自己清醒过来，看清楚周围。

人们担心地聚在桌子周围。我盯着他们足有几分钟。发生什么了？我心想。"没事了。"我听到比尔跟我们的侍者说，"这种事经常发生。"

不好，是我出事了。这时我意识到，哎呀！我肯定是晕过去了。我努力坐起身，一只手抓住桌子边缘，另一只手抹掉脸上的头发。我微笑着想让大家相信，我没事。一些顾客仍然盯着我看，其他人看了看就转身离开了。

第十章　尝试一场恋爱

比尔去结了账。他回来时，我摇摇晃晃地站了起来，然后我们一起慢慢地走出门。我紧紧地靠在他的手臂上，不停地道歉："对不起……我没事……真的……非常抱歉。"

"对不起。"到街角时，我再次说道。此时夜晚的空气已经有了丝丝凉意。"我很高兴你没事。"他说，"我差点就叫救护车了。"那时我已经感觉好多了，然后我们都笑了起来。我想我之所以会晕倒，是因为比尔是第一个对我说"我爱你"并让我完全相信的人。

月底，我和比尔订婚了。我们计划一年后，他耶鲁毕业的第一个周末结婚。

订婚意味着无法再逃避亲密这个问题。

"给我三个月，我就能把她扑倒。"我们初见的那个下雪天，他回去跟室友宣告道。对我而言，与彼得的交往，让我对任何性关系都很慎重。尽管如此，性革命已经在我们周围全面展开。作为一名大学生，我感受到了巨大的压力。另外，除了比尔外，我从未对任何其他男人有过那种"就是他"的感觉。

比尔没有预料到我对性是发自内心的恐惧。这种恐惧深藏在无意识中，而且非常强烈，连我自己都感到吃惊。我自称反对婚前性行为，用这一天主教教规来为自己的抗拒辩解。他虽然心有怨念，但在我的坚持下，他妥协了。

慢慢地，我在性方面也有所长进，尽管我假装不承认。比尔技巧上的鼓励，加上我想要取悦他的愿望，让我学会了做前戏，也知道了什么是高潮。

在我同意让关系更进一步之前，夏天过去了。我需要一枚戒指，来证明我们之间的关系。

第十一章　香槟、蛋糕和生米

1969 年夏

　　这一天，从它开始的那刻起，就注定了与所有平常的日子截然不同，我仿佛身处梦中，又好像在童话故事里。

　　我很早就醒了。阳光透过薄薄的白色窗帘，在它的边缘投下淡淡的光。很久以前我还住在这里时，墙是粉色的，如今这里已经被母亲重新粉刷成了明黄色，掩盖掉了那略显幼稚的颜色。窗帘是母亲用一种不常见的绗缝布做的，那肯定是她在打折时淘的。窗帘的顶部是褶皱的窗幔，帘布从两侧散开垂下来。每个窗都加装了一块白色遮光帘，让这个房间的私密性更强。邻居的房子就在车道对面。拉开一边的遮光帘，可以看得到外面的天空。

　　自从八年前重回医院，我就没有在家住过太长时间。而自从 20 岁试图在这里自杀以来，我最多就只是在这个房间过个周末。它那黄色的墙壁再次提醒着我，一切都不一样了。今天你要出嫁了。你再也不会一个人待在这里了。

　　与之前常有的惴惴不安不同，此时我只感到一种身心舒畅的平静。我的心房像一只奶罐，里面盛满了加蜂蜜的热牛奶。安宁的感觉涌入我的每根血管、每根指尖。我躺在儿时的被子里，沉浸在美妙的幸福中。

想要小便的感觉打断了我的幻想。我把被子掀到一边，下了床——公主要去如厕了。从洗手间回来，我把两扇窗户上的遮光帘都拉上去，然后又钻进被子里——公主想要在床上多赖一会儿。躺在从天主慈善会上买来的旧单人床上，可以望见窗外那棵樱桃树的树叶和湛蓝的天空。每年5月初我生日时，这棵树就会开花。属于我的樱桃树。

这时太阳已经升得老高。外面的天气很好。我凝视着另一扇窗，对面是邻居的房子，然后环视着房间的四周。

与父母卧室相邻的那面墙上，一个破旧的白色木制书架上摆放着书籍和纪念品。我从初中开始每年做的年鉴也放在那里。几张《少女妙探》的电影录像带，旁边是平装版《莎士比亚全集》第三卷，绿皮的，已经有点褪色了，书脊上印着"纽约医院，韦斯特切斯特分部-图书馆"。书架的两端放着一些盒子，盒子里装满了旅行收集来的小饰物、电影票、朋友的留言条、旧书信、高中戏剧的节目单，还有已经干掉的舞会胸花。我感到懊恼，因为这些东西的大部分来历，我都不记得了。但过去的就让它过去吧。你将重新开始你的人生。

我和比尔商量办一个尽可能小而简单的婚礼。由于他离家多年，而我在医院里失去了大部分的记忆，所以我们几乎没有很久以前的朋友。出于这个原因，也为了尽可能给父亲省钱，我们只邀请了最亲近的人：总共27个人。我们决定在房子旁边的花园里举办婚礼，在门廊处迎宾。

鲍勃是比尔的伴郎。他们自60年代初在海军服役时相识，就成了最好的朋友。我在综合教育学院第一次与比尔相遇时，他们正合住在一间公寓里。我弟弟里奇的妻子芭比同意做我的伴娘。他们结婚时，我也曾给她做伴娘，我们相处得很好。婚礼前几个月，芭比告诉我，她怀孕了。这意味着，她的孩子也会在现场见证我和比尔的婚礼和誓言，这让我感到幸福又开心。这是来自上天的祝福，是我们幸福婚姻的昭示。

第十一章 香槟、蛋糕和生米

婚纱是我自己缝制的。我花 0.49 美元买了个人模，20 美元买了白色亚麻布——风格简单，不需要太多布。我在礼服下摆和无袖袖口的边上缝上比利时蕾丝花边。父亲给我用来购置礼服的余款，我用来买了一台便携式"胜家牌"缝纫机。买缝纫机还附送了缝纫课，我在缝纫课上做好了礼服。这个课程正好帮我学到一些必要的技巧，例如怎样让袖口的贴边整齐妥帖，如何缝上蕾丝花边等。

芭比的伴娘服也是我自己做的，是一条淡绿色的棉布裙，两侧有可以调节的带子。我没戴面纱，而是戴一顶雏菊花冠，交给市里的一家花店来做，用雏菊和白百合做捧花。

比尔住在一间小房子里，周边的社区和谐而略显破旧。它位于纽黑文郊区，在一片建筑群和山林之间，距离我父母家大约一个半小时的车程。我打算在楠塔基特度完蜜月后搬去与他同住。我父亲的姐姐，玛乔丽姑妈的一位朋友把她的夏季度假屋借给我们一周——正赶在 7 月 4 日的度假高峰前。结婚这天，我之所以可以做到如此冷静，还有一部分原因也许来自 6 月 21 日这个日子：夏至。夏至，将我们与过往文明的婚礼和仪式，以及这个世界之外的东西联系了起来，那是一种至善至美或独一无二的力量。许多人称之为上帝。

而如今我已不知该如何看待上帝了。直到大约一年前，我一直是个虔诚的天主教徒。我每周都忏悔自己的罪过，并认真反思自己的缺点和过失——我十分乐意认真对待自己的宗教信仰。星期天做弥撒时，我会吟诵拉丁颂词。然而，有一天晚上，我忽然意识到，正是我在教堂里所说的那些伤害了我。

那晚，我跪在纽约市一所教堂的地下室里，准备忏悔。"主啊，你到我舍下，我不敢当。"我用拉丁语重复了三次，右手攥拳捶打着心脏，"主啊，我不配"。我尽力为自己的罪感到难过，尽管当时我并不能具体地说出自己的罪，例如抢劫、谋杀，甚至故意刻薄。但我担心，如果我不认为自己是个肮脏、应受谴责的人，我可能又会犯下不谦卑的罪。

突然之间，我发现自己已经无法继续做一名虔诚的天主教徒了。我想到，我花费那么多的时间进行治疗，日复一日，年复一年，就是为了想要理解和接纳，我生活中所遭受的诸多艰难困苦与挣扎并不是我的错。一直专注于内疚和自责肯定是不对的。真实而慈爱的上帝，是不会让人们痛恨自己的。我不知道该怎么办，低下头，在心里思索着答案。几分钟后，我走出教堂，投入这个嘈杂吵闹、臭气熏天，却热情友好的城市夜晚的怀抱。

婚礼那天，当透过樱桃树的树叶看着天空时，用不着完全相信上帝，我也能感觉到一种神圣感。

一股咖啡和培根的宜人香气飘进卧室。其他家庭成员都已经起床，楼下熙熙攘攘的人们正在准备着早餐。我听到泰勒向母亲喊了句什么。当听到詹妮的声音时，我的心欢快不已。詹妮是我的教母，她一直爱着我并相信我；她让我安心。我渴望待在床上继续我的思绪，但我知道，是时候让公主现身，尽一下自己的职责啦。

我不情愿地坐起来，掀开被子，它那如同皮草般的柔软触感——只有用了多年的床单和毛毯才会慢慢拥有那种触感——还在皮肤上久久萦绕。我的每一个动作被无限放大，犹如投射在巨大的高保真彩色荧屏上；每个想法中的每个字、每一丝声音、每一种气味，皮肤上的汗毛、光线、空气都放得清晰可见。我穿上那件12岁就开始穿的粉红色格子浴袍，穿上那双至少有相同年岁的平底拖鞋。真希望我记得这些衣服所见证过的过往，我边系浴袍边想。我用手搓了搓额头，匆匆走下楼梯进了厨房。

身穿自制白色礼服，头戴花冠，捧花上的百合散发着阵阵香气，我准备好了。粉色的唇膏，淡淡的妆容让我的脸光彩照人。我感觉好极了，仿佛身处童话般的梦中。

我站在后门，等待着我入场的信号。比尔的嫂子将用大键琴演奏巴赫的赞美诗《喜乐心灵》——之前，比尔从他康涅狄格的家中把那架大键琴万般小心地运到我父母家。比尔的两个侄女会演奏长笛。那首曲子响起时，便是给我的信号了。我将走到房子一侧的门廊，门廊旁是一条长满富贵草的斜坡，一直延伸到小花园；围绕着满是岁月痕迹的石板路，种着一片片的玫瑰、杜鹃和凤仙花，看起来像一座低配版的老式城堡花园。同时，我父亲听到那首曲子，也将从前门出发，然后我们在门廊下会和，他会送我走过四级石阶，来到拱门圈那里——伴娘芭比的前面，然后他会坐到花园前面的椅子上。接着，比尔跟伴郎鲍勃应该在前门会合，然后一同走到我和伴娘所站的位置。

主持婚礼的牧师帕克博士是我一位老同学的父亲。我故意忽略了他的教派，因为考虑到宗教敏感性，这已经是我能做出的最佳折中方案了。比尔的家人是圣公会教徒，但他已经远离了那个教派。母亲、詹妮姨妈、我和我弟弟都是天主教徒。我父亲说他是无神论者，他从来不上教堂，也从不谈论宗教。他的姐姐玛乔丽姑妈是圣公会教徒，她看不起天主教徒，而我的父亲又看不起她。姑妈家的表哥跟我说过，我们的祖父——我父亲和玛乔丽姑妈的父亲——是犹太人。比尔说他的外祖父也是犹太人。因此在我们家，人人都知道不能谈论宗教。

我在后门听着大键琴的演奏，等了很长时间。这时比尔最小的侄女跑了过来，看上去有点担心，"他们都在等你。"她说道。

"我……我……但我没有听到信号声啊。"犹豫片刻，我深吸一口气，大步向前走去。

当我走到房子的一侧，靠近花园台阶时，我意识到，是风把声音吹走了；她一直在弹着大键琴。银色琴弦上飘扬出的美妙乐曲，像萤火虫一样飞舞在我四周。我重新恢复了平静。

我小心翼翼地、慢慢地跟着父亲一起走到花园中央的拱门。比尔几乎已经走在我们前面，他不得不先退后让我们先走，然后他又重新走过来，站到我旁边。鲍勃和芭比站在我们后面。帕克博士和比尔的侄子查理站在我们前面。查理穿着一件合唱团红礼服，手里拿着一本圣经，那是詹妮姨妈几年前送给我的。

我的父母、弟弟和比尔的母亲，还有詹妮坐在最前面——富贵草旁边的木制折椅上。其他客人坐在我左侧草地的椅子上，紧挨着小花园。我喜欢他们坐得如此靠近：我很高兴我们只邀请了最亲近的人。

牧师一直在说着什么，过了一会我才注意到，他是在读一节诗篇。"……说谎和诡诈的舌头"什么？比尔和我翻透了整本诗篇，才特别选定了第23篇，就是因为它里面没有提到罪、死亡、仇恨、邪恶或暴力。牧师读的肯定不是那篇。比尔的母亲脸色苍白，好像有人打了她一样。其他人是一副严肃又极力克制的表情，就好像他们虽然也感到震惊，但为了保持礼貌，又不好怪罪我们。查理肯定是把书翻错了。

听着听着，我感到一阵恶心。不是那篇！我很想尖叫。比尔冲我挤眉弄眼，似乎在说："这傻透了，但我真的很爱你。"他那两条又黑又密的眉毛活像两条毛毛虫，仿佛随时准备登台表演，就为应对今天这样的事故。我深吸一口气，闻到了捧花中百合香和玫瑰的芬芳。我想着爱的美好，重新收拾好心情。

仪式的进程加快了。很快，就轮到我们交换结婚誓言——我们的誓言很传统，但为了绝对的性别平等做了必要的改动——之后我们为对方戴上了戒指。我和比尔走下台阶，绕着房子走到前院，长笛和大键琴合奏的珀塞尔的小号即兴前奏曲甜美而壮丽，将草地变成了一个充满音乐和灯光的魔幻地毯。那场盛大的婚礼，是我一生中最美妙的时刻。我所有的悲伤都被远远地甩在身后，消失不见。

不久，我、比尔和客人们在前面的草坪上站成一圈，每人都拿着一个空酒杯。爸爸把比尔选购的香槟倒入我们的酒杯中——科贝尔干型香槟：它比一般的干型香槟更贵，味道浓烈，口感强劲。我父亲举起杯子时，聊

第十一章　香槟、蛋糕和生米

天的人们停了下来，当其他人意识到发生了什么时，也跟着安静下来。

"我想敬个酒。"他说道。

"烤面包？不要烤面包！葡萄酒，葡萄酒！"一个愤怒的孩子打断了他。我表妹珍妮弗3岁的女儿伊迪亚，跺着脚哭了起来，小脸涨得通红。伊迪亚的母语是意大利语，"敬酒（英语中与烤面包发音相同）"一词使她感到困惑：她可不能被轻易糊弄。我们同情的笑声让她更加愤怒。珍妮弗赶紧递给伊迪亚一杯酒让她象征性地尝了一下。庆祝活动继续。

爸爸在工程界的社交经验丰富，今天这种场合对他来说游刃有余。虽然之前选香槟时他颇有微词（他跟母亲说："我可不会买单，惯坏那小子。"），但还是为我和比尔献上了精心准备的祝酒词。应该是这样的吧？实际上他刚说完，我就已经完全不记得他说了什么。但我没有时间再去想，因为此刻我弟弟泰勒正挥手示意他也要祝酒。

我那年少害羞的弟弟竟然要祝酒。我很感动。

"首先，祝贺你们俩。"泰勒说道。他讲话时不太熟练，让我为他捏了把汗。"你们看上去很般配。祝你们幸福长久到永远。"然后他停顿了一下，脸上似乎蒙上了一层阴影。他眯起眼睛，脖子上的血管暴起，久久地盯着比尔。他眼里满是泪水，声音有些颤抖。"你，"说着他用手指指着比尔，"你，照顾好我姐姐。"

我胳膊和腿上的汗毛都竖了起来。这一刻我的心满满的。他爱我，他想保护我。我开心地涨红了脸。但我不太明白他的意思，刚刚的快乐转瞬被痛苦取代。冰冷的恐惧从脚趾一直贯穿到头皮，刺进我心里。我强行把它从身上赶走，让自己的心去感受爱。

我们婚礼的接待台由三个餐桌组成，摆放在前廊上。其中两张餐桌上摆着大盘的面包卷和调味品，以及大份的牛肉或火腿。每张桌子后面，都站着一名穿黑色连衣裙、头戴白色折边帽，有点丰满的侍者，给客人提供从烤肉上现切下的肉片。而客人可以用各种配料自由搭配成自己喜欢的三明治。餐桌上还有白色的餐巾纸和餐盘供大家使用。

我太兴奋了，什么都不想吃。父亲四处走动着，给客人倒香槟。我喝了一小口，但似乎已经是我的极限了。我的胃装不下任何东西了。而且，我还得招待客人。

"还有五分钟就要切蛋糕啦。"母亲不知从哪里冒出来，冲我喊道，"你和比尔得去门廊那里，快点。"

我四处寻找比尔的身影。他穿着手工定制的白色西装，戴一条橙色花纹的领带，这让我能很容易在形形色色的客人中找到他。当然，我也可以看看人群里谁最高——他就是人群中最高的那个。我很感激母亲亲力亲为地接待客人，而尤其让我感到幸运的是，比尔已经为我们的蜜月做好了安排。我乐于听从安排。

不久，我和比尔就站在了门廊边的第三张桌子前，垂着长桌布的桌上摆着高高的糖霜蛋糕和银质蛋糕铲。客人簇拥在我们周围。自从订婚以来，这是我最向往的时刻之一：切婚礼蛋糕。我喜欢众人的这种关注，但此刻我又感觉那么不真实，好像这个场景并没有真的发生，好像这些东西在任何时候都可能消失。我把第一块蛋糕递到比尔的嘴边，然而他还没咬到，蛋糕就碎了。碎落的蛋糕有些掉在白色桌布上，有些粘在他白色西装的衣领上。希望它们不会留下污渍。希望轮到我时，我不会把蛋糕弄到礼服上。我咬了一小口，没有发生任何事故。

离我最近的侍者拿过蛋糕刀，开始将蛋糕切成块，分给客人。另一位侍者把咖啡摆到之前放火腿的大餐桌上——剩下的食物已经被合并到其他桌子上。咖啡壶边上，整齐地摆放着杯子、碟子、小勺、糖碗和奶油罐，井然有序，令人心安。

我一直微笑着和客人聊天，这时母亲匆匆过来告诉我，该换衣服了。你不必这样紧张，我很想这样跟她说，我现在结婚了，你不必再事事为我操心。这一小小的怨愤转瞬即逝，不一会儿梦一般的感觉又重新环绕了我，

第十一章　香槟、蛋糕和生米

我不再感到压抑。我像踩着粉色的云飘回了自己的房间。

最后，我换了一套米色度假服，一条无袖连衣裙和一件立领长外套——那是爸爸送给我的礼物。那天，我和母亲即将出门去商店时，他笑着说，我们可以花100美元，他如此慷慨令我惊讶不已。外套的衣领上别着比尔送我的结婚礼物——一枚金质雏菊胸针，胸针中间镶嵌的黄钻，与我的订婚戒指交相呼应。白色手套、背包、鞋子。时尚、协调、齐全。我的行李箱已经装进比尔的小跑车，我们随时准备前往几英里外的机场。我对这次旅行感到紧张，尽管我表现得很勇敢。

客人聚集在房前，等着我和比尔走出去。我一想到要离开，心里就打怵，但我知道不能给这感觉喘息的空间。把它们想象成需要氧气才能生存的细菌——屏住呼吸。

我站起身，头晕晕的，这时比尔抓住了我的手。"抓紧了，"他说，"我们直接上车，来吧。"我们推开面前的门，走下台阶，我紧紧抓着他的手。

客人站在两边，为我们让开一条小道。"祝你们好运！""祝福你们！"他们纷纷喊道。当我们从中间走过，他们纷纷把大米往我们身上撒。我的胃一阵绞痛。我记得广播上说，如果鸟儿吃了这些生米会死的。我之前居然没想到这事。

我笑着向欢喜雀跃的亲朋好友挥手告别。开心点，你喜欢的男人已经成了你的丈夫，我像只陀螺一样不断告诫自己，要微笑。突然，我注意到汽车后窗上贴着"新婚"，一堆罐子和缎带绑在保险杠上。太酷了！然后，我又不禁想到，如果车后一直拖着这些东西，我们会尴尬死的。要微笑！

比尔和我疯狂地挥手，坐上车离开了。车子拖着一堆东西，一路噼里啪啦地沿着山路向下驶去。终于开到拐弯处，确认大家已经看不到我们了，比尔停下车，拿掉拴在保险杠上的那些饰品——我们猜应该是我的弟弟还有鲍勃弄的。有那么一个微妙的时刻，我担心比尔有点反感他们弄乱了他的车。"我爱你。"我说，希望他别过分在意这事。很快，我们又重新踏上旅程。路上我们聊了聊对客人的看法和下午发生的趣事。

婚礼刚结束，比尔的母亲就决定要养一条狗。她把她的计划告诉了所有人：等第二天回到克利夫兰，就去买一只贵宾犬。"听到一只迷你贵宾犬取代了你的位置，不知道你的治疗师会说什么。"我咯咯地笑，瞥了一眼比尔的脸，然后换了个话题。比尔的车在机场高速上奔驰，很快，我们又说到对未来美好蓝图的憧憬，而且每一幅蓝图都比上一幅更宏伟。

在楠塔基特的夜晚，黑暗中，我静静地躺在丈夫身边。在我们所住的小屋周围，没有路灯，没有商店，也没有城市；什么都没有，而且这里很冷。这个地方关闭了一个冬天，我们是今年的第一批住客。我们到了之后，离这里最近的一个邻居把钥匙给了我们。除此之外，只有我们两个人。

我们乘坐一架四人飞机飞往岛上。飞机上只有飞行员和副驾驶员，比尔和我。我不赞同如此奢华浪费，但这是比尔想要的。所以我说服自己，既然已经和非常爱的人结了婚，只要好好欣赏旅途的风光就好了。从精神病院的电击床上走到今天是多么不容易，我这样安慰自己。从大学到结婚，26岁才开始的人生，已经比我想象中要好太多太多。黑暗中，这些想法使我温暖起来，它们帮我击退了不安和恐惧。

但毯子实在太薄，房间里冰冷彻骨，一种海滨屋特有的潮湿让寒意更甚。我们住的房间原本是给服务人员使用的。由于整栋房子都找不到一张双人床，我们将两张单人床用风筝线绑在一起，铺上床单和床罩，让它适合两个人睡。

当晚早些时候，我们在岛上最好的一家餐厅享用了龙虾和香槟。我们很晚才回到住处，两人都精疲力竭。有好几分钟，我们紧靠在一起，紧紧地拥抱着对方，然后比尔睡着了。今天，我不用为性的问题苦恼了。

如果我是个正常人，那我可能会把蜜月中的亲密行为想象成美丽的海浪，白天时，它会掀起最高的浪花；到了晚上，它温柔地轻拍在细软的沙滩上，浸透所有经过的地方。但我并不正常——我的浪花顶多是小水池级别。

婚前，每次性行为都会让我感到窒息：赤裸裸地躺在床上总让我想起等待电休克治疗的场景。

我们也有进行得很美好的时候，但有前提。例如，我更喜欢白天亲密，尽量避免在夜晚。如果他坚持，我需要亮着灯，而且我必须在上面。比尔看上去很健康——对一个男人来说，这也意味着饥渴——但对我的这一癖好，他似乎总是很有耐心。我没有告诉他，亲密过程中的气味让我感到恶心，而且我必须想象自己是在别的地方才能继续下去。当我们订婚但尚未结婚时，我总是下意识地害怕，好像我的母亲随时可能会冲进房间跟我断绝关系。也许这就是问题所在。既然我结婚了，亲密行为正式得到认可。也许我的感受会有所改变。

至少这些感觉没有毁掉这美妙的一天。

时间又过去了很久，我仍然睡不着。这没什么好惊讶的，因为睡觉对我来说一直都是个难题。现在的问题是，我很担心那些可能会去吃大米的鸟。如果有的鸟吃了太多米，撑死了怎么办？我不知道我们的客人怎么会有大米；而当我知道他们是以此来向我们送祝福时，又没有阻止他们。在我生命中最重要的一天，我是如此粗心大意，而且在应该站出来说话时，却保持沉默。

我知道我应该放下对这些担忧的执念。比尔很爱看百科全书，他会帮我的。明天我要问问他，对那些吃大米的鸟怎么看。我依偎在比尔温暖的身体旁，胳膊环着他的腰。终于，阵阵睡意轻轻抚平了我的纠结不安，将我送入星星的怀抱。

第十二章　变幻的魔法

1971 年春

　　由于不知道事情会怎样发展，我的策略就是：不断尝试。然而，当我发现自己作为 1971 届的学生，坐在耶鲁毕业生纪念日的灰色金属折叠椅上时，还是感到无比惊奇。彼时，我已经是一名即将毕业的耶鲁大学优等生。

　　我们婚礼前的那年冬天，耶鲁开始招收第一批女学生。那时，耶鲁正在规划具有历史意义的男女同校制，但耶鲁是绝不会接收一个参加成人教育课程的人，更不用说那人还是前精神病患者——尽管我并没有提这一点。但因为我在哥大综合教育学院成绩不错，而且我即将搬到纽黑文居住，所以我还是递交了申请。

　　3 月下旬我收到了耶鲁的拒绝信，我并不觉得意外，但还是很伤心。到了 6 月，我被安排成为一名"特殊学生"——耶鲁大学学生的配偶，完成所有必修课就可以拿到耶鲁大学颁发的毕业证书。我符合标准，因为比尔即将成为耶鲁大学的社会学研究生。

　　1969 年 9 月，我和第一批女学员一起进入耶鲁大学。其中大二和大三的女生，都是从国内最好的大学转到耶鲁的。作为一名特殊学生，我住在校外。有时，我乘公交车到市中心；有时，我骑自行车，只是用时比较长。我独来独往，我面带笑容。我喜欢上课，而且我成绩很好。

但这也让我再次成了"新来的女孩"。我太害羞了，交不到朋友。我告诉自己不要介意，毕竟能够在耶鲁大学学习，单凭这一点，已经完全超出了我最宏伟的梦想。但事实上，我心里的矛盾仍然存在。我有时感激现状，而有时又对自己"二等公民"的地位感到不满。我不敢相信自己已经是其中一员，而除了一起上课外，我跟其他同学没有任何互动，所以我的体验不像是在生活，更像是在看电影：虽然对结果感到好奇，但眼前的一切似乎跟我没有什么关系。

耶鲁男女同校制的过渡过程很是艰难。一年后，许多之前转来的女生都离开了，耶鲁大学重新开放接收转校生。这次我还敢申请吗？我问自己。作为一名社会学专业的特殊学生，我在本科和研究生的学习中都取得了优异的成绩。在心理治疗中，我提到了转校的事，身为耶鲁毕业生的赫勒医生鼓励我去申请。我手里拿着成绩单，大步走进社会学系主任的办公室，询问他能不能帮我从哥大综合教育学院转到耶鲁大学，而他真的帮我转校成功了。

当我怀疑自己或不知所措时，赫勒医生总会帮我坚定信心。把录取通知书拿给他看的那天，我的骄傲之光几乎能照亮半个纽约市。

一周后，我重温了这种感受。在我们面谈时，赫勒医生带了半瓶香槟。我们共同为我人生中的重要时刻举杯庆祝。这对我的自信和成就是一种极大的肯定。

以这些年我对他的言语和行事风格的观察来看，赫勒医生是个敏锐细致、体察入微的人。他温和而有趣。不高兴时，他会直接表达，用一种平静而温和的方式，给人以安全感。他不用刻意说多么为我高兴，因为那半瓶香槟已经说明了一切。

大四的最后一个学期，我成了一名真正的、如假包换的耶鲁大学本科

第十二章　变幻的魔法

生。我拿到了一张带照片的学生证，在体育馆学会了打壁球，知道了如何从图书馆借书，并参加了一个题为"文学作品中的问题少年"的毕业生专题研讨会。耶鲁本科生有 12 所住宿学院可供选择，学生们在那里进行日常作息和参加各项活动——非正式体育比赛、国际象棋比赛、派对，等等，至少我认为是那样的。我选择了达文波特学院，因为比尔读本科时也选了这个学院。

我收集了很多耶鲁的东西。我买了一个耶鲁文件夹，几个笔记本和两件 T 恤。第一件 T 恤是白色的，前面用深蓝色的大写字母写着"耶鲁"；另一件 T 恤是深蓝和白色条纹的，左上角靠近心脏的位置印有"耶鲁大学"。我还在车后窗贴上印有耶鲁的贴纸（毕业后不久我就把贴纸拿掉了，我不想太炫耀）。成为一名耶鲁大学生，对我来说像一个转瞬即逝的魔法，趁着魔法还在，我要好好珍惜有它的时光。

学期末，我们毕业了。我不想错过这场充满荣誉和认可的毕业盛宴，我决定参加即将在周六举行的班级毕业典礼，尽管那里我一个人都不认识。我很可能看上去很傻，但我不想错过人生中如此重要的时刻。我想体验一下酷的感觉。

在老校区那片灰椅子中，我选了一个靠过道、人少的座位坐下。那些演讲者我不认识，他们正介绍着杰出的男女学生以及他们的成就。演讲的间隙，时不时有成群的学生说笑着从我身边走过，他们分享着我听不懂的笑话和其他话题。我也渴望能成为他们中的一员。这不公平！然而我知道，哪怕允许一丝嫉妒或不满的情绪进入我的内心，都会毁了我。我努力稳住自己的情绪，提醒自己，你是一名前精神病人，能有今天这样的成就对你来说已经够好了。放在几年前谁会想到你能有今天？

一群女孩从我旁边经过，她们时而叽叽喳喳地说着，时而哈哈大笑起来，气氛融洽而热烈。我抬起头，期待地微笑着，但她们并没有注意到我。嫉妒又开始在我耳边低语。我恨你们,我瞪着她们,这样想道。熟悉的现实脱离感将我淹没,连带那个细小的声音。如果刚才的事情根本没有发生呢,我在嫉妒些什么?如果连我这个人都不存在,又怎么会被别人孤立在外呢?

我一点也不酷。我只想回家,但离比尔来接我的时间还有一个小时。在那个宜人的春末下午,我坐在那里,看着晴朗天空中的朵朵白云,重新考虑了周一的毕业典礼,不知道我的家人会不会为我感到骄傲。他们会感到高兴吗?或者我的成就又会成为父亲用来打压母亲和弟弟的机会?我不知道父亲是否明白,当他对母亲说我比母亲好时,他就已经把我所有的成就感都抹杀了。

但是,我内心是一个充满希望的人,所以很快就忘了我的嫉妒和家庭问题。毕业典礼会很棒的,我向自己保证说。

我抚摸着身上的亮黑色学士服,昂首挺胸,站得笔直。我即将从耶鲁大学毕业,而这是有史以来第一个有女学生的毕业班。我,曾是一名没有过去也没有未来的精神病人;我,比别人晚了四年才念完高中;我,第一次申请纽约大学和耶鲁大学都被拒绝了。而此刻,我站在这里,就如同买了一张去奥尔巴尼的机票,却最终飞往了巴黎。此刻,我只希望能与幸福相伴,在坚持不懈、努力、好运和卓越的心理治疗下更好地生活。

但这些我都没有感受到,相反,我感到痛苦。当应该由衷地感到欢乐和喜悦时,我的整个躯体——从头到脚——都充满了恐惧。在发给我的正式通知文件中,有一封来自财务办的通知,上面写着:"所有的学费、住宿费、实验室和图书馆费用须全部付清,否则学生在毕业时将不会获得毕业证书。"如果职业康复中心没有支付这笔费用怎么办?我是信中提到的这类学生之一吗?大量的信件、通知和一系列的说明,都明确了我是耶鲁大学本科毕业生的身份(有的信息中甚至给了我一个特定的毕业生号),但我的思想只集中在这件无法核实的事情上。

第十二章 变幻的魔法

周日早上，我参加了在伍尔西大厅举行的学士学位授予仪式。金碧辉煌的大厅里，有精致的雕塑、大理石柱和绘着米开朗琪罗画风的拱形天花板，到处都金光闪闪。我坐在那里简直被眼前的景象惊呆了。如果我父母能在这里看到我，会不会和我一样吃惊呢？除了肃然起敬之外，那天的其他感觉都如同隐入了迷雾一般，模糊不清。

现在，周一，我坐在达文波特学院美丽的庭院里，环绕在一片美丽的格鲁吉亚砖瓦建筑中，满眼是绿叶繁茂的杜鹃花、月桂树和冬青树。空气清新，阳光灿烂。脚下的草地茂盛而柔软，墙上爬满了常春藤。我数不清现场有多少人。在主要仪式结束后，达文波特的毕业生从老校区来到了这里——所有毕业班学生都将坐在主席台对面的荣誉席位上。然后，接受各自学院颁发的毕业证书。

起初，我并没有心思担心。从老校区到达文波特的路上，我跟其他学生一起穿过马路，完全不理会红绿灯，让车辆给我们让路。跟大家一起这样做令我感到开心，要是耶鲁大学的文职人员没有罢工就更好了。当我们经过的时候，有几名站在路边的文职人员看起来很生气。正常情况下，所有毕业生都会拿到一份毕业典礼的活动清单，而罢工意味着没人去做那份清单了。

我走在路上时，通过身边学生们的对话知道了这些。路上我还碰到了一个沮丧的年轻人，名叫艾德。我们开始攀谈起来。艾德害怕他父母会对他失望，因为他去的是威芬普夫斯音乐学院，而且花了五年时间才毕业。

哎！他抱怨的时候我想，比别人晚一年就让你感觉落伍了，那要是六年呢？但我什么也没说。尽管艾德的理由远比我的好，但我知道在这里我们都没有归属感；我们都希望能真正融入其中。

"你歌唱得这么好，你的父母应该特别骄傲才是。"我这样说道，希望能使他振作起来，但他还是愁容满面。

周围，一群群年轻美丽的男女学生说着、笑着、互相拥抱着。有些人在他们的学士帽上画了和平标志。大多数女学生都没穿学士服，而是穿着长裙和短袖上衣，花枝招展地炫耀她们衣服的时髦款式和美丽花纹。几周以来，她们的照片和故事屡屡出现在报纸、电视和收音机上。作为第一批从耶鲁大学毕业的女学生，她们有理由受到各界的关注。

但显然我并不属于她们中的一个。除了我之外，只有一个女孩穿着学士礼服，戴着学士帽——一个高大漂亮的黑人女子。不知她选择这里是否像我一样，从未想到会有今天。总之，我想可能这一天对我们两人来说都意义重大，因而不想放弃传统。

我的父母和弟弟泰勒坐在后面的家属专区。比尔的母亲、玛乔丽姑妈和戴夫姑丈、詹妮姨妈坐在他们身边。里奇和芭比正忙着安置他们在佛蒙特州的新家，因而没能到场。我和比尔谁也没说我已经收到"美国大学优等生协会"的入会通知，因为我们想给他们一个惊喜。但天哪！我才是那个大吃一惊的人：我所期待的惊喜并没有发生，等待我的只是一个黑洞，一个充满怀疑的火山口。我不停地想那通知："所有的学费、住宿费、实验室和图书馆费用须全部付清，否则学生在毕业时不会获得毕业证书。"

你会毕不了业；你会拿不到毕业证；你不会获得任何荣誉。想到这里，我的胃里一阵翻腾；我的心因为即将到来的打击而变得冰冷。我又重新回想了对我有利和不利的证据：我收到了一包东西，里面有学士服和学士帽。到目前为止也没人来阻止我参加毕业活动。我先是这样对自己说，继而又被另一个声音打断，DVR是个官僚机构，它可能没有给我付费。官僚机构从不按时付费，而且它可能不会付，为什么它要帮我付费呢？随着这个声音的增强，恐惧压倒性地向我扑来。任何快乐的感觉、任何我应拥有的自豪感，以及这件事对我来说的意义，都被深深地掩埋。

达文波特学院院长的声音从遥远的地方传来，他说最后的仪式即将开始。一位学生在此发表"我们的最后一课"的演讲，但我什么都听不进去，因为如果我不能毕业，他所说的那些都跟我没有任何关系。终于，毕业仪

第十二章 变幻的魔法

式开始了。毕业生的名字三人一组，按照字母顺序被大声念出来，每个名字后面跟着他们所获得的荣誉。随着一组组的名字被念出，我越来越焦虑不安。我努力集中精神，隐藏自己持续恶化的情绪，让自己看上去很正常。

就像行刑官对即将行刑的犯人那样，我在心里对自己说，你要做好失望的心理准备。你不会拿到毕业证，也不会获得"美国大学优等生协会"的荣誉。但是，你能应付这些，你会没事的。

但我知道，如果一切真的成为泡影，我会彻底崩溃。

你从未想过会在这里。这是你从未想过能够拥有的东西，你怎能因为失去它们而难过呢？

泪水马上就要夺眶而出，这时，念到"S"开头的姓氏了。我的周围闪着耀眼的光芒——太亮了，我有些头晕目眩。

"杰弗里·阿瑟·萨姆森，优等毕业生；安妮塔·佩雷斯·索耶，最优等毕业生，准入美国大学优等生协会，社会学系最高荣誉；阿曼达·西蒙斯……"

我没听错吗？那些荣誉是在你的名字前面还是后面？我迈着发抖的双腿，来到达文波特院长颁发文凭的桌前。他用力地握了握我的手，直视着我的眼睛，边点头边意味深长地说："祝贺你！"

回到座位上，我仍然止不住地颤抖，但此时我已经不再那么坐立不安。我意识到刚刚发生了戏剧性而美妙的事情。我的心不再因恐惧而冰冷，而是变得温暖起来。它有力地跳动着，像歌剧中的低音鼓。慢慢地，我打开手里那深蓝色的封面，盯着毕业证书上的拉丁文。高中和教堂的学习，已经足够让我看懂那段优雅的拉丁文所写的权威毕业声明。声明下面，是深蓝墨水的手写体：右侧是"成绩最优等"，左侧是"社会学专业学生"。

而在那中间，正是我的名字。

第十三章　人类的"蝙蝠雷达"

在耶鲁大学学习的同时，我也在摸索家庭生活的奥秘。成年后，我除了精神病院的室友外，就只跟比尔一起住过。

我跟比尔的共同兴趣比我想象中还要多。我们对社会学理论、古典音乐和苏格兰乡村舞蹈都非常着迷；我们喜欢阅读并进行探讨；我们喜欢鸟类和户外活动——园艺、散步、徒步旅行等。此外，我们还花了数年时间进行个人心理治疗。不健全的家庭让我们无法适应成年生活，我们知道自己需要帮助。尽管我们很清楚自己不想成为什么样的人，但当我们不可避免地发现自己越来越像我们不想成为的样子，对于如何做出改变，我们几乎一无所知，而通常我们都固执己见。

我爱上比尔并不是偶然的，这种情况是可预测的，根据一种直觉导航系统——人类的"蝙蝠雷达"，受伤的人会互相吸引。无论人们多么努力避免被毁灭性的思维模式入侵，或他们以为他们开发的配对筛选系统多么精密复杂，像蝙蝠雷达那样，直觉导航系统往往是关系背后的驱动力。

虽然我对比尔的家庭背景了解并不太多，但偶尔可以从他提及的家事中了解到他的家庭也是个麻烦家庭。比尔的母亲是他父亲的第二任妻子，比尔是五个孩子中最小的一个，他有两个同父异母、比他年长很多的哥哥、姐姐，还有两个亲哥哥。比尔出生时，他的两个亲哥哥分别是6岁和4岁。

和比尔结婚后不久，一位嫂嫂跟我说了一些比尔家里的事，这些事是比尔的父亲临终前告诉她的。在比尔的父母有了他们的第一个孩子时，他们计划要创造出一个天才，并对此确信无疑。大儿子萨姆两岁时，他们认为他虽然很聪明，但还不是他们心目中的天才，所以他们决定再次尝试。二儿子巴克斯特，满足了他们的要求。他长大后成了一名很有成就，但性格有点古怪的科学家。为了让计划更加完满，他们原本希望比尔会是个女孩。

比尔一直都在苦苦挣扎，寻找着自我。他是个聪明的、多才多艺的人，比起科学家，他更像是个艺术家。无论对自己还是他人，他都追求完美，并倾向于鄙视任何不符合他要求的事物。他几乎无时无刻不在诟病他母亲那苛刻、跋扈的说话方式，不仅向朋友抱怨，有时甚至还对刚认识的人说起。他经常提到她说的一句话，那句话在他6岁之前就已深深植入他的脑海，"你真是要多坏有多坏。"（当时他偷喝了几口放在冰箱里的牛奶，嘴上留着"白胡子"，被他妈妈抓了个正着）。所以可以预料得到，比尔并不能很好地接受别人的批评。

我们结婚后约一年的时候，有一天，比尔说他想订购一些盆栽玫瑰。他给我看了一本精致的花园图录，上面印着红色、粉红色、桃黄色的花朵照片，漂亮又完美。不管比尔想做什么，我几乎都能先挑出问题来，但这个提议看上去还不错。

比尔还是那么富有创造力，他把在厨房地板下面的地窖里安装了三排生长灯，这里就是育花房了。收到20株玫瑰花苗后，他在地下室凹凸不平的泥土地上摆了一排排绿色的塑料盆，离生长灯四英尺。我虽然没想过在哪里种这些玫瑰，但对眼前的情景还是感到吃惊——它们被种在室内，平时根本看不到。如果我想看看它们，还必须去地下室看，这让我更加失望。

第十三章 人类的"蝙蝠雷达"

几个星期过去了,许多玫瑰的枝叶已经失去了原有的光彩。它们有的蔫了,因为比尔有时会忘记浇水;有的也开了,但几乎没有一株开成图册上展示的那种盛放的样子;还有几株死了。

我们每周都固定去一次商店,购买生活用品。有一天下午,我们刚买完东西回到家,比尔建议再买些玫瑰苗,把原来那些死了的扔掉。

"我不太喜欢在地下室种花的想法。"我告诉他,"我觉得它们像被关在地牢里。"

比尔没有说话,但他的脸色瞬间就变了。他抓起购物袋,大步走进屋里。

收拾罐头和麦片时,比尔狠狠地甩上橱柜门。他不说话,但他的表情并不难看懂。我不知道我怎么得罪了他,但我知道我肯定是得罪他了。我没有直接问他。

房子太小了,我们无法真正避开彼此。我努力避免跟他碰面,但这并不奏效。过了很久,为了表示抱歉,我明确地跟他说,不管我做了什么令他不快,我都不是有意要让他难过。我表现得特别友好,还倒好茶端给他。我夸他说:"你穿的这件衬衫很帅"。他盯着我,仿佛我是一头长了两个脑袋、一脸痘的猪。

"我知道你心里怎么想的,你还指望我表现得友好些?"

"我心里怎么想了?我只是在夸你啊。"

"你为什么要请一个狱卒喝茶?"

"狱卒?这是从何说起?"我提高了声音。

"你说我囚禁了玫瑰。如果我那么无情,那你肯定也受不了我。"

"我并不是说你无情。我绝对不会那么说你。"

"你说得很清楚。"

无论我如何解释,比尔执拗地认定我把他看成一个冷酷的狱卒,那些玫瑰就是受害者。几天过去了,他还在生闷气。

自我最初说了那些话后，大约过了一周，我们又从超市回来，把东西放到厨房里。比尔没有说话。

"你还在生气啊？"我无比温柔地问道。

"我只是这里的狱卒。"

真是幼稚死了，我想，蠢蛋。每个字都好像扎进我心里的巨大而尖利的冰柱。我厌倦了他一直生闷气，并对我不依不饶的样子。我真想咬掉他的头！

然而，我什么也没说。伤害他的感情和自尊令我感到害怕。当我还没想好该怎么办时，他又摔了橱柜的门。泄愤的摔打声让我无法正常思考，我的心中充满了愤怒，就像在医院期间把头往墙上撞的那种愤怒。我冲进浴室，砰地关上门。我用力咬着手指，拇指指甲两边的肉上留下了深深的红色牙印。

过了一会儿，我的手变得酸疼，但我已经平静下来。疼痛吸收了我的愤怒。我努力回想，却想不起自己为什么生气。

"你说明天你几点开始上课来着？"我回到厨房问道。比尔已经放好了生活用品，准备喂猫。"晚餐我来做意大利面和肉丸吧。"看他没有回应，我补充道。

比尔把开罐器扔到厨房台上。"随便你！"他说。啪！他把一罐豪华版"喜跃"海鲜猫粮用力倒在塑料盘上，然后拿起刀，像拿匕首一样把猫粮切成小块，放到我们的猫——曼宝——面前。我没理比尔，也没理喵喵叫的曼宝。

我得先去煮点水了……还有几个新鲜西红柿可以用来做酱汁……

我有自己的一套处事理论：如果我努力营造一种和谐的家庭氛围，那它就会成为现实。我不会再生气，而当比尔看到我营造的和谐气氛时，他会很感激我。我为他做晚餐，这会让他感受到我的爱。无论发生过什么都不再重要了。

第十三章 人类的"蝙蝠雷达"

"我爱你。"我说道,把餐盘放在他的面前。

"你知道我特别讨厌你这样!"说着,他愤然离开了餐桌。

我得记住这招不管用,我悲伤地想。

第十四章 另一张椅子

1975年2月

比尔从他的父亲那里继承了一部分财产。在结婚最初的几年里，我们靠这部分资金维持生活。每个月，我们需要支付142美元作为房租。纽约州职业康复中心支付了我大学本科的学费，各种政府补助支付了我读研究生的费用。耶鲁健康计划——一种早期的健康管理组织，为我们提供了全面的医疗保障。除了心理治疗费用之外，我们没有太多的财务需求。

当我觉得比尔爱抱怨或太挑剔，或者我太懦弱、太焦虑时，我就这样安慰自己——只要我们接受足够的心理治疗，就能够改变我们。对于治疗费用我从不含糊。我很少去外面吃饭，衣服也只添置了几件（并且还是打折时买的），但如果是把钱花在心理治疗上，我连眼睛都不会眨一下。

我寻求心理治疗的帮助，不仅是因为它能够修复我们各自的性格缺陷，同时也是对我职业生涯的一种投资。我已经决心成为一名心理学家。

我原本申请了耶鲁大学的临床心理学研究生，但当时的心理学入学委员会讨论并拒绝了我的申请。幸运的是，我在耶鲁的毕业论文指导老师参加了那次讨论会。我被拒绝的决定刚做出来，他立刻就通知了我。于是我马上转而去申请社会学专业研究生,那里的入学委员会成员都认识我。我被录取了。

尽管我是一名社会学专业的研究生,但我还是注册了一系列心理学课程,而且我只需要得到课程教授的许可即可注册该课程。通过这种方式,我完成了获得心理学学位所需的大部分必修课程——心理学导论、变态心理学、临床实践、统计学等。

我们社会学专业因其卓越的医学社会学学者而闻名,其中包括比尔的顾问奥古斯特·霍林斯赫德——当时医学社会学家中首屈一指的人物。通过学习社会精神病学、流行病学、异常行为学、精神疾病社会学,以及各种人类社会行为理论,我对社会背景下的医药学,尤其是精神病学有了广泛的了解。多年后,这些课程开阔了我作为心理学家的眼界。

有时我会三缄其口,置之不理,以避免泄露自己早年的经历,特别是面对那些我认为错误的、笼统的评论时。例如,取笑精神分裂症患者的笑话。我感觉自己像个见不得光的危险分子,如同一个出狱的囚犯,假装对监狱生活一无所知。我把自己看作研究生中的异类。

渐渐地,我不再将自己定义为叛逆的少年或疯子。随着时间的推移,我不再害怕自己的过去被发现。因为很少有人会提起过去,就算提了,我也可以模糊地说一些世人常见的成长经历,让自己的童年和青春期听上去跟别人没什么两样。我把注意力集中在准备好自己,以从事帮助他人的工作。

也许是我太执着于遵循自己的计划——努力在社会学的学习中成为一名心理学家——我所走的每一步都会遇到难以预想的困难。

我了解到,只有得到临床心理学项目的权威认可才能获得实习资格,而实习是取得执业许可证所必需的。我第一次和退伍军人医院(耶鲁大学最好的实习合作单位之一)的心理科主任见面时,他这样向我解释。所以,他别无选择,只能拒绝我的实习申请。但是,他同意让我做一名志愿者,与任何需要协助并愿意教我的心理学家一起工作。通过向神经科的心理学

第十四章　另一张椅子

家学习，我学会了做心理测试。我到盲人中心、慢性疾病科和医疗病房去帮忙。我还在精神科从旁协助家庭治疗。做了一年志愿者后，我再次提交了实习申请。这次，他们接受了我的申请。"如果她如此执着地想来实习，"据说主任这样说道，"为什么要阻止她呢？"

我被批准于 1974 年 7 月，开始在纽黑文退伍军人医院 G-东 8 楼的住院精神科开始临床心理学实习。作为两名实习研究生之一，我也是那里的工作人员。我拿到了属于自己的钥匙，可以随时出入病房。我在自己的办公室里会见各种最难以捉摸的病人，病房锁着的金属门外有一个小过道，过道上有四间办公室，我的办公室就是其中一间。即使在病房已经待了好几个月，但每次用我的钥匙打开那扇门仍然让我兴奋不已。

与 20 世纪 60 年代纽约精神病学研究院住院医师的年度轮换制不同，退伍军人医院的实习人员每六个月就轮换一次。因此，到了 1 月份，我们的三名精神科住院医生和其他心理学实习生，与日间医院的医生和实习生进行了交换，而我不在其列。按照计划，原本要来这个病房的实习生在加利福尼亚找到了工作，导致这里出现了空缺，于是主任接受了我的提议，让我再留半年。我努力表现得很无私，好像我为了帮他们填补空缺而放弃了日托医院的机会。而事实上，留下来才真正是我迫切想要的。这样，我和病房里的许多退伍军人建立起的医患关系才不会被中断；我就可以和我的病人一起进入更深层次的心理治疗。并且我发现我在新来的住院医生眼中地位有所提高，因为我可以向他们解释住院部的运作方式。

但愿我能把我所知道的住院部的信息悉数告诉他们。

隐藏我的精神病史本身就像是一份全职工作。我喜欢被人称为"索耶医生"，但是每当谈起限制措施、通行证、药物，或者经过治疗室闻到酒精消毒水味，都会让我想起自己被关在病房的那段过往。有时我会迷茫，有时我会感到恐惧，以为自己又成了一个病人。我担心自己实际上是个骗子。

穿着漂亮的套装、裙子或休闲裤，与其他实习生一起辩论哲学或弗洛伊德的理论，其间就像在陡峭的山上滑雪橇一样——有一种飞行的激情与快感，然而也总是伴随着坠毁的恐惧。与邋里邋遢的老兵在休息室里打台球，让我感觉要放松自在得多。

讽刺的是，我的秘密知识也让我觉得自己更具优势。当我听到缺乏安全感的住院精神病医生讽刺病人时，我会想，真是彻头彻尾的蠢蛋。那些医生总想显示他们比别人高一等。一些状况或程序都有通俗易懂的说法，他们偏要用拉丁术语来表述，以显摆他们是多么聪明；如果我拼错了某个术语或药物，他们就用一种居高临下的语气来纠正我。有的人拿精神病院开玩笑，或者模仿病人说的一些奇怪的话，好像鄙视病人错乱的思维，就能证明他们精神多么正常似的。

在东8楼，大多数年轻医生都对我平等相待。我们交换意见和想法，互相帮助。偶尔有些傲慢的翻白眼或大声叹气的人也会惹怒我，但愠怒很快就会过去。被尊重的感觉让我变得更加宽容。

我曾看到，面对那些或咄咄逼人，或站得太近，或太过大声地问奇怪问题的患者时，即使是最稳重的实习生，也会害怕。但我不害怕疯狂，与患者互动对我来说很容易，与高级职员相处才是对我的挑战。每当跟高级职员在一起，极度的害羞常常让我张口结舌，这让我感觉自己愚蠢至极。

周一是我们团队会议的时间。我潦草地写完最后的治疗笔记，把笔和笔记本夹在胳膊下，抓起毛衣，并将钥匙环滑到手腕上。我单手熟练地从一堆钥匙中提起一把方形的铬色钥匙，塞进锁里转动一下，锁好我办公室的门。走到大厅，又用一把铜钥匙打开病房。

"早上好！"我对一个胡子拉碴、拖着脚走过来的年轻人微笑着说，等听到门锁上了，才继续往前走。我匆匆穿过大厅，其他几个病人对我熟视无睹。

第十四章　另一张椅子

很快,我和团队成员们都进了会议室。病房主任波尔肯医生和心理学家布雷特医生坐在宽大的长方形会议桌一头;我们其余的人——护士、心理学家和实习精神病学家——各自找了空余的椅子坐下。有人在波尔肯医生背后的黑板上写下了今天的日期。通过我座位对面的一扇大窗户,我能看到外面冬日的蓝色天空。早晨的阳光照耀在房间的黄色墙壁上,明亮而稍稍嫌热。

我们正在讨论保罗,一个新入院的病人。跟东 8 楼大多数的年轻退伍军人不同,保罗并未参加越战,因为他精神不太正常,无法完成基础的陆军训练。入院前,他就一直在看私人心理治疗师,这种情况很少见。

保罗跟他母亲说,他脑子里的声音命令他自杀,于是他母亲赶紧把他送到了急诊室。我们的任务是评估他的病情,做出诊断并制订治疗计划——心理治疗、药物治疗、职业治疗、小组或家庭治疗相结合——这将减轻他的症状,并帮助他培养更好的生活管理技能。而他拥有私人治疗师的事实,意味着我们需要更加努力地证明我们的能力。

我静静地坐在桌边,耳朵里却一直在嗡嗡作响。我看到的所有东西都显得异常生动清晰。大家都很崇拜的一位聪明、敏锐的住院医生——乔治,正在大声读着保罗的心理治疗师发来的基本病情报告。

"他说自己是虚幻的。"乔治读道,"住在一个充满纸片人的世界里,没有任何活着的生物。他想死。他相信他的死将给世界带来自由与和平。"

"那还不是全部。"护士珍妮几乎抢着说道。她笑着的样子像有什么色情八卦要分享似的,"护理报告上说,他不说话——没有回答过问题,也没有提出过问题,一句话也没说过,啥都没有。从他周六上午到急诊室一直是这样。"说着她抬了抬眉毛,盯着手中的一摞文件。会议室里发出各种吃惊的"哇哦"声,实习生们窃窃私语,资历老的工作人员则沉默地思索着。

"谁愿意与这位富有挑战性的年轻人面谈?"过了一会儿,波尔肯医生问道。

没有人举手，也没有人动，大家都避免与波尔肯医生进行目光接触。谁会想与一个拒绝谈话的人面谈呢？尤其还要被大家点评指摘自己的面谈技术。

然而我内心早已激动不已。我了解这种症状，让我来吧！我努力让自己保持平静，不让自己的手指颤抖。看到没有人愿意主动去做，我等了一会儿，然后举起了手。我想，实习生们可能都在默默地感激我：谢天谢地，这次是你，不是我。我不用接受那些批评和责难了。我表面上一副不情愿的样子，实际上心里比谁都开心。他们不知道这个机会对我意味着什么。

珍妮离开会议室去带保罗过来。波尔肯医生和布雷特医生坐到了离桌子最远的位置上。我把空着的椅子挪到黑板旁边，好让他们更容易看到。为了更好地进行观摩，有几个人调整了一下位置。我环视了一下整个会议室，脸因为骄傲而涨得通红。你能相信你在做这个吗？我对自己说，紧接着又把自己拉回现实，白痴，你到底在想什么？尽管如此，我还是迫不及待地想让这个陌生人开口，这期盼超越了我的恐惧。我紧握双手，坐在第一把椅子上，等待着保罗的到来。

门被推开，珍妮带着一个头发蓬乱、满脸茫然、特别消瘦的 19 岁男子进入房间。"这是保罗。"她介绍道。

我站起身，伸出手。"你好，保罗。"我说道，"我是索耶医生。我会在这里和你聊聊，这样大家都能认识你，并看看我们怎样能够帮到你。"保罗颤抖的手指几乎没有碰到我的手，他摇摇晃晃地坐到我对面的椅子上，苍白的脸转向我，像见鬼了一样盯着我。别害怕，我跟你有相同的经历。我眼神恳切地望着他，希望能减少他的恐惧。

这种面谈是专业医学教育中再普通不过的一项技术，却包含了我 31 岁人生的全部。没有人知道我曾经坐在另一张椅子上。对在场的人来说，我是个目的明确、有爱心的医生，即将与一个认为自己应该去死的患者进行面谈。而曾经是一名精神病患者的我，刚刚主动请缨，为即将成为心理学

第十四章　另一张椅子

家和精神病学家的同事们，展示基础临床面谈技术。

我看了一眼围坐在会议桌旁边的伙伴，等待着。你行的，不要搞砸了。我坐直了些，转向身旁的年轻人："今天早上，你感觉还好吗，保罗？"

沉默。他叹了口气，然后是长时间的停顿。

保罗身上散发着一股臭烘烘的味道。我知道那是他许久未洗的金发和皮肤上所积聚的污垢、油脂和汗水的气味。我不确定应该给他多少时间整理思绪，来回答我的问题。我不想逼得太紧让他厌烦，但如果他一直不说话，我也不想因等得太久而显得愚蠢。

"你似乎不太想说话。"

他换了个姿势，用手搓着头发，对我置之不理。

"你看起来很紧张。我想如果我是你，同样也会紧张。坐在一群陌生人面前谈论自己，想想就让人害怕。"

他仍然沉默，但似乎提起了一点精神。他稍微坐直了些。

"是在场的这些人使你紧张吗？……除此之外，还有其他事使你紧张吗？"

保罗眨了眨眼睛。他清了清嗓子，眼睛盯着地板说："你帮不了我。我已经不存在了。"

"怎么就不存在了，保罗？"

他抬起头，没看我。慢慢地，像是在回忆一首晦涩难懂的诗，保罗开始诉说，而我则用自己的方式翻译他的语言。"我在找我的父母。一切都是虚假的。"他认为他周围的人是不真实的。跟我一样！我的心怦怦直跳。他是一个跟我有相似灵魂的人，经历着与我过去相同的感受。我回想起自己在医院时的样子：一个瘦弱、恐惧、沉默的女孩。我极力把画面从脑海中赶走，集中注意力在谈话上。丧失现实感使他周围的客观世界看上去是假的，扁平如同纸板。发生什么事都不再重要，因为没有什么是真实的。

"他们走了。"保罗继续说，"我又去找其他人，但我不存在。"他丧失了个体意识；他自己的存在也没有意义。我知道每一种不真实感会有什么感觉——极度的、难以忍受的怪异。这种感受太糟糕了。

"你和你的父母似乎都不是真实的，对吗？可以想象，那样感觉一定让你很不好受。"

保罗皱起了眉头。"黑暗的天空里藏着一条蛇。杀了它。杀死它。它们不希望我在这儿。"他是对性感到羞耻吗？他是在担心被拒绝吗？

"你觉得自己不被需要，对吗？"

"没什么是可以相信的。"他听起来很沮丧。然后一切都毫无意义了。谢天谢地，我已经走出来了。

"一个对你来说任何人都毫无意义、没有什么是真实的世界，听起来很寂寞，保罗。"

"嗯。"他的脸仍然一片茫然，但眼皮抽动了一下。我希望我能安慰他。

"那你怎么办？"

"听音乐，不说话，还有毒药。"

"毒药？"

"杀我。"

"杀你？为什么？"

"地狱。混蛋们在地狱里找到正义。"

"你认为杀死自己是在伸张正义吗？"

他不再越过我盯着某处，而是转过身直视我的眼睛，然后点了点头。"对，对，就是那样。"他似乎一下子有了精神，"有个声音说'得走了。这小子坏得很，晚上不给他饭吃'。"

"那个声音告诉你要自杀吗？"

他又一次用力地点头，张开因焦虑和药物作用而起皮的苍白嘴唇，含糊地吐出一串话。"他们命令我'消灭你自己''死亡就是解脱'。"他睁大双眼，盯着房间外的某个地方，眼神放光。保罗满脸疯狂，陷入了一个我

第十四章 另一张椅子

们看不到的世界。他的确有精神病。我以前是不是也像他这样？我闻到一股汗臭味。希望那是保罗身上散发出来的，而不是我。

"你有计划吗？那个声音有没有告诉你用什么特别的方法去做这件事？"

保罗深陷进椅子里，低下头，长长地叹了口气。

"怎么了，保罗？你好像很沮丧。"

"这场戏真是烂透了。没有人相信我。"他小声说道。

"我相信你！"我脱口而出。

保罗没有回应。过了一会儿，他又叹了口气。

"没有人相信什么？"我故意冷静地问道。

保罗从椅子上坐直。他探过身，看着我："计划是对的。人生没什么意义。该走了。"

说出这句话好像用尽了他最后的能量。他蜷缩在椅子上，用一只大而僵硬的手捂住自己的脸，蔫在那里。不好！我是不是逼得太紧了？我有点担心他。

20分钟的面谈时间到了，我必须结束谈话。

"这些都是非常严重的问题，保罗。"我对他说，同时开始注意围观者的反应，"毒药，生命没有价值，一切都不真实，想死。你听起来很不开心。我们现在的工作是确保你不会自杀，并给你时间弄清楚如何处理这些事情。你认为你可以跟我们合作吗？"

保罗拿开脸上的手。他犹豫了一下，然后点了点头。

"谢谢你跟我说了这么多，保罗。"我说。

我站起身，伸出手与他握手。在药物和现实脱离感的作用下，他显得有点疑惑和木讷，但他还是从椅子上站了起来。有那么一会儿，他好像有了活力。他直视着我的双眼，微笑着握住我的手。即使我已经要放开了，他仍然紧紧地握住我的手。珍妮领他出去之前，我听到他咕哝了一句什么——他是在说谢谢吗？

快乐，像温热的茶一样蔓延进我的胸膛。我被保罗深深地感动了。时间仿佛已经转换，在一个平行的空间，我遇到了很久以前那个迷失的小女孩，并伸出援手治愈我自己。我想起了哈罗德·瑟尔斯。我做到了！我是多么棒！

但下一秒，我又开始质疑自己。你在开玩笑吗？看在老天爷的份上，他并没有说出任何有价值的东西。你看起来像个傻瓜，假装你能听明白他在说什么。

当珍妮重新回到座位时，波尔肯医生清了清喉咙。"谢谢你，索耶医生。尽管起初他说的东西难以理解，你还是保持了足够的耐心。"他停了一下，喝了口水，"我喜欢你随和的态度，好像你从一开始就认识他。你的坦率使他足够信任你，并愿意开口跟你说话。"

我微笑。

"这是一个精神非常不正常的年轻人。"主任转过身，对着房间里的所有工作人员说，"她的提问让我们看到了保罗偏执的想法。他认为自己是邪恶的，这点很容易导致他自杀。那么，得出的诊断是什么？"他环顾了一下四周。

"显然，他有精神病。"一位住院医师说道。

"很有可能是精神分裂症。"停顿了一下，另一位补充道。我迟疑了，我怀疑保罗的情况是不是精神分裂症。

随后批评接踵而来。"她用了太多引导性问题。"刚才第一个发言的住院医生说，"我们怎么知道这是不是他自己真正的想法，如果他只是对她的说法表示同意呢？"

我心里颤动了一下。他说得有道理。

"还有，你对他那些话的解释，你不觉得有点太天马行空了吗？"他看着我问道。

"这个问题很合理。"我承认道，再次想到了瑟尔斯医生。

第十四章　另一张椅子

"我认为解释的合理与否，可以从病人的反应中看出来。"乔治为我争辩道，"她的解释显然有对的地方，否则患者也不会跟她以他的方式建立联结。"

珍妮夸张地举起手臂，看了看表。"时间到了。"她宣布道，然后抓起一叠文件夹，离开了房间。

在椅子挪动声和低声的评论声中，我们收起各自的钢笔、夹克、毛衣、糖果、写字板、笔记本、钥匙，朝门外走去。我很感激乔治的支持，虽然他说话时，我没有在听。走出房间时，有几个人跟我说"干得漂亮"，我礼貌地回"谢谢"。我正沉浸在自己的世界。

我心中一个安静的小角落里，住着一个小女孩——一直以来我把她看成精神病人。我想自己是否已经准备好放弃自己原来的看法。现在我可以称自己为心理学家了吗？我真的成为一名精神病医生了吗？

忽然，我感到有只手落在我肩上"……有时间吗？"乔治和布雷特医生站在我身边。

时间？"抱歉。"我说，"你刚才说什么？"

"午餐。"乔治说，"有没有时间跟我们一起吃午餐？"

我绊了一下，差点摔倒。我红着脸，捡起掉到地上的毛衣和笔记本。

他们看到的是哪个我？我在想。

"当然。"我回答道。

第十五章　从未体验的快乐

1975 年 6 月

我在桌子底下轻轻抚摸自己的肚子，有一种梦幻的感觉。我们治疗团队正在讨论，通过限制措施和增加药物，来控制杰克·M 日渐恶化的病情。我平时都会密切关注这些事情。我仍然认为，我有责任确保患者不被欺骗或不被简单地用药物解决了事。但最近我关注得比较少了，因为无论怎样，下个月所有的实习生都会离开。我从午餐袋里拿出一块包好的三明治，然后打开。

我的工作量也相对减少，因为我怀了我的第一个孩子。病人和工作人员都为我感到高兴。我非常开心。

我咬了一口厚厚的棕色面包，一块带有蛋黄酱的瑞士奶酪掉在我凸起的肚子上。面包是比尔亲自做的，原料有面粉（麦子来自俄亥俄州的一个特殊农场）、有机酵母和富含维生素的核桃油。我故意把奶酪掉到身上这样的小事搞得大惊小怪，好让人看到这么大个的三明治，炫耀一下宝宝有个多么伟大的爸爸，以及我们是多么负责的父母，即便宝宝还没有出生。

像许多 20 世纪 70 年代的女性一样，我打算兼顾家庭和事业。我计划生完孩子后，推着婴儿车，带她一起去图书馆，并在一两年内完成一篇论文。我打算自然分娩、母乳喂养——自然、家庭和研究生学习完美结合在一起。这一切我都能做到，我对自己说，看看迄今为止我都有了怎样的成就！

生杰西卡的时候，分娩过程很难熬，所幸时间不长。突然来到这个明亮、凉爽的世界，小家伙啼哭了一会儿。当助产士把小小的还在蠕动的女儿递给我时，我们的目光第一次相遇了，那个时刻我无比震撼，仿佛整个世界都静止了。她安安静静地，用圆圆的黑眼睛盯着我。杰西卡被放在我胸前时，就立刻开始吃奶了。我记住了助产士的话：如果我足够用心，宝宝自然会教我如何做个母亲。

我浑身酸痛，精疲力竭。但在我的一生中，我从未感到如此快乐。

助产士好像还说，婴儿不仅是神奇的存在，同时也是混乱和令人疑惑的存在。对一个如此小的生命负起全部责任，是件令人敬畏的事。我有必要时刻照看她，但这不足以实现我作为完美母亲的目标。我必须弄清楚她想要表达什么，以及我该怎么做。

我和比尔并不总能理解女儿在说什么，在该怎么做才对这个问题上，我们经常意见相左。我喜欢给杰西卡喂奶，喜欢抱着她，和她一起玩，给她洗澡、换尿布。有时候我能几个小时一直看着她。比尔也很珍爱她，非常乐意照顾她。然而，跟许多新父亲一样，孩子分走了我对他的部分关注，这让他感到失落。比尔对我花时间跟杰西卡在一起有点心存怨念，他觉得被忽略了。这使我感到内疚。睡眠不足让我脾气暴躁；荷尔蒙和精神疾病史让我变得不耐烦、不讲理。我远远没有达到自己所期望的样子。事实证明，完美只是个遥不可及的神话。

我们学习如何成为一个三口之家。这一年，充满了开心、绝望、自豪、挫折、痛苦、疲惫、失望和无与伦比的欢乐。这只是人生中，尤其对做父母的来说，最深刻的一课：我所能控制的，比我预想的要少得多。

杰西卡 18 个月大的时候，租的小房子对我们来说太拥挤了。街道上

第十五章　从未体验的快乐

到处是碎玻璃，流浪狗在附近乱跑，户外活动对小孩子来说不安全。我们在当地报纸上称为纽黑文半乡村的郊区买了套房子。买房子的钱是向我父亲借的，利息4%。

我们搬家的前一天，我心爱的詹妮姨妈去世了。她被确诊为肝癌，在探查性手术中，又查出了肺癌晚期。诊断结果出来仅6个星期，她就过世了。我告诉詹妮我们买了房子。我母亲、比尔和我，有时候还有杰西卡，陪她走过了人生最后的时光（跟杰西卡在一起时，她看起来最开心），但多半时间，是我陪着她，尽管她非常虚弱，也不怎么说话。一天下午，她的微笑永远定格在了那天，我抱了抱僵化、安静的姨妈。我们都哭了，谁也没有说话，都沉浸在悲伤里。

我们按计划搬了家。住在属于自己的家里，我感觉自己真正长大了，但对姨妈的想念令我的心隐隐作痛。我从未经受过如此大的打击。

和比尔结婚后，我很少和母亲独处。这次我们花了几天时间，一起整理詹妮姨妈的公寓。

"她一直是母亲的最爱。"一天下午，坐在詹妮床上叠她的睡衣和衬衫时，母亲这样说道，"母亲让我伺候她。她的内衣都要我来洗，冬天的内裤都做得像厚厚的羊毛短裤一样，粗糙的羊毛搓得我手生疼，而且它们好久都干不了。"

"那你是怎么熬过来的？"我问道，尽量不用治疗师的语气。我对母亲的童年一无所知，这是我第一次得以窥见她的怨恨。

"母亲说什么我就照做啊，我不敢跟她顶嘴。"她停了一下，提起一件衬衫，"但我是爸爸的最爱。"她继续叠起衬衫："母亲总是说，'罗珊娜，去看看你爸爸在做什么，让他别做了。'我在爸爸身边时，爸爸总是很高兴。"

又有一天，我们谈到了死亡。"母亲的过世，在我心里留下一个永远无法愈合的洞。"我母亲说道，"她和爸爸都葬在纽约瓦尔哈拉的公墓。"我小心翼翼地靠近她，伸手环上她的背，手轻轻地放在她微驼的肩膀上。她看上去很孤独，非常需要安慰，但我担心自己会随时吓跑她。我与母亲从未如此亲近，对此我很感激。

但那种亲近只维持了几个月。我父亲的脖子上长了一个可疑的肿块，并做了一系列癌症手术，她对我的关心和同情不屑一顾，这令我震惊。那些原本想要安慰她的话，却引起了她的反感。我让事情变得更糟。有一天晚上，我打电话问候她和父亲。

"我才刚进屋，又要马上送你父亲去医院了。"我母亲说。

"我很难过。这听上去很糟糕。"我为她难过。

"谢谢你的关心，精神病医生女士，但我自己应付得挺好。"她冰冷地说道。"虽说不轻松吧，"她接着说，"但我们还应付得来。你还期望什么呢？"

在我心目中，母亲一直像一只可爱但被动的老鼠。显然，那远远不是她的全部。

在学校学习的同时，我和比尔继续着各自的心理治疗。到1971年春天，社会学系接受了我的研究生入学申请时，我已经连续两年每周到纽约市与赫勒医生面谈。我开始觉得，把所有的周五都用在治疗上是不合理的。我心里也明白，我已经是个成年女性，并且成了一个母亲，我需要向一个女人学习。这时，我本科毕业论文的指导老师，耶鲁大学的一位心理学家，向我推荐了他的朋友海瑟·桑德斯。带着赫勒医生的祝福，我的心理治疗顺利地由纽黑文的这位医生接手。赫勒医生则变成了我的同事和朋友。

桑德斯医生活泼、聪明又直率。与赫勒医生的平静稳重相反，桑德斯医生很热情，有时甚至很冲动。她想什么就说什么，但是跟赫勒医生一样，桑德斯医生对我非常认真负责。从耶鲁大学毕业前不久，我开始接受她的治疗。我们每周见两到四次，一直持续了近十年。

第十五章 从未体验的快乐

接受桑德斯医生的治疗后不久,我们的面谈因为她家里突发状况而中断。有一天下午,她到诊所的时间比我们预约的晚了半个多小时。我急匆匆地朝她走去,她怒视着我。我们乘坐电梯上楼,谁也没说话。

"你看起来真的很生气。"一进她的办公室,我就抱怨道。

"我的孩子病得很厉害,我刚才去了医院。"她说,"你急火火向我冲过来的样子,像在尖叫着向我索求和责怪我。我现在最不需要的就是更多麻烦。"

令我惊讶的是,她这样说完,我非常理解她。她对我行为的描述,让我看到了真实的自己。她的诚实使我感到被尊重,就好像我们是朋友一样。

这件事过了一两年后,有一天早上,她发现我缩在候诊室的角落里,"坐直了!你看起来像个精神病人!"她大声说道。她用这种直接坦率的方式反对我的自我否定,激励我前进。

正如每个人阅读或解数学题的方式不同一样,心理治疗中的病人取得进步和改变的过程也各不相同。而我似乎需要挣扎几个月,有时甚至是几年时间,才能理解某些概念或参透某些道理,从而得以改变。我曾经长期深陷在自我厌恶之中。一进入社交场合,我的舌头就会打结,说不出话,把自己封锁在自己创造的小天地里。我深信别人把我看成一个幼稚、愚蠢而又无趣的人。

那次桑德斯医生批评了我不堪的一面后不久,我就产生了一种想法:为什么不做一下现实检验,观察人们是如何与你产生联结的?

从杰西卡出生前的冬天开始,我和比尔就喜欢到当地的一个合唱团——纽黑文合唱团去唱歌。我们每周一晚都会排练,并且每年举办两到三次音乐会。那天晚上,在合唱团排练时,我便收集了一些信息:认识我的人看到我时笑了;有些人在休息时过来跟我说话;没人来纠正我的发音,也没人对我的参与表现出不满,连合唱团的监察员——少数挑剔的女高音歌手,通常是音乐老师,出于职业习惯,认为自己有责任指出错误——也不例外。我受到的待遇与周围其他人没什么两样。

这一新的视角并没有消除我的不安全感，但它有效地阻止了我陷入情绪的泥沼中。我不再花过多的时间沉浸在自己的世界里。

或许，对我影响最大的一次，是我向桑德斯医生抱怨比尔在某些方面有点乏味。"你对这个家伙还期望什么呢？"她俏皮地说。说完我们一起大笑到直不起腰。在那些时刻，对她来说，我只是另一个女人。我们就像是好姐妹。那感觉好极了。

1978年暴风雪期间，有一次面谈，桑德斯医生给我带了茶和饼干，我十分惊喜。当时州警察局已经明令，所有非紧急车辆上路均被视为违法，而我冒着被逮捕的危险驱车赶到她的家庭办公室。如同赫勒医生给我带香槟一样，她听从自己的直觉，以我永远难忘的方式给予我信心。

在那场暴风雪期间，我又怀孕了。每天上午，杰西卡待在托儿所，我去收集论文所需要的数据。

几个月后，桑德斯医生给我的一个拥抱，使我的心理治疗有了一次质的转变（1978年，拥抱还是一种非常郑重其事的行为）。我们计划在家中分娩，所以去看了新的产科医生，但同时也重新唤起了我对医院的恐惧。之后与桑德斯医生面谈时，我回想起母亲竟然允许医生对我使用电休克治疗，我整个人都因为悲痛而崩溃了（我记得我们没有探讨为什么我只责怪母亲，而没有责怪父亲）。我哭泣着，身体因哽咽而不住地颤抖。我感觉我的自我意识扩大了——我更深入地了解了自己。当我终于停止哭泣时，早已过了面谈结束的时间，但我的身体仍然颤抖着无法动弹。这时，桑德斯医生给了我一个拥抱。我很感激她的善良和慷慨。她感受到了我的悲伤；她让我直面自己一直不敢说出的愤怒。

考虑到我的内心有了新的突破，我们把面谈次数增加到每周四次。这样一直持续了四个月，直到我孕期结束。集中的治疗让我与真实的自己更牢固、坚定地联结在一起。第二个孩子詹姆斯出生后不久，我父亲的癌症进一步恶化了。而此时，我已经能更好地与家人相处。

第十六章　他被割掉了舌头

1978 年 11 月

  恶性肿瘤扩散，父亲被切除了已经癌变的舌头。术后，我去纽约市西奈山医院看望他，比尔和两个月大的詹姆斯在车里等我。我边往病房走，边鼓励自己要勇敢。然而一看到他，我就退缩了。

  一件薄薄的医院长袍松垮地罩在他消瘦、佝偻的身躯上，他坐在轮椅上，瘦得皮包骨头的胳膊和双腿露在外面——我担心他可能会冷。他布满血丝的灰暗双眼盯着我，张着嘴巴，唾液沿着嘴巴两边往下流。呼吸管从他脖子上的一个洞里伸出来；挂架上，输液袋里的液体缓缓流进他的静脉。一条更大的管子从他的长袍下面伸出来，另一端通向一个袋子，就放在他腿边那张椅子上。也许那是通到他胃里的管子——充当流食的通道。

  我记不清当时是一个床位还是一个单间了。印象里，感觉像在一个巨大的空间，或者说更像个谷仓里，可能还有其他病人四散分布在不同的医疗站，尽管这样的画面根本说不通。我记得那个场景是黑暗的，那反映了我的情绪状态，又或许可能是太过刺眼的荧光灯所投下的阴影。虽然母亲站在我旁边，但我感觉房间里似乎没有别人，只有我的父亲。

他看上去是如此的小。

刚看到我进来，他的眼神亮了一下，肩膀往后缩了一点，抬起手。他的眉毛好像也抬了一下，然而转瞬间，又回到彻底的疲惫或者说绝望的神情。他又缩回去了。

"哦，该死，罗珊娜。"就在手术前，他还这样对我母亲说。

哦，该死，哦该死，我这样想着，脑子里跳出这样一幅画面。我的父亲，一家之主，已经缩成了一个小孩儿。我的袖珍爸爸，一个头发花白的老头。他从很有影响力的职位上退下来，退休不到一年，就如此快速地坠入低谷。他的人生从来没有离开过伏特加、威士忌和香烟，如今这些都来向他索要代价了。挑剔的编辑、尖酸的评论家、大萧条贻害下的守财奴，都已不复存在，只剩下这个没了舌头的老人。这不公平。他还没来得及从任务期限和通勤路程中解脱出来，就已经没时间了；如果还有时间，他可能会变成一个温和的人。

如今他流着口水，再也不会说话了。

我像被冻住一样呆呆地站在他面前，一句话都说不出来。他看了我一会儿，然后"哼"了一声。他眼睛紧盯着我，然后朝边上的文件架点了点头，像演哑剧一样，努力举起胳膊，好像在打开一个宽大的文件夹。他努力用肿胀开裂的嘴说话。

"他想让你看看他的病例。"我的母亲说。

其实，即使她不翻译，我也明白他要说什么：告诉我，他们对我做了什么。告诉我，我会怎么样。告诉我，他们真正要对我做什么。

看看他还有多少时日吧。

"这是我们的女儿索耶医生。"母亲第一次来医院时，对父亲的护士这样介绍道。我伸出右手跟她握手，左手抵住嘴，低声咳嗽，来掩饰自己的紧张。我很想解释一下，我的毕业论文还没有完成，就算完成了，我也只是成为一名博士，而不是医生。我母亲那样说只是虚荣心作祟。她瞥了我一眼，示意我别乱说话。只要在工作人员能听到的范围内，母亲都坚持称呼我为"医生"，并故意抬高声音。这，也是她的使命吧。

尽管我不再被情绪左右，但在很多方面，我仍然是个胆小怕事的人。别人让我做什么，我就做什么。我不想挨骂，一想到可能会挨骂，我就紧张得恶心。但我又不想逾越权威——病例是给专业医生看的，而不是给病人。如果我正看着，一位护士，或者更糟，一位医生走进来看到我手里拿着病例，那我要如何跟他们解释呢？

但是，我的父母需要我。跟他们那代的许多人一样，他们不信任心理学家，并且对心理治疗深恶痛绝。我深吸一口气，胃部有隐隐的不适感。这是你展示自己能力的机会。他们会深受触动并感激你。你必须这样做。

就这样，我变成了这个家的"私人侦探"。即便冒天下之大不韪，我也不能让我的父母失望。

在一堆相似的马尼拉文件夹中，并没有明显地标注病人的名字，我要怎样才能找到我父亲的病例？我讨厌被逼迫的感觉。我转身望着父亲，脸上满是"看你让我受的什么罪，请不要再逼我了"的表情。后来我意识到这个表情根本就是我母亲惯有的表情——我发誓永远不会重复的那个表情。他皱起了眉头，指着文件夹，用力点着手指强调着。我别无选择。

我又深吸一口气，说服自己确实是一名医生，并且我有权翻阅我父亲的病例。

靠近文件架时，我发现这些文件夹没有任何明确的顺序，只是随意地堆放在台面上。我拿起最近的一个打开，是一个陌生人的名字。我是一个胆小而缺乏经验的罪犯，当我把文件夹合上，放回架子上时，我假装看了看墙上的一张海报。看到了吗？我并不是真的在看文件呢。

第三个文件夹是我父亲的。那时我的耳朵已经在嗡嗡作响了，周围的物体开始摇晃移动。我快速地浏览了一遍，其中有很多看不懂的词句。在退伍军人医院实习时，我学了一些医疗简写，但这上面的许多符号和缩写我都没见过。我快速地跳过那些生僻字符。

一名护士走到柜台边拿起一个文件夹。我把姿势摆得更像个好学的医生。她没有注意到我。

终于，这位"侦探"心理学家没有新的发现，也没找到有价值的秘密，任务宣告失败。吉尔伯特医生的病例记录得很全面：他发现了亨利·佩雷斯舌头底部的鳞状细胞癌；在六小时的手术中，他将其与一些淋巴结一起切除；术后并发症不明显；血压有点高，但之前也如此；其他生命体征，在术后属正常范围。

我把文件夹放回架子上，转身面对我父母惊恐的脸。"这上面写的，跟医生说的没有任何不同。"我说，"这是个好消息。医生认为一切都在掌控中。有些测试结果还没出来。没有提到预后情况。"

父亲动了一下，好像要转过脸去，但因身体疼痛放弃了，他眼神空洞地注视着远处的某个地方。我想给他一个安慰的拥抱，但他幽灵般的样子让我害怕触碰他。他浮肿的脸上有管子和手术的伤口，像一个玻璃制的易碎品。我担心一碰，他就会粉身碎骨。

母亲叹了口气，不安地绞着手："至少没有什么我们不知道的。"她对父亲挤出一个微笑。他瞪了她一眼。

我为他们两个难过。

父亲手术一个月后，比尔和我带着两个年幼的孩子到白原市，跟父母一起过圣诞节。父亲穿着一件帅气、量身定制的藏青色浴袍，里面穿着熨过的睡衣。他直挺挺地坐在小客厅的扶手椅上，身体消瘦，好像百货商店的假人模特。坐在那里，似乎已经耗尽了他的气力。没有人提到他的病情，但从他的行动方式和面部表情来看，我知道他正承受着痛苦。

也没有人提到詹妮姨妈，这是她缺席的第二个圣诞节。姨妈去世前，她每年都来跟我们一起过圣诞节，从我7岁那年跟随父母搬回纽约东部时

第十六章　他被割掉了舌头

一直是这样。在康涅狄格州的家中,我时常在房子里徘徊,叫着她的名字;有时晚上还因为想念她而哭泣。我父母对她的缺席熟视无睹,而在我眼里她的缺席是那么刺眼。但,我也什么都没说。每当我进家门,总好像有一只强大的、看不见的手将我变成一个年幼、胆小的绵羊。

大人们显得很拘谨,谈话也很不自然。大家把精力用在了否认悲伤和恐惧上。以前,在这种聚会上,父亲总表现得喜怒无常。要是他身体还健康的话,他可能早就开始咆哮了。如今他连话都说不出来,新的不确定性让人更怕接近他。我们应该试着跟他说话吗?递给他纸笔?跟他一样"嗯啊"地交谈?

父亲已经无法再说出一个完整的元音和辅音,只能从嘴里发出或长或短、各种音调的"嗯啊"声,点头或小心转头替代了他想说的话。只有3岁的杰西卡似乎没有受到紧张气氛的影响,她从奶酪拼盘上抓起一块饼干,跑向外祖父的椅子旁,笑容满面地递给他:"给你的!"

父亲蜡黄、僵硬的脸颊上,眼角露出了笑意的皱纹。他悲伤、扭曲的脸庞似乎被阳光照亮了。他向前弯着腰——表示正式的鞠躬——然后接过那块饼干。他拍拍她的胳膊,枯瘦的手颤抖着。

"你好,祖菲格。"她咯咯笑着,也拍拍他的胳膊。

我第一次怀孕时,曾问过母亲,她希望外孙们怎么称呼她。"我可不想听到那些忸怩的称呼,什么奶奶、夫人、老婆婆。"她说道,声音里满是责备,"就叫我'外祖母'。"她强烈的反应让我吃惊。

杰西卡刚学着说话时,想要努力说"外祖母",说出来却成了"祖母堡",这太可爱了。而"祖菲格"则成了她对外祖父的称呼。虽然杰西卡很快学会了说标准的"外祖母罗珊娜",但因为见外祖父的时间相对比较少,她这个早期学会的昵称就留了下来。

奶酪和饼干分完后,孩子们也都安顿下来——杰西卡坐在她爸爸的膝上,小詹姆斯睡在我怀里——我们开始拆圣诞节的礼物。从我记事起,我就对拆圣诞礼物怀有一种既喜悦又痛苦的矛盾心理。即使那时候还是小孩子，我和弟弟们都知道父亲不舍得花钱。他通过沉默、愤怒或冷嘲热讽的方式来表达对物品及购物者的不满。

而那天父亲送了母亲两件礼物。

第一个礼盒很重。母亲坐在条纹沙发上，身前是天主教慈善机构的咖啡桌。父亲费力地把那蓝色包裹朝她递过去，又用脚把礼物在地毯上往前推了推。这时，杰西卡跑过去把礼物拿起来。

"我来帮你。"她说。

母亲快速挪到杰西卡旁边的地板上，坐在矮桌前。"我们一起打开它吧。"杰西卡咧开嘴笑着，然后拉开了盒子顶端的蝴蝶结。

我的父亲向前倾着身子，他的眼睛因充满期待明亮了起来，微笑使他的脸颊和嘴角的线条也变得柔和起来。

解开卷曲的缎带，包装纸掉了下来，露出一个深红色的麦斯威尔咖啡罐，里面装了满满一罐的硬币。罐子里有张圣诞卡片，母亲大声地念着上面歪歪扭扭的字：这样你就永远不会缺零钱用了。这些都是我给你攒的。

她的脸红了。"我会好好用的。"母亲说，她努力让自己不哭。

然后，父亲又从他坐的椅子旁边拿起一个小盒子，他把它举起来让大家都能看到。"啊——昂——啊？"他说。母亲向他微笑，他也笑了起来。那是一副漂亮的深绿色驾驶手套，手掌部位配有黑色皮革防护垫，指关节部位剪裁出椭圆形的孔洞，以保证灵活和通气。卡片上写着：给你未来的旅程；希望它们能让你戴着时尚前行。

母亲笑了。"谢谢。"她说，"最近我经常开车，它们很有用。"

父亲为了取悦母亲而表现出的慷慨和孩子般的殷切，可能是他所送出过的所有礼物中最诚挚的，这与他平时的态度形成了鲜明的对比。我感觉到他对母亲日渐增长的依赖。他们的关系最终会怎样？

回家的路上，比尔负责开车。孩子们经过漫长的一天，已经疲惫不堪

第十六章　他被割掉了舌头

地睡着了。街上满是圣诞灯和白雪覆盖的树木，车子在黑暗中穿行，我的思绪回到了令人不安的过去。那天下午，我坐在布朗家的游泳池边，父亲忽然说他爱上了我，说完又急忙走开，去找他的朋友。

也许是赫勒医生震惊的反应，让我对那个场景记忆深刻。与其他模糊的记忆不同，十多年后，那件事似乎仍近在眼前。我的父亲跨越了他不该跨越的界限，而在当时，我把它看成一场噩梦，并努力将它从脑海中赶走。

接下来的那个秋天，每次从医院回家探望期间，如果父亲进屋时只有我一个人，我总会找机会走掉。我没有表现得特别明显，比如马上冲出去，但是他离我越近我就越焦虑，这使我迫切地想远离他。时间久了，这样的行为也变得很明显。有一次，为了躲开他，我离开了客厅，等我再回来时，弟弟、姨妈和父母正聚在一起喝鸡尾酒。他把我叫到一边，问我是不是怕他。

"有一点。"我红着脸小声地说。我不想让他难过，但我也不想说谎。

"是因为夏天在布朗家发生的事吗？"

我呆住了。他一直知道自己做了什么？我一直以为他喝醉了，不知道自己说了什么，所以才原谅了他。"有一点。"我说。

"好吧，你不必再为此担心了。"

"谢谢。"我说，不太确定他的意思，也不知道该如何回答。我抑制住想要跑掉的冲动，站在他身边。

之后谁也没再提起过这事。

借着汽车和路灯照进车里忽明忽暗的光线，我盯着比尔坚实的轮廓，想到刚刚与我们分别的那个往昔不再的男人，不知道该感慨些什么。自从嫁给比尔，我有了安全感。父亲再也不能讽刺、嘲弄母亲或弟弟了，我应该为此感到高兴吗？这是恶有恶报吗？我对父亲的痛苦和屈辱难过，但那是一种苍白、平淡、宽泛的悲伤，冷漠而又没有任何情感上的联结。我相信他爱我，但我只感觉麻木。

"你怎么看我爸？"我问道，希望比尔能帮我建立起某种联结。

好吃的悲伤

"他看起来很可悲。除了杰西卡,他对每个人都带着敌意。他一点都没变。"

真是个混蛋,我不应该问他的。我生气地转过头,盯着窗外,但至少被比尔激怒让我有了一种真实感。车子继续在沉默中行驶着,不久,我们就到家了。

手术六个月后的一天,父亲正在餐桌上处理一些税务事宜,已经处理得差不多了,在签到最后一张表格时,他开始喘不上气来,可能是无法吞咽喉咙里的唾液,或是想大声地呼叫隔壁房间的母亲。等母亲发现他时,他已经昏迷不醒。在送往医院的途中,他去世了。

父亲很早就明确地表示过,他没有任何宗教信仰,也不需要葬礼。如果硬要定义自己,他就说自己是个无神论者。小时候,每当周日母亲带着我和弟弟去做弥撒,他则留在家里,玩《纽约时报》上的填字游戏。他死后,按照他的遗愿,将尸体火化。母亲在殡仪馆举行了一个小型纪念仪式。

参加纪念活动的人当中,有许多著名的土木工程师——"建造了美国的人",他曾这样跟我说。从20世纪40年代末到70年代,他们中的许多人一直在设计建设着这个国家的桥梁、隧道、大坝、高速公路等基础设施。他的杂志中满是对他们工作的报道,如今他们已经是老朋友了。他们泣不成声,脸因悲痛而涨红、扭曲。他们敬爱的这位知音及同事,在他们口中是聪明、诙谐、忠诚、有趣的。当他们哭泣的时候,我一脸肃穆地坐在那里——充满敬意,但仍然麻木。我想哭,但却没有一滴眼泪。

我父亲有酗酒的问题。

我31岁那年,刚到退伍军人医院实习不久。有一天他打电话告诉我说,我的姑丈,就是玛乔丽姑妈的丈夫,上吊自杀了。据我父亲说,戴夫姑丈一直在服用戒酒硫来控制酗酒问题。没有酒精,戴夫无法生存。

"我都不知道戴夫酗酒。"父亲在电话里说。多年来,我和表亲们一直

第十六章　他被割掉了舌头

在反对戴夫姑丈酗酒。在我父亲那样说的那一刻，我十分确定我父亲也是个酗酒者。

对于祖父的自杀，我不知道他是怎样熬过来的。我的祖父是否也酗酒？在家里，我的父亲从来不谈论他的家庭，我们对他的个人生活也知之甚少。在离家很多年后，我从表姐珍妮弗那里知道了他最有争议的过去。我从没想过要在父亲面前提起祖父的死。我想，秘密应该被尊重。

事后看来，他退役后，在从事报社和《埃勒里·奎恩神秘杂志》的工作时，他的暴躁和爱抱怨正是抑郁的症状。他筑起冰冷的墙，将过去牢牢封闭也有了解释：他在努力隔离自己心灵的痛苦，但是烟瘾和酒瘾却把他引向毁灭。最终，我的母亲也染上了烟瘾和酒瘾。

父亲去世几个月后，在与比尔的一次争执又和好的过程中，我发现自己不再感到焦虑了。我的身体不再颤抖；胃里也不再觉得翻腾，这种变化非常明显。我不再感到害怕了。

第十七章　动人的纪念

1981 年年初

带两个孩子的生活远比我想象中更繁忙。幸运的是，我们在离家不远的地方找到一所规模虽小但理念先进的学校，并结识了一帮忙碌、理想主义又志同道合的嬉皮士父母，我们组成了一个大家庭。我原本打算送孩子去公立学校，但比起那些更大也更远的当地学校，这种合作型学校更符合我们的价值观（另外，有一条我很认同的亲子经验说：当涉及孩子的事情时，应当具体问题具体处理，而所有理论上的、理想化的设想都必须给其让位）。比尔起先在学校的财务委员会工作，后来担任了那里的财务主管。我则见缝插针写我的论文。

虽然成年之后，我一直都在进行心理治疗，但我知道在找工作之前，我必须结束治疗。因为，我不想到求职时，在填写病史调查表上撒谎，说自己没有精神病治疗史，也不想被拒绝。

车爬上长而陡峭的山坡时，我放慢了车速。在冬天萧索的灯光下，熟悉的房屋、车道、路口和电缆在满是干草的道路两旁融会交错，像一幅褪色的水彩画。那是 1 月下旬，一个寒冷的周三，我正去往心理治疗的路上。

我第一次开车去做治疗时，从我们家到桑德斯医生的家只需要八分钟。当时我和比尔住在纽黑文郊区，建筑群和西洛克之间的一个小平房里。我开车下山，穿过萧条的公共住宅区，穿过威利大街，然后从那里开始上坡，经过越加繁荣的韦斯特维尔街区，最后到达伍德布里奇街。车子开过一段长长的砾石路，就到了桑德斯医生的家庭办公室。

四年前，我们搬到了纽黑文东面的一个小城镇。如果不堵车，到办公室大概要 40 分钟的车程。有时，我会开车经过那栋在西洛克的老房子，但随着生活越来越忙碌，那里慢慢被遗忘。

不久后，我就不用再这样奔波了。经过与桑德斯医生近十年的面谈，是时候给治疗画上句点，独立应对生活了。

然而，我写论文所需的分析数据还不够，并且结束治疗的计划也成了一个理论概念。在这种状况下，桑德斯医生提议我们设定一个终止日期。在她提出这个建议的同一天，我也第一次产生了结束治疗的想法。那天，我边停车，边想，我不确定现在是否还应该花一个下午的时间接受治疗。这个想法似乎很危险，我尽可能将它从我的脑海中抹去。但不知怎地，桑德斯医生感觉到了我的这一想法。当她问我需要多久能结束治疗时，我选择了一个能让自己脱离出来的最长时间：九个月。

早春 4 月的第三天，我真正独立自主的日子到了。

很多人可能认为，用九个月来结束心理治疗，时间未免太长。但如果知道我曾做了多少治疗，那他们可能会更惊讶。光是有效、成功的治疗——与赫勒医生和桑德斯医生进行的治疗——就有接近 17 年。如果算一算我接受过的所有治疗，包括被那些伤害我的庸医，以及一些被我忘掉的好医生的治疗，我已经接受了近 21 年的治疗——目前为止大半辈子的时间。如此长的时间跨度令人难以置信，但我并不后悔我所做的投资。

我怎么能质疑心理治疗的价值呢？尤其当多年来，我都认为自己肯定活不过 30 岁的时候，它拯救了我。我计划等论文一写完，就找个心理治疗师的工作。我的目标是，将这份延续了我生命的治愈力量传递给其他人，以表达我的感恩之情。

读研期间，我接受了大量的心理学训练，特别是在退伍军人医院实习期间。然而，最好的训练——被这个领域中的很多人所认同——恰恰是在自己的治疗过程中发生的。桑德斯医生研究过精神分析，并且我们一致认为，她对我的治疗是精神分析。在我父亲临终前，有一次去做治疗，我提出不躺在沙发上，而更希望看着她。她同意了："精神分析跟位置无关。"[①]

治疗有一段很长的路要走。刚开始，黑暗、沉重的悲伤压迫着我的胸膛，像一头看不见的怪兽伏在那里，把我压垮。我确信自己是一个谁也不会喜欢的罪人，于是我总是过度补偿，想要努力消除或至少弥补自己的罪，像个傻瓜。我生活在焦虑的旋涡中，虽然父亲去世后，这种情绪减少了很多。

实习期间，我已经证明自己可以成为一名优秀的治疗师。我也是一个不错的妻子和母亲，虽然远非完美。我还常常感觉自己像是个幽灵或生活在梦里，而且仍然很害羞，但到那时，我不再强烈地为自己和他人担忧。现在，我唯一担忧的是我可能会太想念桑德斯医生。

虽然已经是两个孩子的母亲，也是一个 38 岁的成年女性，但是，我以前从来没能在精神上独立过。问题并不是我不知道如何照顾我的家人，而是我能照顾好自己吗？我的心里会觉得踏实，还是会觉得空落落的，好像缺失了某些重要的东西？我是否还会觉得，自己像一叶离港的扁舟，在大海中孤独地漂荡？

别做个懦夫，我不断告诉自己，你会没事的。

[①] 经典精神分析的治疗设置，是让来访者躺在躺椅上，分析师坐在病人身后，倾听并记录他的讲话，并在必要时予以适当的提问和引导。此处，治疗师为主人公打破了经典精神分析的治疗设置。——译者

有时，我还是说服不了自己。

但在这个特别的星期三，我一点都不觉得自己是懦夫。相反，我像被施了咒语一样，感觉自己的心胸变得无比广阔，内心充盈而丰富。

车行驶到了最陡峭的那段山坡。我经常以为到了这儿就无路可走了，但却发现还有更远的路要走。也许是车速缓慢给我造成了错觉。离目的地越来越近，我的内心是兴奋的，而不是焦虑或沮丧。我不像平常那样担心会迟到，导致面谈时间缩短。我知道我会按时到达，而桑德斯医生会在那里等着我。如果我到达时，她还在会见其他人，这种内心的温暖也仍会持续下去。

我有种奇怪的感觉，仿佛心中的迷雾散去了，内心变得一片清明。这一天终于到来了。熟悉的邮箱和电线杆都变得熠熠生辉——我开车经过时，它们好像在对我说话。天空是那么蔚蓝，我几乎忘记了呼吸。

桑德斯医生的办公室到了，我把车停在一辆红色本田的后面。那辆车的主人经常在我前面会见桑德斯医生。我对她忽然涌起一股强烈的爱。对我来说，这是多么了不起的改变啊！以前，我很讨厌碰见其他来访者，因为，尽管我快40岁了，但我会觉得他们分走了治疗师对我的爱。就好像他们是我的弟弟妹妹，治疗师是我们的母亲，而母亲的爱每次只能分给一个孩子。我下了车，走进候诊室，品味着在这里的每一刻。我一点都不着急，因为什么都不会消失。

我的心欢快地跳着。"看到了吗？"我想大声呐喊，"我是真实的。听到了吗？我是真实的！"

我重获新生了，比预想的提前了近三个月。

一个月后，桑德斯医生取消了我的一次预约。她的叔叔去世了，她要去参加葬礼。当时，我们已经安排好了最后三个星期的治疗。在她拒绝补做一次治疗时，我感觉自己被抛弃了——世界末日来临了。狂怒之下，我

第十七章 动人的纪念

一下子从沙发上跳到地上跪下。"我恨你！我恨你！"我用拳头捶打着坚硬的木地板，大声喊道。怒气上涌，模糊了桑德斯医生的身影，她仍然安静地坐在那张伊姆斯皮椅上，只是仿佛有两个人影在晃动。像做梦一样，我知道那两个人，一个是邪恶，一个是善良。

"你必须停下来。"其中一个坚定地说，声音很平和，"我不能让你伤害自己。"

接着，两个泛着绿光的人影又融合到了一起。过了一会儿，那个平时我熟悉的桑德斯医生又回来了。愤怒过后，意识渐渐回笼，我知道她是爱我的。

剧烈的情绪波动使我浑身发抖，但我不害怕。我从书里读到过，治疗终止时，可能会出现一些早期发展阶段的情绪，来巩固治疗的完整性。以戏剧性再现的方式完整的结束——类似于重新体验了一个孩子的成长经历——更加坚定了我对心理治疗的信心：有一天，我会变得坚强，充满安全感，无所畏惧。

最后一次治疗结束后，比尔给我准备了一个惊喜：一个金吊坠，纪念我的治疗结束。吊坠的一面刻着日期：1981 年 4 月 3 日。另一面则刻着：是的！

第十八章　新的出路

1981 年 10 月

"猜猜谁找到工作啦?"我边往屋里跑,边大声说道。

杰西卡从楼梯上飞奔下来,弟弟詹姆斯跟在她后面。"耶,是妈妈!"姐弟俩异口同声地欢呼道。

比尔从厨房的角落里转过头来,笑着问:"真的吗?"

"是的!是的!是的!"我像个 3 岁小孩儿一样又蹦又跳,"之前说好的,今晚吃麦当劳!快去拿好自己的东西。"

在车上我跟他们说了面试的经过。"我先参加了两轮面试,然后曼医生让我参与了一对夫妇的会谈和一个家庭治疗。事实上我还发言了,所以他今天就开始付我钱了。"

"妈妈,不要往餐厅里看。"詹姆斯深棕色的眼睛睁得大大的,3 岁的小圆脸上满是认真,"这可是个惊喜。"

杰西卡在厨房和餐厅间来回跑着,不时停下来与她爸爸交头接耳。

"再过五分钟就好啦。"比尔对我说,"先别过来啊!"

我回到楼上的卧室,享受这会儿属于自己的时间。那天是周五,是我工作第一周的最后一天，此时我的大脑还处在无比兴奋之中。整整七分钟后，我走下楼梯。杰西卡来到我面前，她带着夏尔巴长老般的自信，拉住我的手，带我走进餐厅。

餐桌上铺着蓝白相间的亚麻桌布，上面摆放着我们婚礼时购买的瓷制餐具，家传的银烛台上点着白色蜡烛，食物旁边放着一小堆包装好的礼物。

"惊喜！"三张热切的脸庞朝我开心地笑着，我先是惊讶，继而大笑，然后喜极而泣。

比尔用黄油、大蒜和香菜做了法式蜗牛——我们家"非常特殊的场合"下才会做这种正式的菜。他还买了个蛋糕。

晚餐后，我开始拆礼物。比尔年轻的时候在克利夫兰当地的一家珠宝店工作过很长时间。在他的帮助下，孩子们亲手设计制作银饰，作为送我的礼物。他们先做出形状，然后手工敲打出成品。詹姆斯做了一个螺旋状的戒指，戴在我小手指上正好。杰西卡设计了一个花篮形状的胸针。比尔送了我一件棉质毛衣，那是几周前我们一起看图册时我看上的。

很长一段时间里，我们一直靠积蓄生活，尽量节省每一分钱。现在，我不仅可以给家里带来收入，还终于拥有了我大半生都梦寐以求的一份事业。比尔说，如果我没时间顾及家里，他会承担起各项家务，他会购物、做饭、接送孩子；孩子生病了，他会带他们去看医生，并在家里照顾他们；他还会照料好家里的植物，付掉该付的账单，喂好我们的猫咪。

这些事听起来好像很简单。

1981年夏天，大学毕业十年后，我终于完成了论文。原本打算在一两年内完成的事情，因为两个孩子的相继到来，花了我六年时间才完成。事实证明，我无法做到面面俱到。即便有个乐于帮忙的另一半，养育小孩仍然占用了我的大部分精力。

我的论文《专业背景、机构和相关临床医生的特质对精神疾病诊断的

第十八章 新的出路

影响》，来自我实习期间的经历。当时，我们病房由一位精神病医生主管，他写过几本有关自恋的书。我们收治的很多精神疾病患者，被诊断为自恋型人格障碍而被治愈走出医院。我们为自己高超的医术而洋洋自得。

我的论文表明，从1975年到1978年，在康涅狄格州南部，主诊医生的个人和专业背景对诊断结果有重要影响。换句话说，不同的诊断临床医生在评估同一类型的患者时做出的诊断结果各不相同，并且这些差异似乎与临床医生的职业（精神病医生、心理学家、社会工作者或精神科护士）、工作地点，以及实习地点息息相关。例如，我实习的退伍军人医院将患者诊断为自恋型人格障碍；又例如，我青春期所在的精神病医院对我的诊断等。

这一假设对我很重要，它的内在价值远超出了它作为医学和社会学观察研究的价值。对我来说，这是一种情感上的需要，把我早期被诊断为精神分裂症理解为当时盛行的精神病学的结果：它是我所处时代的产物。我希望证明诊断结果实际上与我自身无关，它就是个错误。

接下来的事又一次证明，现实远比我预想的更复杂。在我参加临床实习到真正拿到博士学位的六年间，康涅狄格州对心理学执业资格的要求更加严格。要成为合法的心理学家，首先必须拿到行医执照；而拿到执照则必须要有权威认可的临床心理学博士学位；社会心理学博士学位是不够的。尽管我的大部分课程和所有的临床培训都在心理学专业范畴，但我的博士学位是社会学博士。这是无法改变的。

令我沮丧的是，起初我感到很有希望的一些面试，最终结果却令人大失所望。几天后，一位深表歉意的主管以我的学位为由，致电撤销了机构的录用通知。我的情绪在欢乐和绝望之间摇摆，像坐过山车一样。当我兴奋时心情也跟着飞扬起来，而当我不知所措和生气时，心情又跌入谷底。我非常灰心。之后，桑德斯医生把我推荐给她的一位朋友，一位正在扩大诊所业务的儿童心理医生——亨利·曼医生。她为我打开了职业的大门，使我以后的职业生涯成为可能。我们一起工作了近9年。而他的合伙人，心理学家丹尼尔·米勒则成了我的导师。

1986年春

我的手表显示3点钟了。周二，这表示与安德鲁的面谈时间到了。

我的小办公室位于曼医生维多利亚式房屋的一侧。我从自己的办公室走下来时，安德鲁的母亲给了我一个短而局促的微笑。方形下巴和肩垫更凸显了她棱角分明的脸，就像一块未完成的雕像。她站在靠近门口的等候区，似乎在犹豫着该走开还是该留下。安德鲁在她身边绕来转去，一反常态的沉默。因为大多数时候，不管是在家里、学校或在我的办公室，安德鲁·麦克尼尔总会不停地自言自语，声音像电视里的卡通人物，或尖锐或低沉，似乎在演不同的角色和场景。

"嗨，伙计！你拿那个切片机在我的手表上干什么？得得得……嗞嗞嗞……"他说得很快，很少停顿。

"从我身上下来，你这讨厌的虫子！你小心点，不然我把你切成12段。嘟——！喔喔喔！啊——！救命啊！不要！抓到你啦！"

安德鲁的脸大而苍白，身高比寻常人高很多，手大、脚大，像知更鸟一样叫个不停。这个收拾得干干净净、金发碧眼的自闭症儿童，跟他同龄的孩子相比，不像一个11岁的男孩，更像他自己对话中演的某个角色。在安德鲁身边多年的特殊教育老师、家人和朋友都很喜欢他，但是他会吓到以前没有接触过他的其他孩子和成年人。

有时候，安德鲁会毫无征兆地突然暴怒，谁也不知道是因为什么。他狠狠捶自己的肚子或胳膊，像满月时的猎狗一样号叫。以前，听随身听上艾佛利兄弟的歌还有作用，现在听歌也渐渐无法令他平静——威胁他没收磁带也没用。安德鲁没有直接攻击过任何人，但学校的同学老师还是很担心。

第十八章 新的出路

他总是那样，早晚有一天会打到别人。

麦克尼尔夫人的任务是防止此类事件的发生。安德鲁5岁的时候，州政府建议将他安置在一个专门接收智障儿童的机构，麦克尼尔夫人没有听从这个建议。一位气恼的社工指责她不负责任。"我们时刻盯着你呢。"那位社工说，"儿童服务机构有权随时将他带走。"麦克尼尔夫人吓坏了。尽管六年过去了，她还是时时护在安德鲁身边，像只警觉的冠蓝鸦一样扑打着翅膀，随时准备啄食任何胆敢离巢太近的人。我真希望能够安慰这位悲痛、饱受创伤的女人。她的整个人生都被一件事困住了：保护她的儿子。

经过两年的心理治疗，我并不害怕安德鲁。我看着他成长，他是个内心温柔的孩子。随着长时间的接触，有时他情绪不错时，我会和他一起玩些轻松的小游戏，像四子棋或拿小玩具车比赛；有时我们还给对方讲笑话。

"看消防车！"我会说，故作惊讶状，夸张地朝窗外比画。趁他看向窗外时，我赶紧移动一下棋子，而他会逮住我，然后我们都笑起来。他知道这只是一场游戏。极偶尔地，他也会使用这样的伎俩。大多数时候，安德鲁的精神都处于游离的状态，自己跟自己说话，我则在一旁仔细聆听，根据他说的话，努力捕捉他可能想要表达的某种意义或感受。我需要做的是让他愿意参与到互动中去，这样他才能知道别人值得他关注。我希望帮助他去辨别自己的情绪和感受，并将自己的行为与感受联系起来。

"你好，安德鲁。"走到楼梯底部时，我跟他打了个招呼。安德鲁没有理我，仍然一言不发地绕着他母亲转圈，柔和的圆脸上似有若无地带着一丝微笑。他来回晃着六英尺的瘦高身体，像一位古代萨满正在表演宗教舞蹈。

安德鲁的校长又把他送回了家。

"摩根想坐安德鲁旁边时，他一边用力捶桌子，一边哀号。"麦克尼尔夫人解释道，眼睛一直追随着儿子的身影，她沧桑的脸上满是担忧。

"上学的路上，我嘱咐他要当心摩根。我说那些干什么？"她说道，生气得皱着眉。孩子出了问题，她很生自己的气。对于安德鲁的自闭症，以及发生在他身上的一切,她都责怪自己。作为安德鲁的治疗师,也许我最难的工作是帮助他的母亲原谅自己。

安德鲁继续在门口走来走去,一句话不说。在他母亲讲述事情的前因后果时,他似乎对母亲的痛苦熟视无睹。他的母亲告诉我,这周,安德鲁完全不说话了,脾气也变得更坏了。

通过几年的治疗,我发现,每年4月和5月份,安德鲁会更容易情绪失控,也更频繁地被赶回家。我想,随着番红花和水仙花破土而出,树叶开始发芽,是不是春天这个季节使强迫性自闭症患者不安,因为熟悉和常规对他们来说非常重要。他无法适应新的变化。

"好了,安德鲁。"我用一种就事论事却快乐的语气说道,"你妈妈很担心你。让我们来看看是否可以弄清楚发生了什么,来吧。"

安德鲁像一只笨拙的小狗一样,跟着我走上了狭窄的楼梯,走向我的办公室。一进屋,他先绕着周围转了好几圈,摸摸架子上的玩具,看看每个窗外,又摸摸角落里那棵榕树的叶子,然后盘腿坐到地上,慢慢地晃着身体。我面对他,也坐在地板上。

"你有什么烦心事吗,安德鲁?"我问道,"小孩是不会无缘无故发脾气的,肯定有什么事情让你非常生气。"我知道,我几乎不可能得到清晰完整的回答,或任何反应,但我也没有什么好失去的。很多意想不到的时刻,不就是在足够的耐心和坚持下才得以发生的吗?

"我的工作是帮助孩子了解他们自己的感受。也许我们搞清楚这中间的缘由,你就不生气了。"我把装着积木的箱子,四肢可以活动的玩具人偶和一些玩具小汽车挪到他够得到的地方,"能跟我说说你有什么烦心事吗?"

我向后仰,手抵在背后的地板上,撑着上身,希望时间长了我的脊椎不会疼。他没有任何回应。要有耐心,深呼吸,我告诉自己。

稍后,安德鲁停止了晃动,盯着积木箱,严肃而认真。他伸手选了一个大的长方形积木，把它放在面前，又挑出一块差不多大小的积木，放在第一块旁边。然后，一个接一个地往下摆，摆成一条直线。之后他又拿起一块，放在第一块积木上方，接着在第一层积木上又搭了第二层。大块积木用完，就用小块的堆。我看着安德鲁，他堆得很慢、小心翼翼地。积木越堆越高，在我们之间筑起了一道壁垒。

"看起来就像我们之间的一堵墙。"我说。

安德鲁继续往上摞。

"也许，墙让你感到生气。"

没有反应。他停止了动作，壁垒似乎搭建完了。

"安德鲁，"我说道，"你是想让墙就这样放在那里，还是想要我们一起想办法，看看怎样穿过这道壁垒？"

他仍然无视我。

我坐在地上，身子往前挪了挪，小心地从那堵"墙"中间的位置抽走了两块积木，为避免倒塌，又换上一个长点的。现在墙上有了一个口，像一扇大门。

安德鲁盯着我，没有动。

我俯下身，脸几乎贴到地上，通过那扇"门"看着安德鲁。

他弯下腰，伸直手臂撑在身前，然后用拇指和食指拉下虚拟的窗帘，挡住我造出来的大门。

我等了大约 30 秒，然后用手指拉开那虚拟的窗帘。

安德鲁微微一笑，又把窗帘拉下来，我又重新把它拉上去。就这样，我们一个拉开，一个关上，重复了可能有五六次，终于停了下来，停在我把窗帘拉开的状态。安德鲁轻晃着身体，双手捧着脸，坐在"墙"那边。

我改成跪坐，拿起旁边玩具屋里的一个塑料人偶——身高约三英寸的金发男孩。我把它从敞开着的门，放到墙的另一边。

安德鲁看着，不一会儿又把人偶从门里推到我这边，我又把它推回去。

这样来来回回——他那边，我这边，他那边，我这边——几次后，我没再把人偶推回去，我用左肘撑着地，然后把右手和前臂从"门"伸了过去，停在那儿。安德鲁瞪大了眼睛，嘴角带着一丝笑意。慢慢地，我把手收了回来，屏住呼吸等待着。

隔了很长一段时间后，安德鲁向前探着身子，然后把手从门那边伸了过来。

"欢迎！"我说。

他笑了，蓝色的眼睛亮晶晶的。穿过"墙"上的"门"，我们握了握手。

松开手时，安德鲁的脸上依然带着那抹顽皮的笑。我没说话，有那么几分钟，我们就只是安静地坐在地上。

如果当时我的经验更丰富些，我会继续等待安德鲁先打破局面，不管面谈会进行到多晚。但那天，我不得不打破沉默："我很抱歉，安德鲁，到时间了。我们得收拾一下了。"

他没有丝毫迟疑，接着，我们把那些积木重新收回箱子。然后，我们离开房间，走下狭窄的楼梯，来到下面的等候区。

听到我们的脚步声，麦克尼尔夫人抬起了头。

"嗨，妈妈。"安德鲁挥手叫喊道。

随着他心情的好转，他妈妈脸上的表情也放松下来，等候区好似充满了鲜花的馥郁芬芳。

如果工作到深夜，我总会在晚饭时间打个电话回家。要打电话必须去经理琼的小办公室，她的办公室差不多有一个步入式衣柜的大小，里面摆着柜台、书架、文件柜和滑门。就算是个瘦子，坐在她那个位置也很难转身。拨号前我需要调整下状态，镇静一下。

我用分娩课上学习的呼吸法深呼吸：从鼻子里吸入，一、二；通过嘴呼出，一、二。双手揉着肚子，让自己放松，把自己从一天的工作状态中拉出来：

第十八章 新的出路

一个高大的消防员,用愤怒来隐藏他内心那个受虐、害怕的小男孩。最初,他和妻子一起来找我讨论与儿子相处的问题;现在他跟我单独治疗。一个4岁的金发小女孩的母亲,当着孩子的面,说这个活泼的小孩是个怪物。还有个律师,在法庭上滔滔不绝,在家里却对虐待狂妻子言听计从,从不反驳一句。我努力把这些人从脑海中清除,为自己和孩子们的相处留出空间。我想在我的现实生活里,和我的孩子们在一起,做他们的好妈妈。

那晚,我特别不喜欢屋外的黑暗和房间里的寂静。另外两名为曼医生工作的治疗师,莎朗和艾琳,都已经回家了。曼医生应该也已经回家陪孩子了——他家与办公室仅一墙之隔。

每周只有一次而已。如今这种情况并不是最坏的,每到周三我都对自己这样说。我知道我心里有些不平衡,那种分离焦虑让我感觉自己好像一个被遗弃的婴儿。

我准备拨电话。我伸出手,清了清喉咙,让声音听起来轻快些。我渴望扮演好一个全心全意的母亲、一个永远不会与孩子分离的母亲。

"你好啊,小可爱。"杰西卡接电话时,我童言童语地说,"你今天过得怎么样?你的报告写完了吗?"

"我很好,妈妈。你什么时候回家?"她的声音听上去淡淡的。我继续努力着。

"我最晚10点钟到家,但那时候你已经睡着了,我给你留了一张字条。你今天有作业吗?"

"有,我已经做完了。我们在吃晚饭,所以我得走了。爸爸买了很多东西搭配玉米饼,我们可以卷自己喜欢的吃。詹姆斯想和你说话。"

"好的,晚安,亲爱的。好好享受你的晚餐。睡个好觉,我爱你。"

"我也爱你,妈妈。晚安。"

"嗨,妈妈!"詹姆斯听上去高兴多了,"我做了炸玉米饼。"

"太棒了!我爱你,詹姆斯。"

"我也爱你。你累吗？"

"是的，有点儿，但我一会儿就回家了。睡个好觉，好吗？"

骗不了人的。我瘫倒在椅子上，垂下脑袋。我讨厌这份工作。

任何心理治疗都会碰到很晚的预约。我不想错过那些只能在晚上进行治疗的夫妇和家庭，但这意味着我无法陪伴我的孩子们，哄他们入睡。

对我来说，与孩子们分离一直是个难题。理论上，我倾向认为，分离让我感到痛苦的根源在于我与我母亲从来没有建立起真正的联结，再加上独自在精神病院所带来的恐惧。冷静！我对自己说，这种痛苦是你的，不是他们的。但是，没有任何东西能缓解这种恐惧，我觉得我给孩子们造成了痛苦，我令他们失望了，这让我很自责。

在不能陪他们的日子里，我会在索引卡上画些小画。我刚做治疗师那会儿，詹姆斯和杰西卡才3岁和6岁，还不大认识字，我就以画代替字，留下想说的话。就这样几年过去了，每周三我都会在他们的枕边留下一幅简笔画，然后再去上班（很多年后，当他们都已长大成人，那些从小收集的简笔画已有一盒子了）。

我努力自我安慰。比如，詹姆斯就说过，他长大后想成为临床心理学家和深海潜水员。就在前不久，杰西卡还宣布她要成为一名心理学家，并找个在家照顾孩子的男人结婚。看见了吗？对于这种安排，孩子们似乎还挺满意的。

自儿时在伊利湖度过第一个夏天开始，比尔就爱上了航行。詹姆斯出生那一年，我们用比尔继承的钱买了一艘小型巡航帆船。我们称它为"自由诗"号，因为它扬帆起航时，带我们领略的风光是那么美好，那光、那天空、那盐湖的空气、那风吹起的音乐、那浪花和那扬起的风帆就像行走的诗歌。虽然在我找到工作之前，我们的储蓄和收入依赖比尔的股票投资收益，并很快就被一系列大量的花销所耗尽，但我们仍然保留了这艘水上的度假小屋。

每年 8 月份，我们一家四口都会在"自由诗"号上待一两个星期。我们从布兰福德出发，沿着湖岸线来回航行：楠塔基特、卡蒂洪克、玛莎葡萄园、布洛克岛、神秘岛、纽约市、杰斐逊港、谢尔特岛、马提塔客等。我们或下船游泳，或坐红色的橡皮艇划到岸边。我们在岛上吃冰激凌，雾天喝热可可。我们收集贝壳，一起读书。我们在日落时分唱歌，在雨中玩"你说我猜"的游戏。但旅程也并不总是美好的，有时我和比尔会吵架，有时孩子们会生病，但总的来说，我很享受一家人在那里度过的时光。

我想，比尔偶尔也应当从家庭主夫和首席保育员的工作中解放出来，放松一下。我支持他与朋友们出去航行。但是，没有他在家帮忙，我一旦有工作，就照顾不到家里。我的母亲在父亲去世后，有了空闲时间，于是她在比尔出航的几周里，会过来陪我和孩子。等孩子稍大些，工作日里，他们就到她在白原市的公寓住。

几个人相处得非常愉快，除了一件奇怪的事。那天我来接孩子，当他们拉着手提箱搭电梯下楼后，母亲突然质问我。"你应该帮助孩子，而不是毁了他们。《我从哪里来？》"她的语气轻蔑，"你怎么能给孩子读这种书？"我意识到她指的是一本儿童流行读物，它跟《月亮晚安》和《霍顿孵蛋》一同放在书架上。可能是一周前她在我家住时看到的。

"你怎么敢把这些想法灌输给他们？"她继续说道，"性，感觉像被羽毛搔痒？你知道自己在干什么吗？"她怒不可遏，我无话可说。这时孩子们回来了，她便没再提这事。天哪，她可真封建，我这样想道，没有在意她的指责。

总的来说，父亲去世后，母亲终于绽放了自我。她喜欢交朋友，并且投身于各种活动。一些守寡的妇女帮助和支持她。她去英国和苏格兰、法国和西班牙、中国和以色列旅行，而且她又开始画画了。她告诉我，几十年前，那时候我还不会走路，她一旦沉浸在绘画里，就会忘记喂我。为了确保以后不会犯同样的错误，她把画笔都收了起来。父亲去世两年后，母亲卖掉了家庭住宅，搬到市中心的一间公寓。她重新拾起对艺术的爱好，并结交了许多艺术家朋友。几年来，她在城里负责指导、策划了一个又一个重要的艺术展览。

  1986年，算是她生命的最后一个夏天。母亲带我参加了在白原市市中心的人行道和公园举办的艺术节。她时不时地停下来与参展商聊天，并向别人介绍我。我能看出，作为朋友，她很受人们的欢迎和尊重。她侃侃而谈，对有难度的问题也必深思熟虑后作答。这位引人注目的公众人物，对我来说是如此新鲜的存在。她精力充沛、充满活力地呈现在我面前，不再是那个压抑、焦虑、情绪难以捉摸的女人——我印象中的那个妈妈。我很兴奋，作为她的女儿，我感到骄傲。

第十九章　正确的抉择

1986 年秋

　　艺术节还没结束时，母亲被诊断出患有食管癌，在此之前，她一直持续腹痛。医生建议立刻进行放射治疗。一朵刚刚盛放的花儿枯萎了，她的花瓣纷纷凋落，几周前那个自信的女士已不见踪影。这个瘦小枯槁的母亲，几乎说不出完整的话，仿佛变成了那个极其羞怯的我的夸张版。

　　那时，我在亨利·曼的工作室已经工作了五年。杰西卡快 11 岁，詹姆斯快 8 岁了，他们从附近的小学转到纽黑文的一所小学上学。时间允许的话，我会开车到白原市送母亲去做放射治疗或去见她的肿瘤医生——这个傲慢、暴躁的男人让一位患有多种癌症的朋友活了十年。虽然统计数据显示她的生存概率低于 25%，但在做完放疗后，她又选择进行化疗。我和比尔开车送她到医院进行化疗，在那里她通常一待就是几天。我上班、孩子们上学时，比尔会去看她。母亲很喜欢比尔，他也很敬爱她。比尔认为，她是他见过的最好的母亲。比尔对母亲的照顾，令我和母亲都感到非常欣慰。

　　随着时间的推移，尽管一直做着可怕的化疗，但癌细胞仍然在扩散。我感到绝望，不知道如何是好。一方面，曼医生说，我不能总是这样经常离开工作岗位；另一方面，我又想多陪陪孩子。另外，还有需要照顾的母亲。母亲的朋友写信告诉我，母亲需要我，可是她从来没有要求我去看她。"我应付得来。你不必……孩子们需要你。你两周前来过了。"

我不知道怎样才能简单明了地让她明白，告诉我"她需要我的帮助"有多么重要。我需要挣钱养家；我必须对患者负责；我希望自己能多待在家里；我害怕给比尔带来负担，如果我离家太久，让他自己带孩子……所有这些内心的斗争都是为了在母亲需要我的时候能够帮助她。

我们眼睁睁地看着本就娇小的母亲变得更加瘦小。对我和比尔来说，医院总让我们有一种莫名的恐惧。在隐隐的担忧和悲痛中，我们经常为一些鸡毛蒜皮的小事吵架。

母亲是在一个周一的清晨去世的，癌症确诊后，她坚持了差一周就满一年的时间。临终前，她的体重只有64磅，需要通过氧气瓶才能呼吸。去世前，我们一起度过了周五和周六。好几个小时，我们只是静静地坐着，脆弱的母亲轻轻趴在我的膝头。就像陪詹妮姨妈走过最后的时光一样，我们都很平静。在那宝贵的时刻，我们早期的情感分离已经不重要了，因为我们的心连在一起。

1987年7月

在一座大而阴暗的伪现代教堂里，我坐下来打量着周围。我的两个弟弟里奇和泰勒、里奇的妻子芭比、我的侄子侄女们都到场了，比尔和孩子们坐在我身边。母亲生前的朋友们，像散落的面包屑一样零星地坐在教堂里的各个角落，他们有些比较年轻，但大多数都比较年长。他们人数不多，使阴沉的教堂显得更加空旷。在生命的最后一年，母亲已经退出了她的社交圈。一些最忠诚、最善解人意的朋友曾坚持打电话问候她，但她觉得如果她一旦忍不住跟他们抱怨，他们不会一直容忍她。所以在遭受痛苦时，

第十九章 正确的抉择

她选择跟朋友们保持距离。渐渐地，她退出了她的圈子，癌症吞噬了她的身体和精神。

虽然我为母亲的去世感到悲痛，但我知道这对她来说是最好的解脱。她想和父亲在一起，那是她最恳切的愿望。我心痛是为我自己，为我自己荒凉的灵魂。在她去世前的几个月里，我和母亲在一起的时间比以往任何时候都多，我们终于有了情感的联结。然而，我却没能做一个好女儿——没有给予她应有的关注，她理应得到的关注。我悲痛，为我年少时的岁月，那时的我感觉自己不受欢迎又孤独。

我为什么没有眼泪？我在不舒服的座位上调整一下坐姿。我希望那一刻我能更难过些；希望自己的失落感更多一些。

我想到了父亲。他的过世也是一种幸福，令他从痛苦和残缺的身体中解脱。我同情他所遭受的痛苦，但我不为他的过世感到悲伤。甚至在八年后，我仍然什么感觉都没有——没有愤怒、没有遗憾、没有悲伤，什么都没有。.

提示圣餐仪式开始的铃声打断了我的思绪。我弟弟里奇一家向祭坛走去。里奇和芭比都是虔诚的天主教徒，他们的孩子都知道圣餐仪式。

我站起来，又坐下，又站起来。杰西卡和詹姆斯困惑地盯着我。"来吧。"我对他们说。为了表示对母亲的尊敬，我把孩子们带到圣餐台接受圣餐。走到半路，我又改了主意，但这时再转身回去已经晚了。孩子们一脸茫然，他们不知道接下来该做什么，所以我只得带着他们往前走。我向他们演示，如何张大嘴巴接住牧师放在舌头上的圣饼。他们跟着我回到座位上时，比尔满脸疑惑地看着我。我希望他别生气，或者让我稍后再解释。但他没有生气，也没有让我解释。

我继续思考自己人际关系的特点。在与父母的关系中，一些重要的东西丢失了。那是他们造成的吗？还是我造成的？

光线昏暗的教堂里，牧师絮叨地说着，孩子们无聊地晃着。不知道父母在我出生之前过着怎样的生活，他们各自是否有过其他的伤痛？他们是将伤痛向对方隐藏起来还是会彼此分享？作为孩子，我只生活在自己的世界里，对我周围发生的一切毫不怀疑。即使长大成人，我对他们也几乎没有什么好奇心。为什么我没有更多地了解母亲？

也许是因为她不想让你了解？父母告诫你，问问题是很粗鲁的行为，我心理学家的一面表达了她的观点。我对杰西卡笑了笑，她正在向弟弟示范如何安静地玩拍手游戏。我用口型跟她说"谢谢"，弯腰拍拍他们的背。葬礼快要结束了。

父亲去世后，我的焦虑明显减少了。现在她也走了，我会怎样？现在还很难说。

几个月来，每天早上，我都会给她打电话，确保她又撑过了一晚。她去世后很长一段时间，我仍然习惯性地去拨她的电话号码，过一会儿才意识到，她已经不在了。虽然母亲拒绝我的安慰，但她仍然感激我每天来确认她是否还醒着——活着。我哀悼我们之间的那种联结。

成年后，我和弟弟们住在不同的州，彼此相隔很远。平时我们通过电话保持联系，但除了参加婚礼和葬礼，我们很少能见面。如果让我来说，我觉得我们之间还是很亲的，但在母亲去世后，我们变得比以前更亲近了。我们一起安排葬礼、清理她的公寓、整理她的东西、执行她的遗嘱。所有这些，让我们的小家庭重新团聚起来。我们彼此相亲相爱，便是对她最好的纪念。

第二十章　为了今天

1990年春

我已经和亨利·曼一起工作了9年。我在业界赢得了自己的专业声誉，并负责督导机构里经验不足的临床医生。我认为我已经具备了独立开诊所的能力。除了我自身取得的一些成就外，我用母亲留给我的遗产——她生前成功理财投资的钱，成立了一个工作室。我的督导丹·米勒很支持我。我的前心理医生海瑟·桑德斯同意在我拿到行医执照前，做我的医疗合伙人。在我人生中最重要的两个人支持下，我离开了曼医生的团队，开始独立执业。当然，这里也有我母亲的投资，我把这看成母亲在保佑我。

一年后，在康涅狄格州心理许可委员会上，我的律师成功为我做了辩护，申明我在20世纪70年代中期接受培训之后，就已经具备了取得执照的资格。取得马萨诸塞州的行医执照七年后，我通过了康涅狄格州的考试。

为了能弥补自己的盲区，并尽可能多地从临床实践大师那里学习，接下来的7年里，我继续与丹面谈，寻求他的指导，直到他去世。那时候，他已经成为我的导师，也是我的朋友和知己。他把我和比尔看作他的家人。

1993 年秋

"我想，你一定是东欧犹太左派知识分子家庭的女儿。我猜你在纽约长大，但我不知道为什么你对蒙大拿那么了解。"

一个波浪头的高个女人坐在我旁边，一副十拿九稳的样子。听起来，她对自己的猜测很满意。我其实很想告诉她，我实际生长在一个偏远的郊区，和她猜测的可不一样。但我又好奇，她说的跟我曾经向往的相差不远。我停顿了一下，思索着该怎样回她。

"你为什么会想到东欧犹太左派知识分子呢？"

她想了一下。"因为那是我向往的，"她说，"但这改变不了现实。我真羡慕你。我真想也生在你那样的家庭。"

我很同情她。我想，你永远不会相信，我早就这么想了。

"我对你很重要，这是肯定的。"我说着，用手抚过头发。我在想该怎样委婉地告诉她，她说的其实不对，"但是你对我的描述，包括关于我的父母、我住的地方、我的文化，没有任何事实根据。你为什么会那样想呢？"

她盯着自己的手看了一会儿，然后抬起了头。"我想相信你真的能理解什么是痛苦，"她说，"但你是如此冷静镇定。显然，你生活得很好，还有一对好父母，他们一定很能理解痛苦的滋味。我想要那样的理解。我想知道我的痛苦能被接纳和理解。"

大约半小时后，诊所即将关门。我没有感到心烦意乱，我高兴地想。这次面谈让我很激动。丹把我教得很好。我的病人，在我的帮助下，终于能通过联想，从我联想到她二十多年前的第一位治疗师，进而联想到她的家人、被迫害的恐惧和可怕的秘密。

我通过天窗望着天空，想起了我在纽约的那些"犹太知识分子"。从血缘上讲，他们不是我的家人，但他们一直是我的老师和我精神上的父母：

第二十章 为了今天

他们是我以前的治疗师和丹。

如果她知道我是怎么长大的，她会怎么想呢？

一直以来，我饱受噩梦的困扰。我时常梦见自己被错误地关进精神病院，无论我怎么解释，管理人员都不肯放我出去。在梦里，我有时感到很害怕，怕梦是真的；有时又很不安，担心在那里被认识的人看到。有时候我还梦到自己作为心理学家去参加会议，却被误认为是精神病人，而无法离开那里。从梦里醒来，我总是精疲力竭。

母亲去世后不久，我做了一个噩梦。那个梦从一个完美的夏日开始，我和母亲站在一个大花园里热烈地聊着天，她穿着一件红色的绸缎晚礼服——很像父亲去世后，她送给我的一件伴娘礼服，杰西卡 5 岁时，我穿着它参加过一次苏格兰舞会。梦里的她看起来还年轻，大概 45 岁的样子，但像去世前那样瘦。

突然，母亲倒在地上。原本充满欢乐的花园变成了灰暗的精神病院。当两名护工把母亲扶起来时，她开始胡言乱语。我知道这说明母亲已经成了精神病人。令我惊恐的是，伴随着她的胡言乱语，生命也随之从她身上消失，她的头垂到一边，眼睛往上翻。然后，她不断地萎缩，直到皮包骨头地蜷缩在地上。我跪在她瘦骨嶙峋的身旁，把脸放在她冰冷的手上。

虽然我心里渴望能这样陪着她，但我知道自己的处境也很危险。矛盾撕裂着我。我不忍离开她，但我必须逃离这里。我站起身，正准备离开，护工们冲过来抓住了我的胳膊。晚了。他们错把我当成了母亲，他们会把我永远关起来。

成年以来，我总是反复做噩梦。梦是如此真实，以至于我以为自己是醒着的。在"清醒梦"里（我这样叫它），我会从睡梦中惊醒，发现身边躺着一个陌生的男人。他不是比尔。我惊恐万分地蜷缩着身体，感到一种深深的厌恶。有时我从床上跳下来想要逃走；有时，我直挺挺地躺在那儿，噩梦的巨大恐惧让我动弹不得。我赶紧对自己说：床上的那个人是我丈夫，他本就应该在那里。但是我依然恐惧。

在接受赫勒医生和桑德斯医生的治疗时，我没有向他们提起这些噩梦。除了希望避免过分情绪化，我还无法解释为什么。就像生活中的很多事情一样，我把这些噩梦归咎于我早期在医院的经历，而没有做进一步的思考。

到读研究生时，心理治疗对我来说已经成为一种宗教般的存在。结婚前，我就摒弃了天主教。我质疑上帝的存在，我愤怒地抵制任何试图把我拉进某种信仰的人。跟我一样，比尔也不信奉任何宗教。作为夫妻和家人，抚育我们的孩子，跳苏格兰乡村舞蹈，参加合唱团，从花园里采摘蔬菜和鲜花，去航行时接受风、水和天空的洗礼，所有这些都滋润着我们的灵魂。在很多年里，拥有这些，就已经足够了。

在我和比尔结婚的第 18 个年头里，我们第一次参加了纽黑文教友派。当时杰西卡为了重获内心的平静，希望能再参加一次去年夏天参加过的贵格会。贵格会的官方称呼为"教友派"，它没有正式的信条，而是秉承上帝在每个人心中的思想而延伸出的一系列教义。在这里，即使上帝的概念也是开放的，善良、光明、圣灵、上帝只是特定的词语，用来识别那些无法理解的东西。尊重所有生命是这个团体的核心。礼拜会是大家聚集在一起，寻找内心与此刻的联结。大家静静地坐在一起，除非有人想要发言。我喜欢跟和我一样在寻求答案的人坐在一起，喜欢贵格会所重视的正直与和平，而我最喜欢的，是他们的包容。和他们在一起，我可以安心做自己。

面对生活中的艰难困顿，在灵光闪现的瞬间探寻世界的真相，对我来说，这才是行之有效的办法。我无法找到自己的上帝，但我在这个探寻者的团体中找到了自己的位置。

第二十章 为了今天

1996 年冬

会议室窗外的树木，在冬末的天空中泛着银色的光芒，它们如此纯洁而美丽，恰似灵光的体现。房间里，有三四十人正聚集在一起做礼拜，他们的静默将我包裹在甜美、充满希望的舒适感中，就像在山顶或夏日的池塘边，感受着黎明前的静谧，整个世界完美地呈现在眼底。

我一动不动地坐在那儿，聆听这个世界之外的声音。抛开所有的意识活动——我无法完全掌握的技巧——为其他意识留出空间。有时忽然间我会冒出新的想法，新的看待事物的方式，以及解决问题的新方法。

在贵格会议室中的静默里，一滴泪从我的脸庞滑落。静默又是一种特别的力量，它拥有生命，随着泪水的滚动，它也滚动着，悄无声息，但却影响着我。角落里的家属区，偶尔传来小孩坐立不安和外套沙沙的声响。她的母亲伸手从地上的背包里拿出一本书递给她。但即使她们交谈也不会打扰到这一刻。令我惊讶的是，小孩子居然能适应这样安静的环境。我想，她们也一定感受到了那种平和。

这种平和的气氛，让我能够直面自己的伤痛。让伤痛从我心灵深处的海洋，通过泪水缓缓地从我身体里流出。以前我从没意识到它们的存在。

贵格会友们说，你永远不知道上帝的话会在哪里出现，所以一定要时时留心，并在打破集会的静默之前用心思考。那时，你从自己内心深处会发现什么都是无法预测的。

当回到自己的心理治疗室时，我感觉自己是个理智、能干的成年人。

1998 年冬

    我的办公椅已经有些年头了。椅臂上的布料和木头之间薄薄的一层海绵已经老化碎裂，摸上去凹凸不平。如果手抓得太紧，放开时黄色的海绵屑就会从接缝处掉落。曾经优雅的斜纹绸布面，也由原来的蓝、红棕、酒红相间色，基本变成了银灰色，显得破烂不堪。我旁边放着一张更宽、更深、更柔软的椅子，椅臂顶端和座位边缘也已经褪色，有点发灰变白，就像我的头发一样。

    我感觉左手一阵疼痛。原来是看对面沙发上的女人太专注，以至于过了很久才意识到抓着椅臂的手太用力。我把手放到腿上，强迫自己深呼吸，让空气进入我的四肢百骸，从胸部和手臂到手腕，然后再到指尖一点点放松下来。我想象丹·米勒、斯坦利·赫勒和海瑟·桑德斯是我的一部分：让自己坚强起来。我有些胆怯，并且希望自己能不带任何先入为主的观念，来倾听她说的话。

    苏珊娜高挑又漂亮，让我想起了格蕾丝·凯莉，只是她太瘦。45 岁、事业有成的苏珊娜来寻求帮助是因为，"我害怕自己会发疯。"尽管受到很多人的崇拜和追捧，但工作上的巨大压力加上她的个人状况，使她无法再应对日常工作。苏珊娜对奥施康定有依赖。"没有它我会死。"她解释说。治疗刚开始时，她并没有告诉我这一点。

    不久，我就发现苏珊娜有多么绝望，也许因为她的极力隐藏。"我从来没想过自己会需要看心理医生。"我们第一次面谈时，她这样承认道，"我是一个非常独立的人。我觉得自己能管好自己。"

    但煞白、消瘦的脸颊和灰暗无神的双眼出卖了她。强颜欢笑的话语听上去无比空洞。她轻描淡写地说着自己的事，仿佛是在谈论天气："我男朋友告诉我，我常在睡梦中尖叫，把他吵醒……工作上他们都很器重我，但

第二十章 为了今天

如果再犯一个错误，我就得出局了。"下午可能会有阵雨，可能会打雷。她转过头，望向窗外，手指穿过打理得很漂亮的金发。"我不是真的在意这些。"她补充说，"我也可以休息一下，问题是那样要背负大堆的债务还没有钱还。我成功了，但我又把它搞砸了。"部分地区可能会有强风和冰雹。

听她讲完，我知道，我们接下来的治疗将需要数次面谈才能最大限度地帮助苏珊娜挽救她的工作（她经营着市里的一家老年诊所），甚至是她的生活。我为她担忧。

丹曾经教导我们，将每一场与患者的面谈都视为一次独特的经历，并关注过程中的每一刻。我从来没有爬过山，也没有坐过飞机，但我知道要达到山顶（治疗的目的），要一步一步来，而每一步又可以从几个层面同时入手。苏珊娜的治疗持续了大约一个月后，有了一步进展。

我柔和而缓慢地说："你身上有很多矛盾。你有一个有虐待倾向的父亲，一个抛弃了你和弟弟的自私母亲，一个爱你的祖母。你所处的环境迫使你必须照顾自己和弟弟。你现在仍然在照顾着别人，"我停顿了一下，"但谁来照顾你？"

她的眼里充满了泪水，但仍然倔强地说："我自己照顾自己。"

"你吃的那些药，"我尽可能温和地继续说道，"也是在重复你早期的困境：你依赖它们，但它们并不会保护你，反而会夺走你的生命。"

接下来漫长的沉默中，苏珊娜又转头望着窗外，我只能看到她面部的轮廓。然后，她转过来看着我，我们之间有了第一次的眼神接触。"你能帮助我吗？"她急切地说。她恳求地望着我，然后低头盯着她双膝上紧握的双手，"我不能去康复中心。如果有人发现这件事，我会丢掉工作的。"

回答之前，我先停顿了一下。

"最难的部分不仅仅是戒除药瘾。"我慢慢地说，让所说的话渗入她的大脑，"你从来没有信任过别人，而治疗恰恰要求你信任我。你承受着精神上的巨大痛苦，而你努力想要自己解决。治疗需要一个漫长的过程，而且会很辛苦。"

"我开过工厂；我创立过好几家公司，后来卖了很多钱；我管理过很大的部门；我有商业和医学双学位。任何事只要我想去做，我都能做到。我也从来不需要别人的帮助。但我无法入睡，我的工作折磨着我；我和男朋友的关系很糟糕。我已经一无所有了。"苏珊娜把头埋进双手。

看着她，我似乎看到一个绝望的孩子，孤苦伶仃。也许那是我自己？我很想哭，但我控制住了自己。我定了定神，想象着人生的画卷在眼前慢慢展开，这是一个有机的过程，中间会有种种变化的可能。给她空间，让她找到自己的路，我想。我等待着。

苏珊娜抬起头，她直视着我，眼神明亮，声音平静而坚定："如果你愿意，我愿意做出承诺。"

"我们的治疗很有挑战性。"我说，希望她能听我强调的"我们"，"戒除药瘾，我们还需要进行其他的药物辅助治疗。但如果你已经准备好了，那么我也就准备好了。"

渐渐地，紧张的气氛缓和了下来。过了好一会儿，苏珊娜笑了。我深深地吸了一口气，注意到我的手紧紧地抓着椅臂。当我松开手时，黄色粉末撒在地板上。

"我想，今天我们就到这儿吧。"说着，我拿过预约簿，"我们下周一再见。"

第二十一章　看我曾战胜了什么

当我结束与桑德斯医生的治疗关系时，我已经接受了长达 21 年的心理治疗，在此期间，我都尽可能地回避与性有关的话题。不管治疗我的是哪位心理医生，我都很少说起性幻想或我的性生活。每当他们问起相关的问题，我通常都含糊搪塞过去。不久之后，他们也就放弃了。到心理治疗终止的时候，我已经结婚近 12 年。

当桑德斯医生问及我的性生活，我就笼统地说："我们经常做……很不错……他希望我像他一样喜欢。"我没有告诉她，比尔因为我在性事方面的被动而感到气恼；也没有告诉她，隔段时间他就会大发脾气，责怪我性冷淡。

每次比尔生气后，我暂时会主动一些。我讨好他，极力想满足他，但这不能安抚他，最终，我发现他说得对：我的热情是刻意的，并不是发自内心深处的。我很想让他开心，不过说实话，我特别不喜欢他愤怒的样子，像个爱发脾气、令人讨厌的小男孩。

我们的语言风格不同，但有相似的表现模式。跟所有人一样，比尔需要一种掌控感，这意味着他要清楚地知道事情的走向。我们在一起时，他会揣测我的意图，来控制相处的局面，以满足他的心理需求。对比尔来说，这是简单的物理学：她移向这边，我就移向那边，所以，结果就是准确可靠的。

而我的风格则倾向于诗歌式的。我心里有很多缥缈的想法，在想法还没成熟时就急于表达，最后说出的话可能与我的本意大相径庭。如果对方不能明白我所要表达的主旨，我会毫不犹豫地换一种说法。

当比尔认为我明显是在批评他时，无论我怎样重新组织语言，他都会抓住最初那句伤他自尊的话不放，他不让我收回那句话。另外，如果他没能立即理解我的意图，他就会很挫败，因为这让他摸不着头脑。他指责我难以捉摸，而我认为他不讲道理。我们就这样挣扎着一起生活了30年。

2000年春

"你到底在说什么？"我复杂的复合句还没说完，比尔就打断了我，"你说得这么模糊，我听不懂。"

"什么？如果你能让我先说完，也许就能听懂了。就是因为你这种讨厌的行为，我才害怕跟你说话。"说着，我转过身，不再理他。我生气时从不看比尔的眼睛。

"哦，'讨厌''害怕'是吗？那你干吗还跟我在一起？"

"我并不是说你一直这样。我说的'讨厌'也不是指极其讨厌，大多数时候，我还是很喜欢跟你说话的。"

"你就是那个意思。"

"对不起，我真的不是有意要伤害你。"我说道。虽然此时我很想抽他，不过这句话是真心的。我压抑着内心对他的咒骂——混蛋！白痴！去你的吧！屏住呼吸来控制肾上腺素的飙升。等我再次呼气的时候，我已忘记了我们为什么争吵和我坚持的立场。

对我来说，平息愤怒的同时也就消除了我们之间的不愉快。如果一定要问我对我们婚姻的看法，我会说："我的婚姻非常美好。""大多数时候，我们彼此相爱。"我会说："我们从一开始就一直这样。"能彼此相扶相伴到老，我感到无比快乐和温暖。

随着孩子各自离家开始独立生活，我和比尔在如何对待孩子的问题上产生分歧。因此，我们决定进行婚姻咨询。在我心中，他们永远是孩子，需要我们的关注。能够帮助他们实现每一个愿望，我感到很幸运，他们能来请教我，我感到很荣幸。我也愿意帮助他们。而比尔则认为他们是成年人，需要自己做选择。他因为我乐于帮助他们而感到非常不满。但如果他们不回电话，或者没有听取他的建议时，他又很愤怒，觉得自己被抛弃了，在他们的生活中微不足道了。

有时候杰西卡回家暂住，就会抱怨比尔，说他的坏脾气给她的童年造成了阴影。对于她的抱怨，比尔不肯承认，反而把伤害变成愤怒，把他们之间的问题归咎于杰西卡。正如我看到的，我们一直教育孩子要质疑权威。跟我们这一代的许多人（包括早年我们在孩子上小学时组成的家长团体里的大多数父母）一样，我们重视思想的独立和自主性。我们尊重孩子的智力，鼓励他们参与家庭决策，重视他们的想法。然而，实际上，一旦杰西卡质疑比尔的权威，他都很难接受。

我和比尔一决定接受婚姻咨询，就约见了临床社会工作者杰姬。她是一位朋友推荐的。"多亏了她，我认识的五对夫妻至今还在一起。"这位朋友告诉我。

第一次去拜访杰姬前，我就看出她非常乐于助人。从她给我们指引办公室路线上就可以看出来。"走过鱼缸，在浴室前面，你会看到左边有个楼梯。它很陡，所以上楼时请慢一点。楼上有沙发，你可以在那儿先坐一会儿。"

杰姬身材娇小，经常穿一身黑。她会给她的"当事人"准备低咖啡因咖啡。作为一名社会工作者，她觉得称前来咨询的人为"患者"不合适。

在各个方面，杰姬都渴望能给予帮助并提出切实可行的建议：从滴鼻剂品牌到如何更好地倾听对方，再到去哪里找工作。同时，对于那些最好由当事人自己去探索的问题，她从不横加干涉或直接给答案。她的工作态度非常谦虚——"我只是看看有什么解决问题的办法"——但实际上她知道的很多，经验也很丰富。

当她要求我们每人简短地回顾一下自己的人生时，我和比尔都非常认真。我们花了很长时间写下自己的故事，并仔细填写迈尔斯-布里格斯性格类型问卷。

我认为我的小传写得很好。内容涉及了我的精神病史及电休克治疗；强调了我和比尔有一段美好的时光。我们唯一的矛盾是关于女儿——她的研究生生活过得不好。在最后，我写了我和比尔有多么喜欢苏格兰舞蹈，并且希望通过杰姬的帮助，能够再次与他一起开怀地跳舞。

我过度美化了我们之间的关系，以及我的人生。我有意识地避开比尔的愤怒，我隐藏的暴怒，我们不和谐的性生活，我消极、压抑和自卑的风格。我十分真诚地告诉杰姬，我非常幸运，因为没有人虐待过我。这是我仔细考虑后得出的结论。

杰姬能直接抓住问题的关键。"难以置信。"对我声称没被虐待过的说法，她这样回应道。

离开杰姬的办公室，比尔就开始抱怨，说杰姬像个小丑，就差配上红色橡胶鼻子和橙色大假发。他这样说杰姬让我很生气，我争辩了几句，然后他变得很愤怒。面谈时，他就时常打断谈话，纠正杰姬的用词，要求杰姬这样那样，似乎他才是婚姻咨询专家。之后，他还怒吼着说，我和她联合起来针对他。

由于比尔对杰姬的一切都持批判的态度，我成了杰姬的辩护人。我喜

第二十一章 看我曾战胜了什么

欢她的咖啡、她的治疗方式、她的建议、她的提问和她的解释。她很细心，懂得尊重别人，而且为人直率。她问了我们的性生活。她注意到了我的解离，虽然她起初把它念成了分离——很多人都这么说，但这是不正确的。

咨询中我们讨论了很多有关愤怒的问题。在家里，比尔有时会发无名火。而我可能会被激怒，但每当我试图与他理论时，我的想法和愤怒的情绪就会消失不见。在夫妻问题上，如果夫妻一方提前撤离"战场"，那么两人的问题就无法真正解决。我开始理解了，为什么比尔会把我的情感逃离当成一种挑衅。

杰姬让我看到，我并不是没有愤怒，我只是无法触及它。她借画写板打了个比方——那是我们儿时经常玩的一种绘画玩具。我在板上画下的所有愤怒，好像擦掉就不在了。但是，她说，在填充了凝胶的最底层，我画过的每一条线都在那里留下了痕迹，这让你在上面再画不上新图画了。

人生中的前二十年在我心里仍然一片空白，但我从未对医院的医生感到生气，即使他们的治疗抹去了我的记忆。我对最重要的亲密关系，缺乏真实的认识。显然，我被困住了。比尔几年来一直有自己的精神病医生。我们决定，除了我们的婚姻咨询外，我还要接受杰姬的个人咨询，看看是否能找回那些遗失的感受。"我讨厌记忆不完整的感觉。"我告诉她。

我常常出现解离的症状，缺乏情感联结，咨询中我们定义的那种"游离于世界之外"的状态让我有很多问题回答不了。单独接受杰姬的治疗后不久，我觉得是时候研究一下我的医院记录了。"我有必要更多地了解我的过去。"

"你得从两个方面来看待这件事，"当我打电话给斯坦利·赫勒，询问如何检索我的记录时，他这样回答道，"一方面，他们说'真相会让你自由，'"我屏住呼吸：这正是我要追寻的，"另一方面，许多人也会劝告你'不要自寻烦恼'。"

该死！挂断电话后，我感觉我尊敬的朋友认为我会"自寻烦恼"。他可能不希望我看到他写的关于我的东西，我想。不必担心，那些都是很久以前的事了。

"我决定去查阅我少年时期的住院记录。"我对贵格会的一位朋友马尔科姆说，"我已经准备好找回我'失去的生活'了。"

"你确定要这么做吗？"马尔科姆看上去很担心。

"是的。我太不完整了，"我解释说，"我不记得我的头20年。而转眼间，我都要60岁了，但我仍然不知道自己是谁。"

连比尔的心理医生都表示担忧，这让我很恼火。

"如果他觉得我这样做很草率，那是因为他不明白生命缺失的感觉。"我说。成年之后，我谈论的童年生活全都是虚构的，而对青春期的生活，我则避免提及。一切都是残破的，丝毫没有完整性，就好像按照故事中的人物塑造了自己的人生。

我的孩子都长大了，我的专业地位也已稳固。我感觉自己很坚强，而且还有贵格会给我精神支持，所以，是时候揭开那尘封的过去了。多年前，我曾看到自己的高中成绩单：高二时数学成绩是98分，一年后却降到了54分。我很愤怒，但怨恨可能是丑陋的，那一刻我决定不去追究这背后的原因，算了。木已成舟，覆水难收。我把失去的岁月和电休克治疗封存起来，不再理会。现在，有杰姬保驾护航，我决心开启那扇门。也许我永远不会记得我童年生活的细节，但至少我可以知道我在医院时发生了什么。

印象里，我接受了54次电休克治疗——三个疗程，每个疗程20次。做到还差六次完成全部疗程时，他们放弃了。但是，这个数据肯定不对。医院怎么会允许进行那么多的电休克治疗，尤其还是对如此年轻的人？我决定找出真相。

第二十一章　看我曾战胜了什么

我不觉得有什么好担心的，因为我相信，对我的误诊，以及遭受的虐待是那个时代的错误。"如果晚个三十年，我们接受的会是家庭治疗。"我跟信任的好朋友这样说，"我根本就不会被送进精神病院。"真相，只会对我有帮助。

我发现其他人都很担心，怕那些记录会破坏我原有的生活。不会的，我想，我能处理好一切。看看我曾经战胜了什么。

PART THREE

第三部分：
悲伤是一份加了苦难的美食

成长的代价是经历苦难。一颗太过敏感的心灵，会在重重苦难中经历扭曲和破碎，如果你有幸熬过去，你的灵魂终将散发出破碎重生的味道，清香而醇厚。你所经历过的那些悲伤，终将成为你生命中美味的滋养。

第二十二章　无法逃避的事实

2001 年 5 月

当我到达目的地，入口处早已人满为患，但人流还在不断地涌入。来自各行各业的专业人士、政治家和公民社会领袖聚集在一起，庆祝"互助会"——纽黑文精神疾病社区中心——成立 40 周年。

耶鲁大学的大礼堂外，是镶嵌着优雅橡木的圆形大厅。大厅四周摆放的桌子上面满是开胃菜和葡萄酒。两位"互助会"的小提琴手演奏着莫扎特的曲子，欢迎各位宾客的到来，尽管很快被嘈杂声所淹没。走进礼堂，我遇到了贵格会的一位社工，我们不太熟。我和她在礼堂的角落里找了一个靠墙的位置坐下，此时所有的座位都满了。

著名作家威廉·斯泰隆和凯·雷德菲尔德·杰米森坐在台上的桌子旁。他们讨论了社会对精神疾病的污名化[①]如何使识别和治疗这类疾病变得困难。两人分享了他们曾患抑郁症和双相障碍的悲惨经历，讲述病耻感[②]对

[①] 污名化（stigmatization）：是赋予某个群体、某些人的一些消极的印象，将群体偏向负面的特征刻板印象化，而掩盖其他特征。——译者

[②] 心理疾病患者往往有很强的病耻感，觉得自己生病就是一种耻辱。这种病耻感会影响很多心理疾病患者的求助之路。——译者

本就遭受精神痛苦的人来说无疑是雪上加霜。然后他们转向早已惊呆了的众人，让每个人都思考一下自己的精神病史。

"有多少人是曾罹患抑郁症、精神分裂症和其他精神疾病，后来得以康复的？"凯·杰米森问道。不自然的沙沙声在房间里回荡。一些衣着体面的人僵在那里；一些则偷偷瞥其他人。除了少数几个"互助会"的研究生，没有人举手。

"对污名化的恐惧使你们保持沉默，"她继续说道，"但是，除非你们说出来，否则你们成功康复的经历将永不见天日。"她告诉我们，只有敢于说出自己从精神疾病中康复的故事，耻辱和绝望才能被修正，甚至得以澄清。

受到她的鼓舞，我向站在旁边的贵格会友低声说："我就是其中之一。"我几乎与她面对面，所以她能听见我说的话。克拉拉面向台前，一动不动地说："我也是。"

这些年，关于我的精神疾病，我私下与人交流过几次。我把自己青少年时期的遭遇，甚至包括入院治疗的事，讲给一些值得信赖的朋友或有类似经历的人。过了二三十年，这些听起来好像没么可怕——只是一种年少轻狂的结果，与第一次喝醉把家里的车撞了，或者大一暑假跟男朋友在一起，却对父母谎称住在宿舍的行径没什么不同。

这之后，我和克拉拉再没进一步探讨，也没再提这事。我没有告诉她，几周前我已经申请调取我的住院记录，而且很快就会收到他们的邮件。

隔着很远，我就看到一辆白色小卡车沿着狭窄的乡间小路行驶。下午的烂漫春光吸引我到户外散步，此时我正在回家的路上。黄色的报春花和各色的三色堇零星点缀在牧场、庭院和安静的街道两旁。我喜欢我们住的这个地方，孩子们玩着跳房子和接球游戏，遛狗的人们停下来聊着天。这里的大多数房子已经有 30 年的房龄，有几家在这里已经住了 30 年。我们住了 25 年。

我努力地注视着周围，阳光下日本枫叶像红色玻璃一样闪耀；比我还

第二十二章 无法逃避的事实

高的绣线菊被盛放的花朵压弯了枝头——看起来像是雪压枝头。但随着卡车越开越近，我加快了脚步。我要赶紧回家，包裹也许已经送到了。

年轻的邮递员缓缓把车停下，朝我挥挥手。她拿着一个很大的灰色信封从车里走出来。我感觉周围的场景跳了一下，好像时间打了个嗝。她想干什么？我想。当她把印着"纽约长老会医院"的信封交给我时，我才回过神来，感谢她亲自把信送来。散步结束了，我耳朵里嗡嗡作响，但仍然故作平静，微笑着向两个邻居挥手。

回到家，我直奔阳光房，边走边撕开信封。我气喘吁吁地坐到沙发上，然后等了会儿，才慢慢坐直，接着深吸一口气。一股迷人的芬芳萦绕在空气中，那是粉色和白色牡丹散发的芳香。房间被午后阳光照得暖洋洋的。我怀着敬畏的心情，犹如一名助产士即将接生她的第一个新生儿一般，从包裹中取出厚厚的文件夹。我的手指划过标签上的姓名和病例号，打开文件夹、翻到第一页时，我屏住了呼吸。所有的敬畏迅速被强烈、贪婪的好奇所取代，我开始阅览上面的内容。

入院记录后面，是医院做出的心理评估：

纽约医院，韦斯特切斯特分部
心理评估报告
1960 年 6 月 7 日

佩雷斯小姐是一位聪明、富有创造力和想象力的年轻人，她似乎正坠入疾病的深渊……深陷自杀的执念和幻想中无法自拔。她能够维持表面的正常，但也为此付出了沉重的代价——强迫性维持正常是在过度消耗。罗夏测试显示，她精神紧张，有重度抑郁和自杀倾向。综合来看，这是一种潜伏性疾病，但仅存的一些生命力，使该疾病还有治愈的希望。

——J. D. 博士

不管写评估报告的是谁，这个人都很善良，我想，虽然她对测试内容解读得有点过分。

我沉浸其中无法自拔，一整天都在看这些记录。除了偶尔去厕所外，我一刻都没有停下。比尔很担心地过来看看我，我冲他挥挥手："什么也别说。我需要空间，请让我一个人待会儿。"

我们的小花猫——小芙陪伴在我身旁。它时而窝在我的臂弯里，时而爬上我的背，坐在我肩头；当我一头栽进靠枕里时，它便蜷缩在我的颈弯里。它始终对我不离不弃。

几位精神病医生记录得很详细。

纽约医院，韦斯特切斯特分部
1960 年 6 月 4 日

自入院以来，患者在允许的范围内，大多都独自待在房间。要求她出来活动时，她通常偷偷找最边缘的位置，在那里看书。同样，她对医院的各项治疗方案也甚少参与，坚称自己严重缺乏能力。在心理治疗中，她同样消极抵抗。尽管患者非常聪明，但她的表现，甚至在回答具体问题时，也明显带有散漫且故意的不沟通、不合作。因此，虽然她掌握超大量的词汇，但她只用"人渣"这个词来形容自己。可以说，她在心理治疗中的参与度，的确也不过是一点"渣儿"。

——瑞恩医生

我感到羞愧。我说话困难让瑞恩医生感到挫败，他把我的恐惧看成消极抵抗，并完全没有同情之意。我被深深误解了。尽管我的专业水平很高，我仍然无法将自己内心的感受从他的蔑视中拯救出来。我沉浸在一则则记录里，它们把我带回到了早期精神病院的生活，令我无法自拔。我从头看到尾，又重新从头看了一遍，直到深夜。

纽约医院，韦斯特切斯特分部
精神状态
1960 年 8 月 10 日

　　病人穿戴得干净整齐，害怕但很合作。说话声音很小，近乎耳语，表达起来断断续续的。除了一种模糊的悲伤之外，没有什么其他表情。她紧紧攥住自己的手。她看上去比实际年龄小得多，并且总是凝望远方，似乎无法把目光聚焦在附近的物体上（阿瑞提将这两种特征描述为紧张型精神分裂症的常见表现）。她表示，她很沮丧，渴望死亡，只有那样，她才不再会是个"麻烦"。她认为自己毫无价值，这使她的自杀倾向更为严重……缺乏判断力和洞察力。

——奥康医生

　　凌晨时分，我在黑暗中拖着疲惫的身体上床睡觉。

　　白天，我又回到阳光房，用一张旧毯子裹住自己，蜷缩在沙发上颤抖。紫色和白色的三色堇、黄色的秋海棠和艳粉色的凤仙花在屋外的花盆箱里迎风飘动。晴朗的蓝天下，我身边的美丽世界似乎很遥远——不真实而且毫无意义。

　　怎么了？我想，我怎么会这样？

　　控制好自己，另一个声音温和地说道。你还有很多责任，你有工作要做。你必须控制好自己。

　　但我没有答案，也控制不了自己。我就那么坐着，一动也不动。几个小时过去了。

　　"要不要喝点茶？"比尔问道，他脸色苍白而疲惫。"我能帮你什么吗？"

他又问道。"需要我做点什么吗？"几个小时后他又问道，"要不要喝茶？"

"来点茶吧。"我说。我知道，他不想置身事外。有时候我只会点点头。"我需要时间来消化这些，"能开口说话时，我说，"如果你不介意，我还需要一个人待着。"

"好吧。"他说，但事实上他觉得这样一点都不好。他不明白我为什么这么沮丧，为什么他不能帮助我。我不知道该怎么解释。我担心他会生气。

我前前后后多次翻看整本病例，记下每次接受电休克治疗的日期和次数，计算出总数。然后核对一遍，又核对一遍。总数是89。89次电休克治疗！

89次电休克治疗。这周的大部分时间里，我都在来来回回、昏昏沉沉地忙碌着，计算、计算，还是计算。我制作了表格、清单，我不停地把它们画了又画，排了又排。

但不管我怎么计算，结果都是这个数，89次电休克治疗。

1960年6月17日：开始电休克治疗。

1960年8月28日：至本月底完成25次电休克治疗。

1962年4月18日：连续20次电休克治疗完成。

1962年11月18日：电休克治疗疗程开始，并完成总共18次治疗。

1963年4月17日：两个月前，在完成20次常规电休克治疗后，开始对患者进行每周一次的维持性电休克治疗，在治疗了6次后，已于两周前停止。

第二十二章　无法逃避的事实

起初的震惊过后，我陷入了巨大的悲痛之中。我为曾经的自己而深感难过。尽管如此，我仍然必须打起精神，来面对同事、病人，以及超市或大街上林林总总的陌生人。他们对我的遭遇一无所知，他们看不到医院的睡衣，也看不到那个惊恐的小女孩。他们完全不知道，我脑中经历了怎样一场翻天覆地——我原本的认知被彻底颠覆了。

纽约医院的邮件送达后整一周，纽约精神病学研究院的邮件也送到了。我一直把研究院当作我的家，那里的员工和病人是我的家人——我在那里开始认识这个世界。还没从之前的打击中缓过神来，我就迫不及待地翻开研究院的病例，好像一个绝望的吸毒者，记录里的内容就是我急需的毒品。没什么比知道我的过去更重要了。

我再次被时间带回到过去，仿佛我又变成了那个20岁的女孩，那个青春期女孩。我迷失了方向，好像随时会跌入海里被淹死，我怕得要命。

而另一个我，只是冷静地看着。记录中手写的部分让我印象深刻——不知出自谁手，应该不是我认识的人写的。作为一名经验丰富的临床医师，从上面描述的症状和行为，我明白其不安表现的含义。那就是我当时的精神状况比我以为的要严重。我原本以为的误会和意外入院都已不完全是误会了。

研究院的记录送到后的几天里，我几乎没有出去过。悲伤如此沉重，即使从一个房间走到另一个房间也已耗尽我的全部气力。在办公室里，为了我的病人，我努力振作；回了家，我便崩溃了。

几周后，比尔和朋友开始了为期一周的航行。起初，我感到一种解脱：少了个需要操心的人。另外，我需要安静。我可以不必说话；想吃什么就吃什么，想什么时候吃就什么时候吃。我可以边看杂志或报纸，边吃爆米花，或者直接抱着冰激凌桶吃；可以用花园里的辣椒或西红柿炒洋葱。而通常我就吃点麦片把三餐打发了——这样不用做饭。

然而，残酷的想法开始入侵我的大脑。它们撕扯我；用死亡动物和婴儿的画面折磨我；在我忍不住哭泣时嘲笑我。不久，这些想法充满了我的脑海。当又一个周日到来时，我意识到我需要一些现实的声音，来与之对抗。我怀念贵格会的静默，渴望与信赖的人在一起。

我开车去了贵格会。路上，阴云仍然笼罩着我。到门口与迎宾员握手时，我的脸上才有了笑容。我像一个面临飓风威胁的小孩，知道母亲不在家时，应向邻居求助——正如我向贵格会友们求助，寻求我无法给予自己的安全感和接纳。

我在会议室的角落里找了一个座位。这里很安全，我想。

这是 6 月一个美丽的早晨，天还不太热。阳光透过树木照射进来，在硬木地板上留下金色的影子。这里聚集着形形色色的人，有带小孩的一家人、老年夫妇、寡妇、各个年龄段的单身人士。他们和我一样，有烦恼，也都有所承受，但又心存善意。会场上，虽然有小孩在座位上晃来晃去或赖在父母怀里，但完全不影响这平和的静谧。

随着静默的深入，我似乎进入了另一个世界——一段模糊、消失的记忆。朦朦胧胧中，慢慢有了模糊的影像，好像还有人影在低语。我被带入一个久远的谜里：那是差不多 20 年前，我的女儿还在上小学。她最好的朋友的母亲即将离世……我有没有向凯瑟琳承诺，在她去世后照顾她的女儿？还是说我只是想过这个承诺？我说过吗？过了一会儿……女儿和她朋友激烈地说着什么，我听不懂，好像是有什么麻烦。这些事情真的发生过吗？我不知道。画面里灰蒙蒙一片，看不清脸，也听不清说什么，而且这一切似乎都很遥远……

会场里，一位老人站起来开始说话。我调整了自己的注意力，听他说："我的背太疼了，疼到几乎走不了路。今天早上我原本打算待在床上，不来参加聚会。但我又想，至少我应该到外面晒晒太阳。就在那时，我看到

第二十二章　无法逃避的事实

了那只鸟。它正在我的屋檐上筑巢。"他详细描述了鸟巢如何精妙复杂。

"所以今天我带来希望。"他说,"它鼓舞我前来。"

希望,我在心里重复了一遍。希望吗?

我的记忆回到了另一个夏天:假期期间,我和家人及朋友一起去科德角度假。我们正在散步。我的女儿当时还小,她跟我列举了一堆她在生活中所犯的过错,并深感忧虑。她为什么说这些?是因为要去新学校而焦虑吗?还有别的什么令她担忧吗?我的心在颤抖。有没有我不知道的?我是不是表现得像我的母亲——当我需要她时,却假装没看见?迷雾又将我笼罩起来,而我前后左右的贵格会友们,仍继续静默。

我想起更早的一段记忆。深夜,我在白原市家的卧室,那时我还是个孩子,大约10岁,也许12岁。屋里又黑又静。我听到父母房里的床吱吱响了几声,紧接着传来父亲穿拖鞋的窸窣声。我躺在床上一动不动,听着他离开房间的脚步声。然后,我听到我房间的门把手被转开,脚步声越来越近……

记忆戛然而止。突然,我的肚子一阵猛烈地抽搐,胳膊和胸腔都在颤抖。我睁开眼睛环顾四周,一切还是原样。

泪水无声地滑过脸庞,止也止不住。鼻涕顺着上唇流进了嘴里,我尝到一股咸味。但是,我不能吸鼻子,那样势必引来他人的目光;我也不能从口袋里抽纸巾,这会打破会场的静默。

横流的鼻涕和眼泪,把我拉回到现实,感觉自己好像科幻电影里的人,一下子从另一个空间穿越回来。和我一起静默的这些人,他们丝毫不知道我刚刚的神游。礼拜结束时,我站起身,一言不发地走出了房间和大楼,其他人还在相互握手、拥抱道别。

从纽黑文开车回家的路上,我的脑子一片混乱。停车标志、车道分隔线,对车速和路线的意识时有时无。很快,我发现已经到了自家的车道上,但我完全不知道自己是怎样开回来的。

我魂不守舍。真庆幸家里只有一个人，这样就不必向比尔解释什么。

我下车，匆匆走进屋里。像往常一样，小芙跳过来迎接我，但我没有理它。我尽力避免的"飓风"已经全方位来袭。我把包放在厨房台上，然后继续走。

那可能真的发生过。

当然没有！你真是傻到家了。

我先是来回踱步，然后又不停地绕着厨房走。

我不是我以为的那个人。我的人生从此天翻地覆。

你个白痴。这是自我放纵的堕落。

我不小心撞到了厨房台上，摇摇晃晃地走开。

只要有相关的哪怕一个词、一丝想法跳出来，我就感觉一阵恶心。这不可能是我编出来的。

这并不代表什么。你是一个绝望的蠢蛋，想要博人关注罢了。

我不是我以为的那个人。我父亲做的那些事，真的发生过吗？

我头晕目眩、疲惫不堪，然后跌坐在一把坚固的椅子里，把自己蜷缩起来。我用手臂紧紧抱住身体，轻轻摇晃着。这样我就不会四分五裂了。

我知道发生了什么事。我不明白这是解离。这就是它的运作方式，它使你不知道发生了什么。识别了自己的解离，尘封的记忆也就随之解开，更多的记忆碎片开始归位。我已经停不下来。

现在，我不仅明白为何不记得对凯瑟琳的承诺，为何没能给予我的女儿和她的朋友应有的关注，还明白了，我的母亲如何在无意中让坏事发生在我身上。

坏事？发生在我身上？

一旦承认这是事实，许多记忆的碎片、身体部位的画面纷纷涌现在我的脑海。一种陌生的强烈的身体感受向我袭来。

你一定在撒谎。你这个容易上当受骗、无中生有的大傻瓜！

可咒骂无济于事，它没能阻止画面的涌入，也没能安抚我满腹的恐惧。

第二十二章 无法逃避的事实

而对于这些，另一个我只是好奇地看着，从某个视角冷眼旁观，好像一个气象学家正在飓风里测量风速，而那风随时可能把她吹走。

我从厨房来到阳光房，坐到沙发上，眼神空洞地摇晃着身体。

为了走出混乱，我决定去花园除草。那是我和比尔在后院棚屋附近的一段小山坡上，新开垦的一个小花园。原本那里只有一堆回收木料，现在已经种上了长春花、杜鹃花、野花和我们从房子前面搬来的一些老桂树丛。我们种的植物跟各种顽强的杂草，包括毒葛，争夺着这里的资源。我的任务非常艰巨，因为，即使我能成功清理一些地方，杂草也会迅速长回来。尽管如此，我感觉如果我想要活下去，就必须在什么地方，任何地方，做点积极的事情。在新开垦的花园里清除杂草似乎是一个合理的开始。

除草让我体内疯狂的能量有了发泄的出口。尽管混乱的思绪仍在纠缠我，但安静、有条不紊的除草令人感到安慰。我想到了贵格会上的发言。希望？也许有吧。

不久，我就汗如雨下，蓝色的背心湿答答的，贴在背上，短裤也都被汗水浸湿。蚊子总来打扰我，我得一边驱赶蚊子，一边继续除草。过了很久，我劝自己停下来，但我做不到。再弄一个小时，我这样对自己说，就像孩子睡觉前总求着要饼干或讲故事。再一个小时。不知不觉间，四个小时、五个小时、六个小时过去了。

天越来越黑，蚊子越来越多。我知道我必须回家了。我必须吃晚饭，我必须为未来的一周做好准备。然而，我不想走，不想离开这片被清理干净的小天地。

你现在的行为就像个不能适应新环境的孩子，我嘲笑自己道，笨蛋。

走开！我正在努力适应。

你是个就知道哭鼻子的笨小孩。除了想你自己那点事，你今天什么都没做。伟大的心理学家连自己那点烂事都搞不定。

那一瞬间，我听到了母亲的声音。我很震惊。我知道她是个好女人，深受许多朋友的喜爱，但有一点，就是她总是毫不留情地责骂自己，甚至一边批评自己，一边做事。无论是服用药物、准备沙拉、打电话给朋友，还是组织一次艺术展，她都很少提及自己的痛苦或原谅自己的不完美。我曾经发誓永远不会像她一样。然而这一刻，我站在一堆杂草旁，很热、脏兮兮又疲惫不堪，我对自己非常失望，几乎是绝望，我迫切需要证明我没有变得跟母亲一样。

你无法逃避这个事实，我苦涩而冷静地想道，把门关上。你刚刚已经证明了，你根本就变成了你的母亲。天哪，我恨透了这样！

我回到屋里，站在厨房的水槽旁冲洗指甲里的泥垢。这时，发生了一段祥和的小插曲。一只猫头鹰从后院的一棵树上，飞到另一棵树上。那一瞬间，我为焦虑的母亲感到难过，也怜悯那个无法驱散黑暗的小女孩——我。

紧接着，"飓风"又把我卷入了暴风雨之中。

第二十三章 我们可以做到

2001 年夏

"有时候我忘了你不愿意谈性。"比尔说。就像杰姬教我们的方式一样，他只是直接陈述问题，没有发火。但是，"性"这个字眼从句子里跳出来，迎面向我扑来，我的胃就一阵翻腾，焦虑瞬间贯穿了我的四肢。

我努力提醒自己，他不是有意要惹我不高兴。比尔有这样的感受很正常，我告诉自己。但是，我还是转身离他远远的，就像要逃离一只鲨鱼，我迫不及待地逆流游走。

第二天下午，我们正站在厨房里讨论要把什么加到购物清单中，忽然他说："那是什么？"他指着我的腰以下的某个地方，眼睛紧紧地盯着。

"不要！"我尖叫道，仿佛他伸出的食指即将刺伤我。我低头看了看，一块保鲜膜贴在我毛绒衫的底边上。我把塑料膜从衣服上剥下来，放到厨房台上。我僵立在原地，努力控制自己不要把旁边的陶瓷杯扔出去。我真想听听这个杯子摔得粉碎的声音，想看着它的碎片在房间里四处飞溅。

"我没做错什么啊！"比尔举着双手抗议道，"你为什么这样对我？"

他说得没错，但我就是无法平息对他的怒气。"对不起，"我用几乎要

221

杀人的语气说，"你没有做错什么。"说完就跑上了楼。

接下来的几个月里，我彻底被压垮了，从肉体到精神。我几乎什么都做不了。比尔照顾着我，他购物、做饭，给我端茶送水，照料猫。有时，他也会发脾气，但大多数情况，他都心甘情愿地付出。我们的婚姻咨询，重点在于帮助他理解我为什么如此痛苦，并寻找方法帮助彼此来处理我们之间已经彻底发生改变的关系。我无法忍受任何亲密的身体接触。对于某些特定词语，我从心底反感。

夜晚的独处并没有带来多少宽慰。每当我爬上床，腹部都有指甲划过黑板般恼人的感觉。近乎真实的噩梦让我精疲力竭。我在两个世界中沉浮，永无止境。

我是个小女孩，坐在一辆大汽车的座椅上，晃着脚丫。我穿着褐色的羊毛长袜和一双结实的棕色小鞋。抬脚都还够不到前座的椅背。母亲坐在我身边，我抬起头凝视着她光滑的皮肤、红红的嘴唇和深色的眼睛，一顶烟灰色斜帽下柔软的棕色头发在她脸庞轻轻飘动。她转向我，我们相视一笑。我开心极了。我知道她是全世界最好的妈妈。

但我的快乐很快变成了悲伤的渴望，一个3岁小孩的心痛：妈咪爱我。妈咪不会生气的。我不会伤害到她，我可以告诉她……

当我醒来，想起母亲已经过世，思念的潮水汹涌而来，悲伤将我淹没。

虽然比尔很想帮忙，但我们之间的误解仍在加剧。可怕的噩梦让我不敢入睡。深夜和清晨让我精疲力竭。我几乎无法说出一句完整的话，说了后面忘前面。我变得更脆弱，更难以安慰。所有的一切都让我哭泣。

悲痛为我遇到的大部分事情都注入了一种悲剧的氛围。这在9·11之前的几个月就已经开始，但那之后变得更加严重。我和比尔习惯一直开着收音机。白天，公共电台的古典音乐回荡在家里的一楼。晚上，《网罗天下事》栏目让我们获知每天的新闻。如果我们想聊天，就换上 CD 听音乐。而现在大部分音乐都让我流泪，不管是巴赫、莫扎特、亨德尔、皮特·西格、鲍勃·马利，还是舒伯特——不管轻柔还是激烈，舒缓抑或轻快——任何旋律都好像在灼烧着我的心脏。那种疼痛似乎要将我摧毁。随着季节更替，尽管我鄙视录音音乐，但每次经过播放圣诞歌的商店，我都哭到不能自已。小芙爬到我腿上紧靠着我时，我也哭。如果觉得比尔看我的眼神不对，我就生气，而他对我很好时，我又会哭起来。

只有工作能给我安慰。与患者互动，让我又变成一个理性——尽管勉强——的专业人士。工作的时候，我可以把精力倾注到其他人身上。我感到被需要；我感到有价值。与患者们的问题相比，我的烦恼不值一提。

梅兰妮坐在我办公室的沙发上，几乎淹没在一堆靠垫和抱枕里面。她的运动衫里好像没有人，只有一副空空的皮囊标注着她的位置。在候诊室互相介绍时，她表现出的沉着自信，在进入我办公室时，就瞬间消失了。她耷拉着肩膀，步履沉重地走着，半天才跨过仅仅几英尺的地毯，走到沙发边。

看着这样的梅兰妮，我感觉很无力，仿佛突然得了严重的流感。也许之前在电话里我就不应该接这个个案，当然还会有其他治疗师可以给她做治疗。我同意见她，只是出于海瑟·桑德斯的拜托，她说她会负责药物的部分，让我负责心理治疗。我从不会对桑德斯医生说"不"。

另外，我心里还是有些喜欢接这类颇具挑战性的患者。我把桑德斯医生的推荐看作一种专业上的肯定与赞赏，但同时，我又有些担心自己能否胜任这项工作。如果心里的"鬼怪"出来干扰，令我不能清醒地对待梅兰妮呢？梅兰妮跟我同龄，差不多 50 岁；我们都有直到中年才揭开的童年创伤；我们的孩子也年龄相仿——这些是桑德斯医生在把她推荐给我时提供

223

的信息。

如果梅兰妮不喜欢我呢？

我强迫自己把这些想法放在一边，然后深吸一口气，集中精神。"我能怎样帮你呢？"我问。

沉默了好一会儿，一个勉强、平淡的声音从沙发最远的角落里传来。"我觉得你帮不了我。"那个声音说，"我不想来这里。"

"为什么？"我尽可能温和地说。

"我不确定治疗能有什么帮助。我看过很多治疗师。我的第一个治疗师给了我相当糟糕的体验。我想我只是不相信你们中的任何一个……呃，不过最后一个治疗师，艾米丽，从某个角度来说似乎帮到了我。"

"艾米丽如何帮到你的？"

梅兰妮从她躲起来的"树洞"里探出一点点头，她看着我，像正歪着头看着一条虫子的知更鸟。我等待着，感觉自己似乎被看穿了。她嘴巴紧闭，眼睛睁得大大的，像一个努力让自己看起来很勇敢的小孩。我的第一反应是安慰她，然后我想起她害怕我。我不想一开始就靠得太近，令她更害怕，但我也不想成为她眼中的虫子。

梅兰妮坐了起来，挺直上身，重新有了一些成年人的自信。"我们都喜欢狗。艾米丽有一只狗，名叫凯蒂。我去找她做治疗时，凯蒂一直待在那里。我可以和凯蒂做朋友，我不想对艾米丽说的话，可以跟凯蒂说。"

"凯蒂让你有安全感吗？"

"算是吧，我在哪儿都不觉得安全。但是一段时间后，艾米丽或多或少对我有了些了解。情况没有任何改善，直到我被诊断为双相障碍。那是两年前了，现在至少我知道自己吃的药是对的。我不确定是否需要进一步治疗。"

"那么谁认为你需要进一步治疗呢？"

"嗯，我大部分时间都感觉很抑郁，有时候想自杀。行为紊乱，做不了

第二十三章　我们可以做到

事，比如准时支付账单。我害怕停止治疗。我已经看了很多医生。我得事先警告你，我可不好治。我也见过一些人，他们要么帮不上什么忙，要么让情况变得更糟——如今这样也不全是我的原因。"梅兰妮伸手又拿起一个抱枕，把它加到她建造的"堡垒"上。她没有提她的健康问题，包括哮喘、过敏和系统性红斑狼疮。

"我的第一位治疗师放弃了我。"她不假思索地补充道。

啊哦，这可不妙，我想，她的治疗师放弃了她？是治疗师能力不够，还是说梅兰妮是那种既要求苛刻又抗拒治疗的患者，以至于一些治疗师最终感觉自己成了那只"虫"——被她捉住吃掉了？另外，她与艾米丽的治疗似乎做得不错。也许在艾米丽那里，梅兰妮破碎的信任得到了一些修复。"你能否说说那次被治疗师开除的事？"我问，"这可能有助于我理解你为什么不想来这里。"

梅兰妮叹了口气，开始讲述她的故事。"我还没有准备好告诉你所有的事情，"她解释说，"我来之前，艾米丽应该给你发了一份案例概要。另外，这事我已经说了很多次，我真的厌倦了一次次的重复。

"夏洛特是我的第一位治疗师。第一次治疗结束后，我回到家，就上床躲进被子里，把被子一直盖到头顶。接下来的三天里，我大部分时间就那么待着。夏洛特鼓励我依靠她。然而，五年后，她说我太过分了，说她不能再这样下去。我已经把她弄得心力交瘁。

"你们可以给我提任何你们觉得有必要的建议，但你们也只能做这么多。你并不能想象，当我极度抑郁时，保持正常的生活有多难。"她盯着放在膝上的最后一个抱枕。

我不介意她做出这样的评论，因为它们帮助我了解她是如何看待我的。虽然她对任何帮助都已绝望，但她令人心酸的孤独和对帮助的渴望，深深触动了我。我不禁对她的童年产生了好奇。希望我不会把她的痛苦与我的相混淆。

225

我垂下肩，在椅子上坐直。"如果你的第一位治疗师放弃了你，你怎么能不对之后的治疗心存芥蒂呢？"我反问道，举起双手做了个当然的手势。

梅兰妮似乎没有听到我的回应一样，继续说道："对于以前的治疗经历，我觉得可以这样描述。我掉进了海里，海岸离我很远。我不会游泳，当海水朝我扑过来时，我感觉自己要被淹死了。我的第一位治疗师夏洛特站在岸边，跟我说她不想让我淹死。她挥舞手臂、上蹿下跳，使出浑身解数叫我游向她，像个啦啦队长一样告诉我'你做得到的'。但海浪太大了，我根本动弹不得。我不知道自己会不会被淹死。

"我的第二位治疗师艾米丽，她站在岸边指导我该如何游泳。她看出我遇到了麻烦，她教会我一些事情，我也学到了很多重要的东西。但这并不代表我已经游得足够好，好到可以游回岸边或者避免溺水。所以你能明白为什么我对治疗和治疗师都没有太多信心了吧。"最后她总结道，听起来几乎有点得意，"我永远也不可能上岸了。"

"我想知道为什么治疗师总是待在岸边，而不是和你一起进到水里。"我说。

梅兰妮似乎没想到我会这么说，她思忖着我的话。有那么一会儿，她的眼睛亮了起来。我屏住呼吸，重新回顾了我顺着她的隐喻所说的话。我能做到吗？就好像一部快进的电影，梅兰妮脸上的表情迅速从开心到疑惑又到悲伤，之后阴郁，最后没了任何表情。电影放完了，剧院空了。我等着看接下来会发生什么。

"恐怕我让你感到无聊了。"我打破了长久的沉默。

慢慢地，放映机又启动了，梅兰妮振作起来。"我……必须好好想想你说的话，我以前从没考虑过那样的事。我不确定我能不能相信你。"

"你才刚认识我而已，为什么要相信我？我必须在今后向你证明我值得信赖才可以。"

"我已经说得够多了。"她拿开那些抱枕，开始寻找外套，迫不及待地

第二十三章　我们可以做到

想赶紧消失。

"那么下次还是约在周四下午两点钟吗？"我尽量轻松地问，这个时间是我们在第一次通电话时定下来的。我担心她可能不会再来。

"回头我会打电话来确认的。"梅兰妮用空洞的声音回答。她像离家出走的小女孩，离开了我的办公室。她拖着自己的躯壳慢慢走出门去。

第二天，梅兰妮打来电话。"安妮塔？"声音听上去忧郁而不合年龄的幼稚，"我不知道能不能相信你，但我一直在想你说的话……你说……进到水里。你真的会那样做吗？"

她的语气很绝望。梅兰妮生命中经受过灾难性的打击，其中包括幼年丧母。这让我想到太平间里一具接一具尸体的画面。紧接着，我突然感觉有了力量。我们已经建立起了联结。

"是的，梅兰妮，我说到做到。"

"我真的很害怕，但是……我明天会去的。"

"我们可以做到的，梅兰妮。"我坚定地说。那一刻，我确定自己是对的。

第二十四章　找回丢失的记忆

离开办公室，我只有紧紧倚靠杰姬才不至于崩溃。

杰姬听我讲述了那些零碎的记忆——不连贯的场景，也没有特定的地点或人物。对于这些记忆，我的身体都记得，它们深深印在我的四肢和躯体里。我感觉自己像个孩子，一直在抱怨，焦虑又迷茫。我害怕黑暗，害怕离开家，害怕上床睡觉。我不能呼吸，也不想吃东西。杰姬坚称我这不是小题大做。"消化童年创伤的过程本就艰难。"她叫我放心。

我的焦虑越来越严重。随着情况的恶化，杰姬建议我使用药物，但我很抵触。我整日郁郁寡欢。但对于我的抗拒，她表现得十分耐心，直到那天我去见她。当时我整个人还陷在前一晚的噩梦里不能自拔。

一个蹒跚学步的孩子，独自在一个空荡荡的谷仓里，大胆地站在泥土地上。她圆圆的黑眼睛盯着我，眼里满是责备和恐惧。她的嘴唇有点地包天，就像我的一样，那让她的脸看上去总是一副不高兴的样子。一根细绳从谷仓上方垂下来，下面收成一个绞索圈，松松地套在她的脖子上。我知道我就是那个孩子，而她即将死去。

梦里自杀的阴影一整天都笼罩着我,我吓坏了。尽管就像我说的那样,我讨厌吃药,但我还是向桑德斯医生求助了。她给我开了抗抑郁和治焦虑的药。我非常感激她的善良和即时的回应,也坦然接受了用药,它让我的病得以缓解。尽管如此,用药的羞耻感令我对此事守口如瓶。我没有告诉任何人。我把喜普妙和阿普唑仑的药瓶藏了起来,确保连比尔都看不到我在吃药。

"你不喜欢吃药太正常了,"杰姬说,"因为那会让你想起住院的日子。"

"才不是!"——我没想过这两者之间有什么联系,但她一指出,让这种尴尬的联系再明显不过。实际上,有无数的类似事件在昭示其中的联系——这些联系能帮我理解我的经历,只是一再被我错过。杰姬发现了这些,并以合理的方式向我做了解释。相比她的可靠、沉着、接纳,我的妄断在她面前显得相形见绌。我的病情时好时坏。

我的梦,全是或残疾,或畸形,或被遗弃的婴儿和小孩。当我告诉杰姬谷仓的那个梦时,她给那个小孩取了一个名字——我内心极度抗拒的小孩,叫安妮。

我的病情和又一次的心理治疗让我感到羞耻,我不能让人知道安妮这个秘密。治疗之外,我从不向任何人提起她。然而,我和安妮的关系也从未像现在这样紧密,她知道我的羞耻和秘密,以及我的自卑。杰姬说,如果我不能接纳自己的愤怒,就无法给予同情;而只有我对安妮感到同情,我才会被治愈。我不得不爱她。

我脑中安妮的形象,来自一张我大约两岁时的照片。数十年来,它跟其他的老照片一起摆在我的书桌上。然而,现在我一想到她,就愤怒至极。我想把她狠狠地打倒在地,用脚踩她的头,朝她软弱无力的身上吐口水。

"如果你的患者出现这种反应,你会说什么?"当我向她描述我的这一暴力幻想时,杰姬问道。我很讨厌她这样提问,但其实这样问很公平。

"我会提醒她,小孩子总是尽量听父母的话,因为他们爱父母、依靠

第二十四章 找回丢失的记忆

父母,他们需要感到安全。"我似乎分裂成了两个人,一个是受惊吓的小女孩,一个是充满智慧的成年人。之后,那种冲动不再那么强烈,虽然我仍然想伤害那个小女孩。"他们觉得自己很坏,于是就攻击自己,因为他们知道有些事是错误的,而且他们的愤怒总要有个出口。"我觉得自己像在背诵剧本,但理性的分析确实帮到了我。而让我深感触动的是杰姬脸上流露出的痛楚。她真的相信我受到了伤害。

我很敏感。如果杰姬一有什么令我误解的行为,我都将其解读为她要抛弃我。有时,我会因为她比我以为的咨询结束时间提前几分钟——她肯定是想让我知道她不再想跟我有什么瓜葛——而变得激动。我不知道她私底下怎么想,但在我面前,杰姬似乎都能从容接受。她帮助我把自己的想法和感受、冲动和梦境找到出处,让我学会了如何从自己的行为中看到其隐喻和象征意义。

我一直以为我缺失的童年记忆是大量的电休克治疗导致的,尽管专家坚称由电休克治疗引起的健忘症是暂时的。而如今,在已经接受了记忆丢失的几十年后,通过翻阅医院记录和我的临床经验,我突然又找回了记忆。

它们纷纷以不同的方式涌现。有些是有意识地想起来的,有些是在梦中出现的,有些是在瞬间被普通的事物——在某些情况下可能会被忽略或不受注意的事物,比如一种颜色、一种气味、一个动作——所激发出来的。

收到医院记录的几个月后,一天晚上,我像往常一样把被褥和毯子堆在身边,我要靠着它们睡觉。在这个过程中,我可能错误地多放了一个枕头。把我的被褥大军堆放到位后,我关掉灯,窝到自己那边睡下。比尔已经睡着了,我伸出一只手拍了拍他的肩膀。

过了一会儿,还没意识到发生了什么,我就已经站在床边,惊恐万分。然后我才反应过来,是那个枕头掉到了我的头上。我无法解释我的极端反应。我不情愿地回到床上。最终,我睡着了。

第二天早上,还没到5点钟,我就被满屋子的夏日晨光唤醒了。像往

231

常一样，我习惯性地去摸黑色的眼罩，并把松紧带钩到耳朵上方。当我将眼罩推上去时，我感觉一只手从背后伸过来捂住了我的眼睛。我被吓得魂不附体。我一把扯下眼罩，发誓以后再也不戴它睡觉了。那只手肯定是我想象出来的。

"昨晚你怎么了？"几小时后，比尔问道，"你的尖叫声让我的汗毛都竖起来了，而且是两次。下次你再做噩梦时，我应该把你叫醒吗？"

到了晚上，我觉得我为前一夜的恐慌找到了解释。我想起了住在外祖父母家时的一个场景。他们家就在纽约市外的扬克斯。那是二战期间，我应该只有两岁半。我的弟弟里奇出生后不久，我们全家离开佛罗里达，回到了母亲的老家。我父亲当时在海军服役。

1945 年秋

那是一个深夜，周围一片漆黑。

"出去，罗珊娜。"我听到外祖父迪克对妈妈说。我刚出生不久的弟弟里奇，正睡在床边的婴儿床上。爸爸参战不在家，外祖母已经在床上睡着了，詹妮姨妈睡在隔壁。"出去，罗珊娜。"他又说，"我不会很久。"

她就离开了。我妈妈总是很听话，她爸爸让她做什么，她就做什么。她低着头，看上去好像很不情愿，但她还是从床上站起身。她离开了。现在只剩我跟外祖父待在一起。他说不要担心，但我很害怕。我想要妈妈。

如果我一动不动，一声不响，事情就可以不发生。但那真的很难，即使是思考也会产生噪声。我停止了思考。我必须坚持住，我是隐身的，我要比里奇小睡时更加安静。我必须不让事情发生。我不在这儿，我不在这儿，外祖父也不在这儿，妈妈会回来的。只要我一动不动，空气都可以静止，外祖父就不会做什么了。我不在这儿，我让空气静止了。我可以做到，我可以……

第二十四章　找回丢失的记忆

　　我醒了，妈妈在哭。我睡着了，然后我又醒了，妈妈告诉我，我做了一个噩梦。她说她很抱歉。周围仍然一片漆黑。现在我似乎飘浮在房顶上。我能照顾好妈妈，我能行。我不想她伤心，我会保持清醒，确保没有人伤害她。我还会照看好弟弟，直到天亮，直到爸爸回家。也许是圣诞节的时候吧，妈妈说，等战争结束后爸爸回了家，一切就会好起来的。

　　找回的记忆，让我既震惊又怀疑，既悲伤又鄙夷。哦，天哪，这不可能发生。这是你编出来的故事。医院的记录我看了又看，上面医生对我思想和行为的解读尽管片面，有时甚至盲目，但记录下的基本信息，却佐证了那些画面的真实性。从这方面来说，这些记录平复了我内心的一些冲突，至少在一段时间内。

精神病学研究院
心理评估报告
1963 年 8 月 12—13 日

　　根据她的精神病的急性特征、青春期晚期发作，以及特定的压抑症状，可以推测患者的障碍可能部分与原始场景的早期创伤性事件有关，其结果导致她将性与攻击无意识地等同起来。

——G. 弗瑞德博士

第二十五章　身体都知道

2001 年夏

我以为每个人都知道这一点：你不记得某些事情，不代表它们不会影响你。然而，这使我越来越提心吊胆。

婚后刚从纽约市搬到康涅狄格州时，我还没有学会开车。每次我需要用车都是比尔负责接送。他的车是一辆漂亮的沃尔沃跑车，座椅几乎贴着地面，安全带一条在肩上，一条在腿上，把整个身体都保护起来。在1969年，那还是相当先进的。

适应婚后生活不久，我就注意到，不管我们开车去什么地方，每当系安全带时，我就有一种强烈的恐惧，感觉会出车祸。我的心怦怦直跳，感到头昏脑涨。我确定我会死。

我知道这样想没有什么依据。比尔是个很好的司机，我也从未出过车祸。我的恐惧毫无道理。

即使我 26 岁了，我仍然遵守着在精神病院时为自己定下的第一条规定：不能说任何让人觉得我疯了的话。所以我没有告诉比尔，我们开车外出时我坐在车里会害怕死亡。在接受赫勒医生的治疗时，我也从未说过。

我没有跟任何人讨论过这件事。结婚两年后，比尔教会了我开车。完全学会开车后，那种恐惧感就不见了，之后我也就把这事抛诸脑后。

30多年过去了，在看完医院记录后的几周里，医生对我性格和行为的描述，令我大吃一惊；电休克治疗的次数令我错愕。当我把这些告诉杰姬时，当年坐车的那种恐惧感又回来了。几十年来，我一直没有想过为什么会有那样的感觉，而现在又为什么忽然出现？虽然我很迷惑，但杰姬和几乎所有了解我青少年史的人都明白：系安全带，让我下意识地联想到被绑在床上准备接受电休克治疗的情景。比尔会让我死于车祸——他并不是有意为之，而是意外事故——这实际上是在重复我在医院的原始场景：我会死在精神病医生手里的死亡预期。

一旦了解了自己的反应模式，更多类似的事件也竞相浮出水面。我看上去莫名其妙的反应行为很可能不是没有道理的。

比如，如果要出门超过一天，那么在离开前，我一定要确保所有的东西都收拾妥当：邮件分好类、内衣放进洗衣篮、关电脑、藏好个人笔记本。如果时间更长，我会跟两个孩子、弟弟们或最亲密的朋友通电话。每次我都要跟他们说"我爱你"，生怕自己以后再也没机会说。成年后我每天都在担心自己可能会突然死掉，于是我总是做好万全的准备。

我向来厌恶男人满嘴酒味，从我能记事起，就一直这样。刚结婚那会儿，比尔有时会放纵自己而过量饮酒，我就会陷入一种连我自己都无法解释的暴怒之中。此前，我几乎没有想到这一点。

我总处于高度警觉的状态。这也解释了为什么电话铃或关门声一响总会吓我一跳。对故意吓唬我的人来说，我总是很容易让他们得逞。为什么我的手臂一被束缚，哪怕只是一瞬间，我就会产生强烈的愤怒？很明显，那跟每次电休克治疗之前，把人束缚起来的湿裹布，或者在隔离室要求穿上束缚衣有关。

第二十五章 身体都知道

我重新审视自己对性的种种限制，比如不能在夜里或黑暗的地方发生性行为。我对突如其来的性接触，总是反应激烈；只有摆脱我是个小孩的幻想，我才会有性高潮。我试图隐藏这些怪癖，尽管我知道性行为承载着理解过去和现在关系的重要信息，但我从没把这些告诉赫勒医生或桑德斯医生。因为它们是可耻的，我难以启齿。

杰姬把性看得稀松平常，她总是自然大方、直截了当地谈论性，这让谈论性变得不再那么让人紧张。她使我把性看成一件平常的事。渐渐地，我学会了诚实地面对自己的性幻想和性冲动，尽管经过多年的压抑或解离，想要痊愈还需要很多年。

快到父亲节的一个早上，我正在贵格会中静静地坐着。柔和的阳光照耀着简单的房间，男女老少安静地聚在一起，进行着清晨的静默。我之前已经来过这里很多次，然而，在看完医院记录后，我的生活彻底改变了。这个避难所——滋养我灵魂和给予我平和的避难所，也变了。

静默中，当我环顾四周，看着聚在这里的人们时，一股绝望感突然从心底深处涌现，将我淹没。那是对父亲们的绝望。

我曾想，跟我在一起的这些男男女女，他们和他们的父亲之间会是怎样的关系。他们的父亲会爱护他们；他们会去看望父亲，给父亲打电话，询问父亲的建议；出于爱，父亲会让孩子承袭自己的名字。我曾看到过这样的男人和孩子，这样的父亲和祖父，他们相处融洽、相亲相爱。虽然平时想起父亲，我总是无动于衷，但我仍然对那样的父子关系充满了渴望。

然后，就像在静默时经常发生的那样，一个场景突然蹦了出来。那是在我年幼时，一起和家人住在外祖父母家里。这一天才刚刚开始。

1946 年夏

爸爸之前在海军服役，现在他回来了。他晚上上班，早上下班回家。妈妈说他是去帮忙修理布鲁克林海军港的大船了。不知道在黑暗里他害不害怕。

我刚从卫生间出来，站在楼梯上，楼梯在卫生间和卧室之间。我3岁了，已经可以独自上厕所并把自己收拾干净。每当我提好睡裤，都会传来"啪"的一声。这让我感觉自己长大了，就像妈妈说的那样。

我应该回去和妈妈睡觉，但我没有。我转身走到楼梯口，在那儿站了一会儿。然后又转身走回卧室门前，又停了下来。就这样来来回回折腾了好几次。

爸爸在楼下等我吗？有时他回家时，大家都睡着了，只有他一个人坐在厨房。他坐在窗边的桌子旁，抽着烟，喝着一大杯黄色的果汁。它闻上去很臭，但我不能这么说，因为我不想伤他的感情。我喜欢他笑的样子。很多时候，爸爸看起来又累又凶，让我很害怕，但是当他笑的时候我也很开心。

有时候他只穿着内衣。他告诉我，他喜欢我陪着他。他说像我这样的女孩应该帮助自己的爸爸。我现在应该下楼吗？还是应该留在这里？如果他想让我做那事怎么办？那让我很不舒服，但能让他开心。他喜欢我。如果我不去，他会难过。他希望我过去，他说我是他的女孩。他需要我。

妈妈不会介意的，她不会生气的。妈妈睡着了，里奇也睡着了。如果我能让爸爸开心，妈妈也会高兴。我不出声，也不会跟别人说。

"你这么早起来干什么，年轻的女士？"

"嗨！"我吓了一跳，是詹妮。她笑着，但只是轻轻地，因为我们得小声点。詹妮也住在这儿，她在扬克斯公共图书馆工作，每天清早出去上班。

看到詹妮，我高兴极了。詹妮总是对我笑。

"回去睡觉，快！现在可不是起床的时候。"她低声说，"我得去上班了。你父亲还没有回来。"她把我往卧室的方向轻轻推了推，然后走下楼去。

我回到了床上。詹妮去上班了，妈妈还在睡觉。如果爸爸回家了，我下楼会发生什么？

"怎么了？"妈妈问。我不小心把她吵醒了。她的声音很大，"我说过不许哭，记得吗？"

我知道，我一哭鼻子，妈妈也会难过。我尽量不让自己哭，但我控制不住。坏女孩才会惹妈妈生气，坏女孩才老是哭。越来越多的眼泪从我滚烫的小脸上滚落，止也止不住。

邻居家的凯茜说，黑暗里有怪物，他们会抓坏女孩。我的肚子好痛。

精神病学研究院
心理评估报告
1963 年 8 月 12—13 日

患者在主题统觉测试（TAT）中所讲的故事，给出了一些她无法接受性、无法变得自信的线索。其中一个故事是，一个男人靠近一个坐着的女人，并声称要杀死她。"她还没有结婚，他走了过来，说要杀死她。"除了对图片的怪异解读之外，显然，她认为性行为等同于暴力攻击——事实上，等同于谋杀。

——G. 弗瑞德博士

2001 年 9 月

我坐在杰姬对面的沙发上，想象着一个男人，那是我的父亲，他面前正站着一个裸体的小孩。他要性虐她。我惊恐地盯着这一幕，身体因恐惧而本能地颤抖着。

"我恨你。"我边说边抬起了胳膊。

杰姬看上去很担心，但她仍然鼓励我。"用枕头。"她指着旁边的一个靠垫说。

我用尽全力将拳头砸向那个男人。我的愤怒瞬间爆发！我弯下腰，抱着受伤的手，疼得蜷缩了起来。

"我是想砸那个枕头。"刚能张开口，我就说道。我不想让杰姬以为我有自我毁灭的倾向。她从冰箱里拿出一罐可乐，围上一层毛巾当冰袋。

"我会没事的。"我安慰她，吃下她给我的三片布洛芬。杰姬的母性几乎让人觉得承受这种痛苦也值得。

打出这拳后，我的愤怒也随之消失。除了疼痛，我无法再想别的了。但我不想让杰姬担心，尤其不想她因此提前结束治疗。我努力从之前打断的地方继续说下去："关于这个男人，我是怎么说来着？"

不管用。我对这个裸体女孩和她的父亲已经不感兴趣了。

"可怜的小安妮。"杰姬痛心地说。我知道她想提醒我，被虐待的孩子是无辜的，但我不为所动。安妮是愚蠢的，而我的手简直要把我疼死。

第二天，伤情加重了。比尔说我必须去看医生。当我用瞎编的故事来解释为什么受伤时，给我看伤的内科医生同情地点点头——我不希望任何人知道真相。

在那次心理治疗的前一天晚上，小布什总统回应了"9·11"袭击事件，

第二十五章 身体都知道

就基地组织和新反恐战争发表了全国电视讲话。"他的态度让我气愤至极，"我说，"我挥拳的时候一不小心就打到了沙发旁边的硬物上。"至少有关沙发那段是真的。

我打折了一根手骨。当我从放射科拿着 X 光片走出来时，其他出诊的医生对我报以友好的也可能是怀疑的微笑。但没人质疑我编的理由——任何人在那种情况下都可能会有同样的反应。两周后为我做手术的外科医生、医院的工作人员和那些关心我的朋友们，都对我的说法深信不疑。

一个举动把我对所爱的人的愤怒和疼痛关联在了一起，并在我心里留下深深的烙印。回想起来，我惊异地发现，这也反映了我童年对愤怒的看法：愤怒不仅有罪，更是危险的；我的愤怒总是制造伤害。

我可能欺骗了他们，但我一点都不感到内疚，也许因为这并不全是假的。表面上，是我对某些政治人物——我认为他们是弱势民众的剥削者——的行为反应过度，是一直被克制压抑的愤怒集中爆发的体现。它成了那次我对父亲瞬间爆发的愤怒的一个隐喻。但它的弦外之音不可说，然而有政治情绪是可以理解的，可以拿来跟有相同立场的朋友们说，所以它成了最好的说辞。

多年以后，被父亲"剥削"的愤怒再没出现过。我也没有与潜藏在意识深处的仇恨和愤怒产生联结。

"你有没有原谅他？"听过我故事的人经常这样问，"你有没有找他对质？"……"你还感到愤怒吗？"

"还没有。"我会这样解释，"我还在努力处理愤怒的部分。我仍然很麻木。每次想起父亲，我仍然没什么感觉。"

而有时我会指着我的右手："这里骨折的地方植入了一小块钢板。它很小，小到连机场安检的传感器都检测不到。"

如何处理愤怒是纠缠我一生的问题。在我的原生家庭中，所有的成年人都不会直接表达愤怒。我从来没听过父母大声吼叫，也几乎没听过他们骂人——如果听到"该死！"，那意味着问题非常严重。我的父亲总是一脸不高兴——总是鄙夷轻蔑——但他什么都不说。我们可以感受到他的敌意，但从没听他说出那些骂人的话。我逃避愤怒，一旦察觉它即将爆发，我的思想和身体就会放空，然后我似乎消失了。随着年龄的增长，这种解离越加严重。

我很少生气地说话，也很少大声说话。到高中时，我说话的声音小到几乎听不见。我写的字也越来越小，到最后老师威胁说，如果我再这样就不批改我的作业。我的语言、行为，连同我的身体都随着我努力隐形而变小。

我回忆起母亲对早年生活的紧张描述。那时我还小，我们都住在扬克斯的外祖父母家。互相冲突的工作时间和个人情绪造成了巨大的紧张气氛，弥漫在整个房子里。詹妮吃过早餐出去工作，而父亲则在清晨结束一天的工作，回家吃完他的"晚餐"。他白天睡觉。我的外祖母下午要午睡，她要求绝对的安静。

我的外祖父是雀巢公司的工程师。他发明了一种牛奶灌装消毒的方法，这种方法让生产出炼乳和类似产品成为可能。持有他这项专利的雇主由此获取了难以想象的利润——到现在为止可能达到数十亿美元。但在家里，外祖母对外祖父很凶，好像他很蠢一样。她把我吓坏了。

对我的母亲罗珊娜来说，詹妮是个专横的姐姐。尽管母亲已经结婚并有了两个孩子，但是詹妮对她也像对待没有智商或常识的人一样。父亲也这样对待母亲，但母亲从来不抗议或发怒。她只会叹气、摇头。她经常看上去不知所措——满是脆弱和恐惧。

作为家里的长女和长孙，我给自己的任务就是照顾好每个人，保护好

第二十五章 身体都知道

我的母亲，并且确保在这个过程中不会惹大人生气。几十年后，我仍然扮演着这个角色。

在年龄还小的时候，我也发过脾气。根据医院记录中重复出现的一些家庭描述，发脾气的原因通常都与食物有关。我拒绝吃某些东西。没有人明白我为什么死活不吃西兰花或煮过头的土豆。我讨厌喝牛奶，有时候只因为牛奶太多，我就会大发脾气。我的父母困惑不解，他们的做法是"零强化"——斯波克医生针对幼儿发脾气时所倡导的方法。他们不理睬我。不论我尖叫哭喊，还是手舞脚踢，都没人在意我。

两年半后，当我们从扬克斯搬走时，那个自信大胆、乱发脾气的两岁小孩，已经成了带有顺从、恐惧和讨好意味的4岁小孩。母亲认为，我的坏脾气让她很失望，正是这种失望造成了这种转变。

"有个星期天，你从教堂回来后拒绝换上便服，所以我让你待在卧室，不许出来。过了一会儿，我在后院干活，看到你从窗户里看着我。见我看着你，你冲我伸了伸舌头。我感到非常内疚，于是大哭了起来。从那以后，你再也不乱发脾气，也没有不听话了。"

关于我的愤怒，以及我和愤怒的分离，最具戏剧性的例子，来自两个精神病院——多年来我把那儿当成我的家。最初在布卢明代尔，我很安静，我的行为没有明显的愤怒表现。然而，三年之后，我被转院了，我变得极端自虐。在研究院，因为愤怒，我很多次把自己弄得遍体鳞伤，不得不去就医。

尽管我的愤怒已经显现出来，但我没有意识到，这些极端的暴力表现是因为愤怒在身体里涌动。我的反应就好像又是一个蹒跚学步的孩子，由于情绪上的安抚需要没有得到满足而绝望和灰心，由于害怕被抛弃的早期恐惧，我又一次大发脾气。

成长的过程使我认为，愤怒是一种伤害他人的情绪，会导致不被爱、不受欢迎，所以我为愤怒而感到羞愧。当周围的医生和护士提醒我觉察自己的愤怒时，我觉得受到了严厉的批评和深深的误解。我退缩到自己的世界里，为自己的自残行为感到羞耻，疏远了那些帮助我的人。

有时候我会静静地处理那些冲动。我偷偷地伤害自己的身体，疼痛让我避免被愤怒冲昏头。然而，愤怒虽然被消灭，但却留下了伤口，或者更多的时候是又疼又丑的烧伤——令人更加羞耻的罪证。

我很早就知道，如果我能压制好自己的强烈情绪，这个世界会更安全。

1948 年春

我已经5岁了，知道了说话之前要察言观色。我会看妈妈的脸色、詹妮的脸色，尤其是爸爸的脸色。我看他们是开心还是难过。我要照顾好他们，要想办法让他们开心。我更小时，不会这样做。那时候我总是不小心，总是口无遮拦，什么都说。

有时候我不小心挡了道。"你要看路啊，孩子。做事要留点心。"詹妮说。每当外祖母说"看这里！"无论我正在做什么，都会立即停下，因为即使我和里奇没有调皮，她也会生我们的气。"看，丫头。"爸爸跟我玩的时候会说，"我们玩点特别的游戏吧。"

有一次，我很生里奇的气，因为他不让我玩他的玩具火车。"我才不稀罕你的破火车呢，因为早上爸爸只跟我在一起，"我说，"爸爸爱我超过爱任何人。"

说完，我看到妈妈低下了头，爸爸皱起了眉头。詹妮咳嗽了一下，开始喝她的鸡尾酒。然后，她去厨房又倒了些酒。妈妈站起来说，该让里奇睡觉了。外祖母和外祖父迪克早已上了楼。我突然感觉很热，都出汗了，爸爸紧绷着脸，盯着我。

下一次在厨房里，爸爸说，他知道我爱妈妈，也不希望妈妈死掉。"如果你告诉任何人我们做的事，只有我和你做的事，那会杀死你的妈妈。"他说，"你不能跟任何人说这事，否则这个家就完了。"

所以我很小心，我不怎么说话了。跟大人在一起时，总要先认真观察好，再开口。搬家后，我就要上幼儿园了，我会乖乖的。

第二十六章　小安妮塔

翻阅医院的记录犹如做了一场几个月的时光旅行，让我又回到遥远的过去，去寻找着那个迷失的自我，那个杰姬管她叫安妮的孩子。旅行的开端是冷酷的，有关我成长的历史图鉴也就此徐徐展开：你出生在这里，我们搬到了那里，你父亲的工作是这个。我漫步在这些场景里，逐渐拼凑出我早年经历的轮廓。在这个遥远的故事里，我跟随安妮的脚步，发现了那个曾经的我。

1951 年 3 月

尽管我只有 7 岁，但已经住过很多地方了。妈妈记录了我们住过的地方。我出生后，我们一家跟外祖母、外祖父迪克和姨妈詹妮一起住在扬克斯。那时候还在打仗，爸爸在海军服役。他在海上时，我和妈妈搬到过弗吉尼亚和亚拉巴马，然后我们又搬到了佛罗里达，里奇在那里出生；之后是扬克斯，纽波特，又是扬克斯；随后是长岛和芝加哥——分别在芝加哥的帕克福雷斯特和芝加哥海茨。几个月前，我们又搬了家。现在我住在新泽西。

从 11 月起，我们住进一个大车库上面的公寓里。整栋建筑是石质结构，看起来像高山上的那种城堡。我在镇上的一所小学上二年级。虽然起初有些女孩子取笑我，因为我是新来的，但到圣诞节时，我还是交到了几个朋友。不久之后，盖尔·卢卡雷利就发起并成立了"我恨安妮塔"俱乐部。现在班上的大多数女孩都不跟我说话了。

我应该喜欢周末，因为不用上学。但一周里，星期天才是我最不喜欢的。一大早就起来忙活准备去教堂——梳洗妥当，给弟弟穿戴整齐，准时来到教堂，跪下来反省自己的罪。然后每隔一周我们都要去看望爸爸的母亲——祖母安妮塔。她住在纽约市附近，我们全家——妈妈、爸爸、里奇和我，开车去看她。

故事里的祖母总是温柔又和蔼，她们会给孩子发糖果，带他们去动物园玩。可我的两位祖母都不是那样。我觉得她们都不喜欢孩子，爸爸的母亲尤其爱板着脸。我承袭了她的名字，这让我很担心自己上了年纪也会变得跟她一样——消瘦、虚弱、易怒。好像怕我忘了这种关联，每次谈到我时，我爸爸的妹妹玛乔丽姑妈总称呼我为"小安妮塔"。

我怀疑妈妈也不喜欢这个祖母。有时她跟爸爸正说着话，如果祖母的名字一出现，妈妈的表情立刻变得僵硬，脸上阴云密布。你几乎都能感到阵阵寒风吹来。

去祖母家的路上，车里通常很安静。等我们到了那里，爸爸把车停在她住的楼前面，妈妈提着一些食品，然后我们走进楼——有时里奇是跑着，经过几个假盆栽，来到电梯那儿，再乘电梯到三楼。她的公寓是 2 号。

爸爸按了按门铃，门马上就开了。"我们来看你了，妈妈。"他喊道。虽然不允许我们说，但是祖母的听力真的很差。

进了门就是客厅。即使在这种阳光灿烂的日子里，房间里看起来也灰暗多尘，原本奶油色的墙壁变成了黄褐色，像是煎饼该翻面时的颜色。两扇小窗上，窗帘的颜色与墙的颜色相呼应。一张带雕刻的木制沙发，上面

第二十六章 小安妮塔

是红色条纹的丝制旧垫子，占据了门旁边的大部分墙面。房间的另一边，也就是门对面的角落里，立着一盏黄铜灯，上面罩着发白的灯罩。立灯的阴影下坐着我的祖母。

她坐在一把破旧的绿色扶手椅上，手杖靠在一边。祖母的眼睛跟椅子的颜色一样，都是绿色的。她把发白的淡黄色头发，编成长而细的辫子，盘在头上，像一顶皇冠。尽管她苍白又瘦小，身体已经干枯萎缩；尽管她让我害怕，但我能看出祖母曾是个优雅美丽的女人。

爸爸快步走向祖母，飞快地亲吻她的脸颊。"你今天过得好吗，妈妈？"叫"妈妈"时，父亲把重音放在第二个"妈"上，听上去像是皇室一样。

"好不好你看不出来吗？"她皱着眉说。爸爸有点尴尬。她细而微颤的声音听上去也很高贵。

"我们只有几分钟时间，妈妈。我们给你带了点汤，还有你喜欢吃的饼干。"爸爸说。

"我没什么胃口。希望你们没有花很多钱买那些东西。"

父亲跟她讲了最近的家庭趣闻。昨晚我们的狗比格又跑了，里奇出去找到了它。比格上次回家后，我们费力地给它戴了个口套，因为它离家后整晚都在吃垃圾，肚子胀得好大。而这次，比格不仅吃了好多垃圾，连口套里面也挤满了各种垃圾。听到这些，祖母微微笑了笑。

然后爸爸告诉她，我参加了二年级的舞台剧演出。

"上周，你表姐珍妮弗在整个学校面前表演长笛独奏来着。"她说。妈妈离开了房间。我多么希望妈妈能留下，做我们坚强的后盾，哪怕一次也好。

祖母看着我，我们这时应该聊聊天。尽管父母就在厨房里放东西，但我仍然感觉孤单无助。我告诉自己，不要害怕一个老夫人，关节炎让她变得这么瘦，好像随时都会断掉。然而对我来说，她看起来很大，而且在我们交谈时，她似乎变得更大了。当祖母要我跟她说说我的近况时，我的大

249

脑停止了转动。我想不出要说什么。然后，我想起了学校的舞台剧。"它讲的是豌豆公主的故事。我扮演公主。"我有点自豪地说。

"尽管说。"她大声说，"说啊，听见了吗？"我更加慌张，强迫自己的大脑想出点什么。"我知道你肯定有更多好玩的事，"祖母坚持道，"可不仅仅这些。"

但我实在什么都想不出来了。我知道我不应该哭，但眼泪在眼眶里不停打着转。不一会儿，眼泪就哗哗流了下来。

爸爸从厨房跑了过来。"我不知道你这里有洋葱了，妈妈。"他说，"那我们就把这些带回家了，可以吗？"

"我无所谓。"

"妈妈，该吃的药你都有吗？"爸爸继续问。然后她开始跟他说那些折磨她的疼痛，而我可以离开房间了。我觉得他是故意问她，来帮我救场的。

由于弟弟只有6岁，又是个男孩，所以他不必跟祖母坐下来聊天。我们一到这里，他就跑进大厅尽头的卧室里。房间的大壁橱里，有一盒旧玩具给他玩。

我去找里奇，但我没心情玩玩具。我是个不会和祖母聊天的爱哭鬼，我为自己感到羞愧。

但爸爸来救我，我很开心。

父亲的母亲，安妮塔·泰勒，在加利福尼亚南部长大，是一名骑兵军官的女儿，也是家里四个孩子中的老大。20岁时，她爱上了来自纽约市的工程师兼企业家亨利·弗里德伯格。那年春天，他们在太浩湖度假时相遇。可能因为男方是犹太人，她的父母不同意他们的婚事，于是安妮塔就和亨利私奔了。她的母亲和弟弟们从此再也没跟她说过话。

我父亲没有提过他父母的家庭情况，也没有解释过为什么我的祖父和鲍比叔祖父（祖父的九个兄弟姐妹之一）将他们的姓氏从弗里德伯格改成

第二十六章 小安妮塔

佩雷斯。多年以后,玛乔丽姑妈快过 100 岁生日的时候,一反常态地说出了她的过去。"那是在第一次世界大战期间。名字里有日耳曼姓氏对他们很不利,因为我们是犹太人。"对她的这个说法,我们这一代的小辈们都不太赞同:在祖父众多的兄弟姐妹和父亲的堂表兄弟姐妹中,有著名的医生,有大都会歌剧演员,有美国国会参议员,他们中很多人都组成了犹太家庭并为之自豪。

我的父亲亨利·泰勒·佩雷斯,比玛乔丽姑妈小 6 岁。20 世纪 20 年代,他们的父母是纽约一对光鲜靓丽的年轻夫妇,交往的人都是政治和文化界的精英。两个孩子都还很小的时候,他们就经常出门应酬,而让玛乔丽姑妈照顾年幼的弟弟,姐弟俩对这种安排都非常不满。

随着股市的暴跌和随后的大萧条,人们的生活发生了巨大变化。父亲的家庭遭受了严重的经济损失。

父亲的父亲,我的祖父,于 1932 年在纽约市的一个酒店房间里上吊身亡。当时我父亲刚刚高中毕业。起初,加利福尼亚的几个舅舅答应给他一辆车和一个住处,后来却食言了。父亲放弃了斯坦福大学的全额奖学金,坚持留在家里照顾他新寡的母亲。

父亲后来去了免学费的库伯联盟学院,露宿在包厘街头。父亲去世许多年后,母亲才告诉我,在那段贫穷的岁月里,父亲在一个租用的储物柜里保存着一件燕尾服,等参加一些社交活动时,他就穿上它,偷偷把食物塞进衣服口袋,回到街上时,就用它们来果腹。

我知道祖母遭受了很多生活的苦难,并且仍然在遭受着痛苦的折磨。当我鼓起勇气直视她时,我能从她的眼睛里看到那些岁月留下的痕迹,相比于凶恶,或许凄凉才是更贴切的形容。她很骄傲。她失去了很多,并且生活得很痛苦。活着,是多么不容易的一件事。

当我不再担心自己会变成她时,祖母给我留下的阴影也像一缕残存的幽梦一样,渐渐消失了。我们长大后,又过了很多年,我问起弟弟里奇对她的看法,他沉吟片刻,然后笑了起来,"真是个凶巴巴的老家伙。"他说。

1952 年春

我们住的公寓,女房东叫休斯夫人,她身材高大,说话带有英国口音。她灰白的头发卷成一个波浪形的发髻,上面别着银梳子。不知道的人还以为她是皇室成员呢。我们家所有人,也许里奇除外,都对她赞叹不已。休斯夫人的两个孙女凯蒂和奇佩跟她住在一起。凯蒂平时都在寄宿学校,所以我不太了解她,也很少看到她。虽然我和奇佩并不同校,但我们将要一起接受我们的第一次圣餐。

在这之前,需要学习和准备很长时间。每个星期天我都会去主日学校,背诵《教理问答》——一本关于神和罪的问答书。《教理问答》上说我们天生有罪,是我们的罪令耶稣死去。

耶稣受了难,之后又死在十字架上,这都是因为我的罪。我从心底为此哀悼难过。有时候,我会扇自己或掐自己,以偿还杀死他的罪孽。尽管明知道会很疼,做起来会很难,但只要想做,我就一定能做到。

从休斯家的车库爬上陡峭的楼梯,就来到了我们的公寓。首先映入眼帘的是厨房,绿色油毡地板的一侧是水槽和一个小炉子;另一侧,放着一台冰箱、几个橱柜和一张深绿色的桌子,桌子底下是一条长凳。外面的光线从墙中间的小窗户照进来,还有一点光线来自天花板中央的一盏昏暗的灯。为了省电,爸爸坚持使用低瓦特的灯泡。他非常害怕花太多钱。

一条狭窄的走廊从厨房通往客厅、浴室和父母的卧室。一面墙将我和里奇的房间与厨房隔开。我们的房间位于公寓的一角,一扇窗朝向休斯家后面的小山,另一扇则朝向车道。我睡在朝向车道的那边。

去年圣诞节,我的二弟泰勒出生之前,爸爸给我们的房间做了一个隔断。我们并不完全拥有单独的房间,但我可以躺在床上,靠着隔断墙,想

第二十六章　小安妮塔

象只有自己一个人。星期六的早上，我仍然可以读故事给里奇听，好让父母可以睡得久一点。

生病发烧时，我最爱自己的房间了。我几乎不怎么生病，所以每次生病都会享受到特殊待遇。我不必上学，可以待在家里，躺在床上，妈妈还会用托盘给我送来午餐。我在床上看书，听广播。我喜欢听广播。我听里面播放的电影《慈母心》："一个来自西部小矿城的女孩，来到大城市，她的未来会发生什么？"还有广播剧《魅影魔星》："谁知道男人心中潜伏着怎样的邪恶？魅影知道！"

去年，我的健康真的出了问题。那时泰勒只有几个月大，里奇7岁，我快9岁了。在我的定期体检中，医生发现我的胸部有一个像丘疹的肿块，它长在靠近右乳头的边上。

医生把我妈妈叫到办公室，用大人之间那种很担心又不想让孩子知道的语气柔声说着什么。他让我待在候诊室里，等着他们把话说完。我怕得要死！

一个星期后，躺在恩格尔伍德医院儿童区的一张病床上，我迷迷糊糊地从麻醉中苏醒过来，胸上缠着纱布和绷带。我听到医生在白色隔断帘外说话。他已经将肿块取出，经化验那是个肿瘤。他说，他还没有收到最终的检测报告，他得等报告出来看看那是不是恶性肿瘤。

恶性肿瘤。我不知道这个词的意思，我只知道这意味着我可能会死。想到这里，我不再感到恐惧，安宁、平和流入我未满9岁的心里。努力弥补自己的罪过这么多年，如今我终于可以安息了。我会痛苦地死去，以此来消除我的罪过。

我想象着，有伤心的宾客前来向我告别。尽管承受着痛苦，但我仍然和气地听他们诉说着悲伤。妈妈笑着坐在我的床边，她为我感到骄傲。

检测结果显示，肿瘤是良性的。一周后，我就去上学了。

253

第二十七章　跟詹妮听歌剧

1952 年秋

　　虽然两位祖母都让我和里奇叫她们"祖母"，叫父亲的妹妹"玛乔丽姑妈"，但在我母亲家里，我们叫外祖父"迪克"，叫姨妈"詹妮"，就像称呼朋友一样。

　　现在，詹妮在纽约市的时代—生活公司的图书馆工作，负责收集杂志所需要的信息。虽然她对身边的大多数人都很专横，但对我很和善。我认为，詹妮和爸爸不和，是因为他们都认为自己才是我母亲的老板。

　　因为有工资，詹妮可以去世界各地旅行。每次，她都给我带各种纪念品。我收到过来自秘鲁、意大利和苏格兰的小人偶，来自亚利桑那的手镯、加利福尼亚州的戒指，甚至还有得克萨斯州的一只印第安娃娃。她从墨西哥给我带回过一条漂亮的红色裙子，下摆织有各种颜色的图案。我还收到过来自埃及的项链和一张詹妮骑着骆驼的照片。

　　詹妮最好的朋友多特经常和她一起旅行——她们总在一起。詹妮像指挥妈妈一样，指挥多特干这干那，她们像我和里奇一样逗对方玩，偶尔也吵架但并不较真。多特在联合碳化物公司做秘书。

詹妮看到我就开心。她一笑就露出光洁的牙齿，眼睛闪闪发亮。看不到我时，她会想念我，对此我从不怀疑。詹妮是我的教母，在我的理解中，那意味着她是我的候补母亲。如果我的亲生母亲去世了，那么詹妮就必须带我去教堂祷告。我喜欢她带我去纽约做些特别的事情。我们去看过麦迪逊广场花园的马戏团演出，去看过俄罗斯莫伊塞耶夫国家模范民间舞蹈团和苏格兰黑卫士风笛乐队的表演。我过生日时，她送音乐唱片给我，我喜欢就可以随时拿出来听。

长大后，我可能会成为一名芭蕾舞演员。这种梦想起源于我跟詹妮、多特去看了很多的芭蕾舞剧。演员们穿着漂亮的衣服和芭蕾舞鞋，伴随着壮美的管弦乐，在舞台上翩翩起舞。回到家，我听着唱片，想象自己也是舞台上的舞者。音乐让我兴奋，我像俄罗斯人一样踢着高脚，像芭蕾舞者一样旋转、模仿阿拉贝斯克舞姿旋转。只要音乐声响起，我的身体便不由自主地跳起舞来。那时我真的很开心。

我尤其喜欢詹妮带我去看歌剧。早在我出生之前，她和多特就注册了大都会歌剧院周六、周日场的会员。我7岁时，搬到新泽西不久，去看了人生中的第一场歌剧。我看过《阿依达》《唐璜》《卡门》和《波西米亚人》。有时我被邀请去看歌剧，是因为那天多特没时间。我跟多特看了《浮士德》，因为詹妮不喜欢那个剧。今天，我们要去看《蝴蝶夫人》。

每逢歌剧日，我中午前就开始梳洗打扮。我尽早打扫好自己的房间，但其他家务就没时间做了。

我穿上自己最漂亮的裙子，那是上个复活节的礼物，是件黄色的缎面公主裙，里面配有一条光滑的衬裙，有着蓬蓬的短袖，宽宽的腰带在身后系成一个蝴蝶结。我穿着黑色漆皮鞋子，袜子在翻下来的地方有着小小的花边。昨天晚上洗过头发后，妈妈给我戴上了发卷，让它们弯曲得恰到好处。现在，我看上去就像婚礼上的花童。

我希望自己能更漂亮些。我的门牙上有个缺口，是里奇用他的金属玩

第二十七章　跟詹妮听歌剧

具枪不小心打的。我的头发薄而扁，下唇有点突出，照相时，我会故意把它往后吸。

詹妮随时会来接我。今天天气还是很冷，我还得穿上去年的一件外套。外套穿着已经小了，而且学校的一些女孩说，棕色是一种恶心的颜色，我穿着它很难看。我打算一进歌剧院坐下，就把它脱下来。

和詹妮一起去纽约，让我忘记在学校遇到的问题。"总会有些坏小孩欺负新来的孩子，"当第一次听到"我恨安妮塔"俱乐部时，妈妈这样说，"这不是你的错。"

去年上三年级时，我只有两个朋友。一个是埃莉诺，她现在仍然和我一起玩。另一个是米歇尔，她跟我是那种别人都不喜欢的难友式朋友。我们彼此互帮互助。孩子们都取笑米歇尔，因为她很胖，而且不怎么识字。

有一天，米歇尔忽然一声不吭就不来了。她搬了家，自此她就去了别的学校上学。对于害怕学校的恶霸而不敢反抗和没有保护她这些事，我不太想回忆。但我很想念米歇尔。

在学校，我很安静，不怎么说话。在家里，我大部分时间都在帮妈妈照顾小弟弟泰泰（泰勒昵称）。他现在会坐也会爬，但还不会走路。他会说妈妈和达达（爸爸）。他还会说妮妮，我觉得他是想说妮塔，但妈妈不太确定。我知道他喜欢我，所以我才不在乎学校的人喜不喜欢我。至少嘴上我是这么说。

我向泰泰解释说，今天晚饭前，我都不在家。希望他看不到我时，不要害怕。我知道婴儿无法理解完整的话，但我觉得还是应该告诉他。我不想让他以为，我是因为他而离开，好像那是他的错。

"嗨，你好呀。"我漂亮的詹妮姨妈已经到了，"准备好了吗？"

"是的！"她走上楼时，我快活地说。当她的手臂温柔地搂着我时，我的烦恼都不见了。她把我举高，然后紧紧地抱住我，靠着她的心脏。一时间，我分辨不出是她的心跳声，还是我的心跳声。

詹妮放开我，后退一步看着我。"你太漂亮啦！"她说。我感觉自己仿佛被天使的光环笼罩着。我们走下楼梯。我向妈妈说"再见"，她看上去有点伤心，我原本开心的心情动摇了一下，但很快我们就来到了外面。我冲向詹妮的车，迫不及待地跳了进去。

为了让好心情保持下去，我要望着詹妮。她有双棕色的大眼睛和卷曲的棕色头发，眉毛平滑整齐。她薄厚均匀的嘴唇涂着红色的唇膏，身穿一件黑白点的连衣裙，系一条红腰带。她耳朵上戴着珍珠耳环，脖子上系了一条带碎花的红丝巾，下面露出一串珍珠项链，与耳环特别相配。她把一件黑色外套披在肩上，这样双手可以灵活地开车。

我目不转睛地看着詹妮，用她的美丽填满我的心，并用对她的爱填满我的感情世界，这样我就没空再去管那讨厌的感觉：纠结我是不是让妈妈不开心了；纠结自己是不是个自私、被宠坏的女孩——她家务也不做就出去玩，还把她的家人撇在家里。

事实证明，这个"爱的计划"很管用。不久我们来到了乔治·华盛顿大桥。从桥的中央，我看着纽约和新泽西之间的哈得孙河。市中心的高楼大厦越来越近。在灿烂的阳光和蓝天下，新泽西陡直的峭壁上尽染秋天树木浓郁的色彩，宽阔的大河向我们的目的地流去。此时此刻，我感觉自己是世界上最幸福的人。

"要不要去施拉夫餐厅吃午饭？"詹妮问。

我高兴得手舞足蹈：那是我最喜欢的地方。我们开始计划要点哪些东西。通常我会点白面包做的经典培根三明治，詹妮会点火腿芝士三明治。

其实我们是冲着施拉夫餐厅的圣代去的。他们的圣代盛在一只又高又大的玻璃杯里，透过杯子，你可以看到每个冰激凌球的形状和纹路，草莓的颜色和各种坚果，还能看到糖浆在边缘缓缓滑落。用那种勺柄特别长的勺子，可以够到最下面的糖浆，还不会让冰激凌粘到手。我不知道该选焦

第二十七章　跟詹妮听歌剧

糖奶油,还是棉花糖来配我的奶油山核桃冰激凌,詹妮索性让我两种都点了。然后,再在上面加一层奶油和一只鲜艳的红樱桃就大功告成。

我只顾着想我的圣代,连车停好了都没注意到。餐厅很近,走一会儿就到了。餐厅里,镀着铬边的红色长餐桌,立在同是红色的软垫椅之间,墙上装饰着大镜子。周围的一切又大、又漂亮、又闪闪发光。女服务生都穿戴着淀粉般洁白的围裙和头巾,让你感觉自己像个有贴身女仆的公主。

詹妮向服务生解释说,我们要去听歌剧,因此必须赶在一点前动身。

"应该没问题的。"服务生一边友好地说,一边冲我眨眨眼,然后她问我点什么。我一下子害羞得说不出话。我努力说出"经典培根三明治"几个字,但她听不清我说了什么。詹妮帮我们两个点了菜,并要求一会儿把点的东西全部上齐,这样我们就不需要等太久,也不会有迟到的风险。

但我们还是等了很久。我们等啊等。詹妮后来都有点生气了,因为菜居然上得那么慢。我开始感到紧张,似乎也不觉得饿了。詹妮说她要跟餐厅经理反映下情况。我很担心她会跟工作人员发生冲突。她刚要站起身,服务生朝我们这边走了过来,我们点的所有食物都在她端着的托盘里。当詹妮看到那些食物,特别是那两大杯圣代时,她冲我笑了。周围又充满了阳光。

吃完午餐,我们立刻坐上詹妮的车,赶往市中心。最后,车停在了一个大型车库里。当詹妮把钥匙交给停车员时,她熟稔地跟他开着玩笑,好像他们是老相识一样。我有点尴尬,因为我父母从来不会那样跟别人说话。但詹妮似乎很开心,所以我告诉自己别想太多。

詹妮拉着我的手,一起往一栋老式砖砌体建筑走去。我们来到侧门,那里挤满了等待通过的人群。詹妮紧紧地抓着我的手,这令我十分安心。就算我们被拥挤的人群裹挟、找不到出路,有詹妮的保护,我们就不会被冲散。

不久,我们被挤进一个巨大而优雅的电梯。金属的电梯壁反射着沉静的光，电梯门像扇子一样打开。关闭时，你可以看到吊着电梯的金属铰链。那让人多少有点儿紧张，毕竟电梯已经升得那么高了。

"家庭包厢到了。"电梯服务员说道。华丽的金属轿厢上升速度变缓，嘎吱嘎吱地停下来，大家纷纷下了电梯。爬上陡峭、铺着厚厚地毯的楼梯后，詹妮向身穿镶深红色边、黑制服的检票员出示了我们的票。"下午好。"詹妮也认识这位矮胖的检票员女士。检票员点点头，递给我们每人一张节目单。当我走过去时，她给了我一个大大的微笑。

包厢里，好多人已经落座了。我们的座位在靠近中间的位置，所以必须从几个人身边穿过去。碰到认识的人，詹妮会停下来聊会儿，所以花了很长时间。但终于，我们到了自己的座位上。我们脱下外套，安顿下来。舞台从这个位置看过去，像是下面一个隔得远远的小玩具。木质装潢的包厢从舞台高处的一侧延伸出来。这里的一切都是优雅的，不管是深红和金色的剧院，还是盛装的女宾们佩戴的珠宝。詹妮甚至还有支双筒望远镜来更好地观看舞台。望远镜有着金色的饰边，顶部有一圈白色的贝母，詹妮不用时，就让我拿着看。

我们来的路上，詹妮跟我讲了蝴蝶夫人的故事。她带了一本唱词来，但在演出之前，我还没来得及看。我觉得自己是个大人了，而且对歌剧非常了解。

我正看着节目单里有关理查德·塔克的介绍，突然间，场内气氛变了。灯光暗了下来，周围的声音渐渐变成低语，然后渐渐消失。这时指挥走了上来，所有人都鼓起掌。他举起双臂，大厅里充满了屏息般的肃静。随着他落下双臂，第一个音符随之响起。歌剧开始了。

我和詹妮又被挤进来时的电梯，再次回到大街上。周围的人们在谈论着他们喜欢谁，不喜欢谁，哪位演员更擅长唱咏叹调。我紧紧拉着詹妮的手，好让我们不会走散。我现在脑子里都是蝴蝶夫人，我为她的自杀、留下她

第二十七章　跟詹妮听歌剧

年幼的儿子而难过。

我悲伤得难以自持。我哭了，如果不是知道詹妮讨厌爱哭的人，我可能会哭得更凶。后来我虽然不哭了，但我的内心仍在哭泣。蝴蝶夫人怎么可以自杀，抛下自己的孩子？平克尔顿跟她结了婚，可为什么又离开她还忘记她呢？这些思绪充满了我的大脑。

开车回家的路上，我们没怎么说话。我喜欢车里的安静，这样我可以继续听着在脑海中萦绕不去的音乐。詹妮可能也跟我一样吧。在最后一幕中，我突然感觉想吐，她一点都没有不耐烦，对此我非常感激。歌剧接近尾声时，我的头忽然一阵刺痛，然后开始冒冷汗。我感觉自己随时可能晕倒。我们只好先一步下楼，然后我去大厅的喷泉里喝了点水才感觉好了一些。我们从座位上走出来时，打扰到了同排的人，我感到非常不好意思，但是詹妮一点都没有生气。她好像一点都不介意。

落日给天空染上了一片金红色。等我们到了家，天就快要黑了吧。妈妈可能会让詹妮留下吃晚饭，而詹妮会说"不了，谢谢。我得赶紧回爸妈那里了"。但她可能会和他们一起喝点酒。我的父母和詹妮会一起坐上一会儿，喝点苏格兰威士忌、苏打水或伏特加，抽几支烟，说一下我表现得多好。我想詹妮不会说起我的不适反应，但她可能会说起午餐的事。而我会跟他们说，我多么喜欢这一切，我会对詹妮说"非常感谢你带我去看歌剧"。当然，我也会感谢妈妈和爸爸允许我出去。那之后，我就回房间换衣服。

这会儿，我真希望自己是独自待在房间里。我需要一个安静的地方，去尽情地想蝴蝶夫人的死和她那失去了母亲的可怜小孩。然后，我会回想这次令人兴奋的旅程，餐厅的大圣代和美妙的音乐。我会想，有詹妮做我的教母是一件多么幸运的事。但现在，我心里仍在为蝴蝶夫人哭泣。

第二十八章　诡梦

在我生日的前几个月，我们全家从恩格尔伍德租的车库公寓，搬到了纽约州白原市。对我来说，这是第 14 次搬家，也是我父母第一次拥有他们自己的房子。这栋旧都铎风格的房子看起来有些破旧，但是它共有三层，有门廊，有角度奇怪的房间，有大到可以躲在里面的壁橱，以及许多楼梯。对我和里奇来说，这里简直是个天堂。

房前的草坪上，生长着巨大的紫丁香灌木丛和杜鹃花丛，有些杜鹃花已经快要开了。大橡树下，绿油油的富贵草长得郁郁葱葱。父亲把这片草坪叫作"本土 40 州"。相比之下，小小的后院却十分荒芜，大部分地方都长满了杂草。

1953 年春

我们跪在崎岖不平的地上，身旁放着一套茶具，我把一只茶壶举到我们之间的半空中。

"要为您倒点茶吗，亲爱的莱妮女士？"

"我肯定那一定美味极了。"莱妮举起她的杯子。

"能不能请您把手指饼递给我呢?"给我们两个都倒好茶后,我说道。我们互相挥动着手指饼,咯咯地笑起来。我爱我的新朋友!

一周后,我浑身长满了奇痒无比的红疹。妈妈看到被我抓得流血的皮肤时,吓了一跳。我不停地胡乱抓挠,因为一开始发痒,你只想挠,根本不会去想其他。原来,我和莱妮是在一堆毒藤上喝的下午茶。

妈妈很担心,她带我去看了医生。"我们现在就去医院。"从里德利医生的诊所出来,她说。"我真的很抱歉。"她眼睛看向一边说道,好像她做错了什么一样。"在医院他们会好好照顾你的,别担心。"她解释说,治愈像我这样的毒藤感染,需要接受几天的直接静脉注射。"医院"这个词让我不寒而栗。我还记得上次肿瘤的事。

我们的车停在一栋红砖建筑物后面墙上有个牌子,上面写着"圣艾格尼丝医院"。那时,我感觉脸上火辣辣的,好像被揭下了一层皮,我脑子里似有上百个发动机在嗡嗡作响。来到前门时,我伸手去拉妈妈的手,但是她躲开了。我心里的黑洞越来越大。然后我想起来,人们不能触碰感染毒藤的人。妈妈再次向我道歉,并让我走在前面。

人们只要跟我打个照面,就慌忙躲远,有些人像看到鬼一样看着我。我尽量不做任何表情,生怕再吓到别人。

妈妈在里面跟一位身穿修女袍的女士说话。那袍子是白色的,而不是黑色的。"在天主教医院,护士都是修女。"妈妈说。这位女士带我乘电梯来到四楼,在长长的走廊尽头,我看到很多孩子待在那里。在去往病房的路上,她把一间有很大玩具屋的游戏房指给我看。

我们来到我的房间,我望着我即将要睡的床,胃就一阵难受,脸上的肌肉都在抽搐。我感觉自己好像又变成了小宝宝,害怕得想要找妈妈。另一名护士过来让我跟她走。我说不出话,我多想跟她说"我不想去",却发不出一点声音。妈妈站在大厅里,看起来很难过。她,也什么都没说。

"高兴点儿,亲爱的。"护士用明快的声音说,"你妈妈会把你的东西拿过来的。现在我们先换上睡袍吧。"她开始脱我的衣服，我的耳朵里一阵耳鸣。这房间看着真奇怪，好像我以前就在这里待过一样。她拿起后开襟的薄病号服给我穿上，全程我都好像一个玩偶，任她摆布，我觉得我的四肢和身体似乎已经不是我的了。

"天哪，这可真糟糕！"她高声说道，"你一定是在那有毒的东西上打滚来着。"

她以为我是故意弄成这样的吗？这个想法令我震惊，我不是故意的！紧接着身体又开始痒了，我真想把手臂撕下来。

"千万不要碰那里，亲爱的。"护士抓住我的双手，把它们从手臂上拿开。"我们会把这里都包起来，这样你就抓不到了。"她说，"你知道不停地抓只会感染得更严重，而且会让它扩散的。"

床边的金属架上，倒挂着一个药水瓶子。它下面伸出一根细长的管子，管子尽头的针扎在我的手臂上。我手上缠绕着厚厚的纱布，像戴了个厚厚的手套。他们还用一些纱布把我的手轻轻拴在旁边的金属架上。我不知道如果我想上厕所，该怎么办。

我没有哭，我知道妈妈希望我勇敢。我的脸也不疼，因为我什么都感觉不到。我的灵魂似乎抽离了我的身体，飘浮在屋顶上俯视着自己。我不是真实的。

爸爸半夜起床时，他的床会发出吱吱的响声。经过我的房间去厨房时，我能听到他拖鞋踩在地板上发出的沙沙声。他去厨房，会喝一小杯加冰的威士忌或伏特加。回来时，他走得非常轻，并且有时会打开我的房门。我躺在那里一动不动，假装已经睡着了。他站在我床边，慢慢解开他的浴袍和睡衣，我惊恐地不知如何是好。我的心颤抖着，努力说服自己不知道发生了什么。有时候，他低声说我是他的女孩、他爱我，但更多时候他什么都不说，而我就一直装睡，但能感觉到肚子里那种模糊的焦躁不安感。我在一个混沌不清的梦里，一个我不会记得的梦。即使我记得它，但只要我努力把它看作一场梦，那它就只是一个梦。我会忘记它，因为那只是一个梦，而梦会消失。

清晨，我醒来得很早。很高兴我还能看到阳光，但我的牙齿在不停打着战。

我的父母希望我快乐，那我就向他们微笑，但这张皮囊下的身体早已腐烂不堪。我是一个坏女孩，他们应该仇视我、恨我、杀死我。而当一个人的时候，我总忍不住哭泣。

妈妈说我总是动不动就哭。在我大约3岁的时候，全家还跟外祖父母和詹妮住在一起，我就总是哭。在幼儿园尿裤子了，我哭。住在帕克弗雷斯特时，我也哭。那时我6岁，妈妈说，有一次看完《绿野仙踪》，我跟珊莎——我当时最好的朋友，哭得停不下来，后来不得不去医生那里注射镇静剂。我们两个都认为巫婆会来抓我们。我们被吓得一连几个星期都是白天哭，晚上在噩梦中尖叫。

我弟弟里奇也总爱惹我哭。他故意把我弄哭，然后取笑我。他偷走我最喜欢的洋娃娃弗朗西斯，威胁我要把她头朝下扔进马桶。他也的确会那样做。我乞求他不要那样做，他就笑我。我尖叫着喊妈妈，想告诉她里奇干的坏事，但我只是满含着泪水，一句话也说不出来。她摇摇头走开了，"你们两个要把我累死。"她说。

精神病学研究院
心理评估报告

罗夏墨迹测验第四张卡片上，形似阴茎的区域被描述成"怪物"，但是当患者被要求从解剖学上对其进行识别时，她说"那只是他的一部分"，这表明尽管她恐惧地说了出来，但她拒绝谈论性。

第二十八章 诡梦

另一次,做 13MF 测试卡时,她讲述了一个故事。一位丈夫希望与妻子同床,在遭到拒绝后,他便报复性地要掐死她。性和谋杀被紧紧联系在一起……性是禁忌,因为它总是与攻击联系在一起,所以她认为性会导致谋杀。此外,由于没有成功地隔离自己的攻击冲动,以及她投射到周围人身上的攻击性威胁,因此她的知觉呈现出惊人的生动性。例如,在第五张卡片上,她看到"一个男人正爬起来,你知道,他在穿衣服,偷偷摸摸地"。另外,除非是结束时让她把罗夏测试卡翻过去,否则她拒绝碰触那些卡片,这显示了她对近距离接触的病态恐惧。

——G. 弗瑞德博士

1955 年夏

我在房前的草坪上除草。我蹲在地上,搜索必须清理的杂草。汗水从我的前额不停地往下滴,膝盖也因为蹲久了有点酸痛。我正努力查看的这块地方,丛生的杂草总是比别的植物长得更茂盛。

爸爸说,拥有自己的房子,就意味着每个人都有责任维护家里的一草一木,所以每个人都必须帮忙。过去的两年中,我已经把除草当成每周六的例行劳动。我已经成了一名除草专家,能一眼认出哪个是洋葱草,哪个是蒲公英。草坪上需要除的基本也就这两种。

洋葱草的颜色比普通的草要更深。它们的茎只长出地面一两段,叶子幼圆,不像草坪草的叶子那样呈刀片状。如果近前的草地上长着洋葱草,没风的情况下,我甚至能闻出它们的味道。可惜我对洋葱草没啥好感,我觉得真正的洋葱才好吃。

蒲公英会围着中心长成圆圈状。它们会开出醒目的明黄色小花,花落后,就长出蓬蓬的灰白色蒲公英团,非常容易看到。爸爸告诉我们,不能像小孩子那样吹蒲公英,因为那会把它们的种子弄得到处都是。所以,这项劳动的唯一一点乐趣也没了。

要把整棵蒲公英连根除掉，就必须挖得很深。有时候我也会不认真，所以除根除得不干净。我假装没注意，但其实我知道这样做，蒲公英很快又会长回来。

我弟弟干活更潦草。大多数时候，我在草坪上找杂草，父亲就剪草坪，里奇则跟在他身边，或身前一点，负责捡起碍事的树枝或石头。爸爸不想让割草机碾到它们，那样会使刀片变钝，还可能会让石头乱飞打到人。如果里奇漏捡了一根树枝或一块石头，爸爸就大声吼他，叫他看仔细点。里奇表现出一副无所谓的样子，但如果爸爸也那样吼我，我会很难过。我猜其实里奇心里也不好受。

这会儿，我已汗如雨下，从鼻尖滴落的汗水流进了我的上衣里。我热得像被蒸了一样。说实话，我不喜欢这种炎热，但我强迫自己喜欢，有时候我自己都几乎信以为真。我专心对付着杂草。啊哈！我看到一棵蒲公英，在整齐的草丛里它是那么显眼。"受死吧，邪恶的杂草！"我像一名骑士一样拿着我的锄草之剑，在坏人杀死我之前，我必须先下手为强，杀死这些顽固的杂草。一棵蒲公英被杀死了。"还有你！"又杀死一棵洋葱草，然后又杀死一棵。

我不停地刺下、拔出，刺下、拔出，汗水模糊了我的视线，我恍惚中看到蒲公英和洋葱草比之前更多了。无论找了多少，挖了多少，当我转过身看另一个地方时，又有几十棵出现在那里。我永远也摆脱不掉它们。

作为一个12岁的孩子，我在某些方面还算聪明：虽然明知道我的活儿永远也干不完，但我仍然去做。而对于父亲，我却永远也想不到拒绝。

就在我快要累得没一点力气时，妈妈喊我们回屋吃午饭。她做了我喜欢吃的香肠三明治。爸爸两块，我和里奇每人一块。如果我们喜欢，她还会在面包上抹上蛋黄酱或芥末酱。父亲喜欢吃一种特别的芥末，叫盖瑞波旁，但我不喜欢那种味道。我还是比较喜欢黄色的法式芥末。泰泰在楼上午睡，

第二十八章 诡梦

虽然已经3岁半了,但他还没跟我们一样,一天三餐地吃东西。

泰泰睡醒后,我们要开车去海滩俱乐部游泳。我不是特别想去,因为那里的人我都不认识,但那里有妈妈喜欢聊天的一些女人,而里奇总是有朋友一起玩。他认识很多孩子,即使是不认识的孩子,他也能跟人家玩到一块。我真希望自己也能有这样的交际能力。我要帮妈妈照顾泰泰,希望没人注意我是因为太害羞而不敢跟别人交朋友。

第二十九章　还没到吗？

2002 年春

虽然总是从混乱的梦里惊醒，但至少我还能看到清晨的到来。夜里，我会多次爬起来，看看天亮了没有，就像个坐车的小孩一样，不停地抱怨"还没到吗"。

醒来时，我的右手紧紧攥成拳，紧到必须用左手把每一根手指掰开。躺在床上，我努力回想昨晚做的梦。梦里一个胳膊上打着绷带的小女孩，推着婴儿车中的弟弟。那让我想起两岁时的一张老照片，我抓着外祖父迪克的手，站在婴儿车旁边。一想到扬克斯那间拥挤的卧室，我的肚子就紧张地颤抖起来。这种反应已经成为我生活中的日常，一句话或一个与过去相关联的场景都会引起这一反应。我叹了口气，开始分析这个梦。如果梦中所有的人或事物——婴儿车、受伤的孩子、婴儿都象征着某一部分的我……但是，一想到小女孩那哀怨的脸，本就颤抖的身体又添了寒意。我从床上跳下来，冲进卫生间，想把这一切都抛在层层被褥之下。

但那些梦总是如影相随，它使我无法摆脱昼夜之间那种混沌的状态。我穿上紫色珊瑚绒旧浴袍——那是五年前我们去加利福尼亚看比尔的哥哥和嫂子时，在一家叫 REI 的户外用品店买的。又穿上一双羊毛拖鞋——杰西卡大学毕业后不穿了留给了我。我拥着柔软的浴袍走出卧室，下了楼，出了前门，沿着有些陡的车道走到街旁的邮箱前，然后从里边拿出报纸。

我在外面逗留了一会儿——就一会儿，我对自己说——道旁种着水仙花，我把那些已经凋败的花朵掐掉。弄完，我又抓起第二份装在塑料袋里的报纸，一起带了回去。

一进阳光房，我就闻到烤黑麦面包温暖的香味和正在冲泡的正山小种红茶散发出的茶香。出去取晨报的时间，比尔已经快准备好土司和茶了。我从家里出去时，他还没开始做呢。我出去了那么久吗？我又迷失了自我。

为了避免为此事焦虑，我窝进沙发，边喝茶、吃脆脆的烤面包，边看着报纸。对我不交谈的要求，比尔给予了充分的满足。不管外面的世界有多糟糕，不管我和比尔之间有多少未解决的问题，我依靠这早间平静的时刻，驱散了那意识上的混沌感。

头脑变得清醒后，我想了想一天的安排，并跟比尔说了一天的计划。我去办公室工作，他去给花园的一块地翻土，他打算在那里种些豌豆。下午，他做完心理治疗后，会带猫去看兽医，然后去拿干洗的衣服，再去买晚餐需要的食材。我离开沙发到楼上去冲澡，为一天的工作开始做准备。

但踏上楼梯的那一刻，我又变成了一个焦虑的孩子。心脏下面，我脆弱的肚子又开始颤抖。接下来的一天中，我要见至少三名女性，她们跟我一样，也已经在生活中挣扎了多年，我知道如何安慰她们。但我为什么不知道怎样帮助自己？

我站在梳妆台前，犹豫着戴哪对耳环才最适合我的心情和衣服。这时，楼下办公室门口的蜂鸣器大声地响了起来——我的私人管家宣布有客到访。得救了，我想，我的病人来了。

决定好了戴哪对耳环就收拾得差不多了，我快速地梳了梳头发，抓起

第二十九章 还没到吗？

预约簿，往办公室走去。我走出杂乱的卧室，匆匆穿过墙上挂满照片的狭窄客厅，经过比尔的房间、浴室和孩子们的房间——现在他们都离开了家，他们的房间里放满了箱子，里面盛了各种各样的东西。到了楼下右转，走过前面的大厅，经过明亮的厨房，就来到家庭活动区——也同样拥挤，因为种满了各种植物——从那里，我打开通往车库的门。

由于长年走这条路，我已经掌握了一定的技巧。我先从一台旧冰箱和一辆买了四年的白色萨博之间挤过去，经过三个老化的塑料垃圾桶和一个破旧的可回收垃圾箱。萨博旁边，也就是我的右边，停着第二辆车——上面堆满了空箱子，看来得去趟回收站才行。从那里走过时，我不小心碰了一下那堆箱子，它们失去平衡掉了下来。真倒霉。不是第一次发生这种情况了。我把一个盒子推回原位，另一个又掉了下来，我把它扔到最上面，更多箱子掉了下来。我不停地捡起来扔上去，又捡起来再扔上去，直到把自己弄得气急败坏。停下！我的大脑尖叫道，控制住你自己。

我小心翼翼地把最后几个箱子放到最上面，然后屏住呼吸，直到看着它们在那里保持住平衡。

我叹了口气，继续往前走。很快，我来到了车库的另一头。我面对车库尽头的这堵墙，是在建办公室时后添的墙。从两截短短的木质楼梯上去，是通往办公室的第一道门，进去之后，是一段窄窄的过道，过道的一边摆着一排仓储货架。从第二扇门进去，就来到了办公室。

到了办公室，我把预约簿放在椅子前的软榻上。我顿了顿，深吸一口气，调整好状态。

我打开候诊室的门，一声友好的问候从沙发上传来："啊，你好！"我会没事的，她来了，卢克脸上的表情似乎在说。

他的救星"她"，就是我。恍惚有一瞬间，我就呆呆地站在那里——眼前似乎呈现出一个痛苦的孩子、一个愤怒的年轻女人和一个悲伤的成年人，她对面站着我的导师、治疗师和支持着我的人。成熟点吧！如此这般沉浸于过去是你无法承受的奢侈品！导师丹·米勒的话在我脑海中响起，我立刻清醒了过来。当我向那位勇敢而勤奋的年轻人微笑时，温暖的力量如同心里开出的花朵一样绽放。我的思绪不再游离，而是专注于当下。这一定就是"振奋人心"这个词的含义所在：他的微笑给了我振作的勇气。

整个忙碌的早晨，渐渐消散了我内心的阴霾。每当打开候诊室的门，迎接一个与我有强烈情感联结的人时，阴霾就会瞬间消失。然而，只不过是经由车库回到房子，恐惧又会以同样快的速度笼罩住我。

在与不同病人会见的空当，我会回屋喝一杯水，如果时间允许的话，有时可能还可以泡一壶茶。我去门口拿信件，或者听一下电话留言。午餐我就在厨房随便吃点。

这次，我一边围着厨房台踱步，一边想着要吃什么。我反复犹豫吃什么更好，但令目前的任务难上加难的是，焦虑让我失去了胃口。我决定吃上一顿剩下的意大利面，用微波炉加热就好。我边吃边看《纽约客》，它是我的精神食粮。

猫咪小芙跳上厨房台，想要坐在杂志上，正好挡住我在看的那部分。我用猫的肢体语言告诉它，我不同意它坐在这儿：我转过身去背对它，拿起杂志放在面前。信不信由你，但这样做很奏效。它从厨房台上跳了下去。我很高兴，继而把所有的东西都搬到阳光房的沙发和茶几上。现在，小芙可以坐在我旁边，而不是到不该坐的地方。猫一直需要得到关注，这让我不免想起了自己，于是整个人更加悲伤。但当小芙依偎着我时，它毛茸茸、温暖的触感和愉快的咕噜声令我暂时忘却了烦恼。

我还有足够的时间回复一条电话留言。一位听上去很苦恼的女士打电话来找我，说想要为6岁的女儿预约心理治疗，因为她被噩梦所困扰。我很乐意帮助这个6岁的孩子，我想，她长什么样子？家里发生了什么事情？……但我的时间表上实在没有任何空当，我只能让这位寻求帮助的母

第二十九章 还没到吗？

亲失望了。所以我推迟了回复。

然而，一个6岁小女孩正遭受噩梦的痛苦，这个想法不停地折磨着我。

我放弃了一个需要治疗的孩子。

你没有时间。你不应该做出无法兑现的承诺。

也许我还能抽出某个时间。

还有其他的治疗师也可以帮助她，没了你地球照样转，知道吗？

蜂鸣器提醒我下一位病人到了。走过车库的同时，我脑海中仍然在纠结，是否能抽出一些时间来见一见那个6岁的小女孩。再次来到办公室门前，我静静地站了一会儿，望着蓝天和映在天窗上的铁树枝叶。一朵白云高高地飘在空中，午后的太阳给它洒上一片光芒。我把我的悲伤挂到那片云彩上，让它们一同被风吹走。我必须想办法忘却自己的悲伤，这样在工作时，我才可以做回救人的医生。

我深吸一口气，隔了一会儿，又深吸一口气。这次打开门之前，我没有多想。不管有没有准备好，我把自己先推入眼前的现实当中。

她坐在那里，像棵被霜打的果树——枝丫被冻住，无法继续生长——所有这些都预示着颜色和希望的凋零。凯伦强迫自己来到我的办公室，她躬着身，一边叹气一边坐到旁边的大扶手椅上。我感觉自己的能量正在消失。

我难道如此难以沟通吗？我不禁想，可能吧。我暗自给自己加把劲。

我等待着凯伦定下神，同时也利用这段时间让自己静心。她看向窗外，盯着外面的白松树。从我12年前第一次坐在这间办公室起到现在，它至少长高了六英尺。交错的枝丫，以蓝天为背景，彼此映衬，相得益彰。篱笆顶端有个邮筒，在庭院和树木之间时隐时现。

一只冠蓝鸦正在松树上筑巢。从我坐着的地方看去，那棵松树最清楚不过。那只冠蓝鸦从屋顶和排水沟中找到小树枝和松针，把它们衔来放到巢上。鸟巢在靠近树干的地方，非常隐蔽。这只鸟飞来飞去不停地忙碌着，与我们一动不动的沉默形成鲜明的对比。这位抑郁的60岁女士，非常生她家人的气，气到想要自杀，但是她又拒绝聊这件事。如果她这样，我能对她说什么呢？

凯伦经常显得冷漠孤僻。而有时候我发现，她是一位和蔼可亲、头发灰白的老奶奶，我感觉自己坐在一个倔强的两岁小孩旁边，她决定屏住呼吸直到晕倒。我正要把这个印象告诉她，忽然，有什么让我不自觉地停了下来。先等等，我对自己说，看看会发生什么。

"看！"凯伦说，"我想那只鸟正在筑巢。"她从椅子上站起来，身体前倾指着树。"这就是我喜欢来这儿的原因。"她转向我，微笑溢满了脸庞，"在这里我总是能看到希望。"

第三十章　平衡、节制、平和

对于治疗带有童年创伤的成人,杰姬有着丰富的知识和经验。每个星期,她都会单独会见我,另外还会同时会见我和比尔,帮我们疏导和处理严重干扰我们生活的一些问题。

进行婚姻咨询的过程是不愉快的。有时比尔受到批评时,他就像变了个人。他认识不到我们之间的问题是相互误解产生的,而且他只感觉到自己被羞辱了。

重拾的记忆令我无法面对任何的亲密行为。出于同样的原因,我迫切地需要独处。一想到房间里有个男人,我就非常恐惧。于是我要求单独睡主卧,让比尔搬到隔壁的客房。他当然有理由愤怒,但对于他的质问,我无法给出答案。我费尽心思地请求原谅,但无济于事。他感到自己被拒绝,这又引发了他的童年创伤,而他的愤怒令我躲他躲得更远。我的解离也更加严重。他觉得我在故意疏远他、伤害他。于是作为报复,他也要伤害我。

单独会见杰姬时,她的办公室就像一个安全的港湾,在那里我可以畅通无阻地表达自己的想法和感受,这令我自己都感到惊讶和不可思议。我们谈话的过程总是充斥着这样的话:这不可能是真的;那是我的错;我肯定在说谎;不可能发生过那样的事;是我允许那种事发生的。我治疗别人时可以自信说出的话，在我自己听来是那么的空洞无力，但同样的话从杰姬的口中说出来，却让我的症状和痛苦都变得可以接受。"人在小的时候，总是会把所有事情都看作跟自己有关。那些都是记忆的闪回。即便你那时还不会说话，你的身体也会记得所发生的一切。"

跟杰姬在一起令我感到深深的安慰。然而，可能会失去她的担忧——她对我感到厌倦，认为她已经受够了并抛弃我，令我同样感到深深的恐慌。大多数时候，她的存在让我敢于去碰触那个令人深感不安的自己，不论好坏。除了精神病院的创伤性治疗外，我还发现了乱伦这个事实，以及这些事和关系对我的行为和自我认知产生了难以磨灭的影响。

在自己办公室时，作为一名临床专业人士，我通常都能控制好自己。在家里，大多数时候，比尔都力所能及地帮助我。在他感到束手无策时，那麻烦也就来了，而那经常都和性有关。因为我不仅无法进行性行为，即使只是谈论它，也会让我火冒三丈。有时候，无论他多么努力地尝试，都无法缓解我明显的痛苦。我会假装很享受，好让比尔不会觉得无所适从，并能减轻他的焦虑和愤怒——如果他觉得自己的努力无效，很容易会被激怒。当然，他还是看穿了我，并觉得我是在侮辱他。

当我实在无计可施，便以写作来消解心底的愁闷。

2003 年夏　糟糕的一天有感

你如何找到内心的宁静？坐在树下静一静？只要你足够安静，宁静最终就会像隐藏在森林里的鹿或隐夜鸫一样，在沙沙声中展露出头？指引你找到它吗？

我没有找到内心的宁静。我愤怒、沮丧、痛心、气恼！没人为我的创伤负责，也没人能治愈它。它一直在我心底叫嚣，好像一辆螺丝松动的汽车，跑起来一直嘎嘎作响，既找不到问题的源头，也永远无法解决。

第三十章　平衡、节制、平和

有时，我不止感到沮丧和气恼，还很愤怒，而且简直是怒火中烧。那怒火在我肮脏的身体里燃烧，烧得我气血上涌，就好像一摊沸腾的污水。它散发的臭气污浊了空气、扭曲了我的视野、侵蚀着一切。

或许是因为我今天受到了一个极为傲慢的病人的刺激，才引发了我的创伤。我必须面对这些由于畸形的童年——我也在其他人身上见证过的——所造成的心理病症、防御和心理扭曲。我像一个必须给自己做阑尾切除术的外科医生，如果不做，损坏的器官就会感染其他器官，最终杀死我。所以，哪怕手术会疼得让我无法呼吸，我也要鼓起勇气挥下那一刀。

我知道，我的使命是治愈他人，见证他们生活中的痛苦和不公。我在他们身旁，听他们失声痛哭，平复他们的恐惧，一直到他们认识到自己是无辜的，那些创伤都只是被虐待的童年的错。我告诉他们要坚强。我给他们指出生活的无常，孩子的思维方式，被父母背叛的方式；重复的可怕性，它的代价、损失、伤害和痛苦；愤怒、虐待和分离给孩子带来的伤害。

哦，是的，我知道这些问题，甚至能讲成一个不错的故事。我能理解他们，也在意他们，但也存在一个可怕的事实：我也是那个无辜的孩子。我是那件被丢弃的珍宝，破碎的梦想。我现在所面临的挑战是，努力每一次都比上一次更能坦然面对这个真相。我必须时刻提醒自己是个治疗师，才不会轻易被愤怒驱使。我的身体里已经污秽不堪，器官也已被感染，我必须赶快手术。

我见过这所有的苦痛，现在它也发生在了我身上。我见过一个发怒的男人，连骨头都断了还继续自残；我见过害怕治疗的女人，怕让我帮她后，我会在她依赖我时，弃她而去；我见过孩子失踪后，痛不欲生的父母；我见过生活在水深火热中，甚至宁愿去死的人们。他们在我的帮助下，苦苦地支撑着。

那算什么帮助？自己都如此轻易地想自杀，还来帮助别人，我是有多虚伪？连自己都抑郁了，凭什么叫别人坚持住？我自己都焦虑得无法自拔，又如何要别人冷静下来？

我曾以绝食来抵抗那种力量的匮乏感。我曾灼烧自己，在疼痛中让自己感到更强大。现在，我坐在床上，使劲嚼着口香糖。我用下颌狠狠地咬着或粉，或紫，或绿的甜面团，而不是伤害我自己。我把自己的怒气和悔恨都发泄在嚼口香糖上，这是多么可笑？

我还有很多事要做，比如有账单要付、有花要摘、有汤要煮。我还要将旧信件和旧垃圾分类、缝衣服、写报告，清理那些放了几十年用不着的东西——都是些我舍不得扔的东西，我觉得把万一能用上的东西扔掉很浪费，比如我自己。

这很奇怪，不是吗，所有的问题最终都回到我自己身上？我把不需要的旧衣服、没人读的报纸找出来，把花园里每到这个时候就泛滥的花和蔬菜摘下来，我要把它们立刻送人，但对它们不闻不问让我觉得不安。

每当这种时候，我就会被一种无法停止的躁动不安所占据，因为我不知道该怎么办。我的羞耻感——在我会说话前就烙印在我身上的印记，驱使着我，即使我已获得了童年时梦寐以求的自由。

我的心固执而不可理解，我固执地认为自己是坏的，并拒绝别人的帮助。我的智慧、我的骄傲、我的生命力用力敲打着内心的大门，但那个年轻时的我拒绝让它们进来。如果我的邻居、同事、病人看到我现在这个样子会怎么想？平衡和节制哪儿去了？

平衡的意思是，我找到了一种方法，可以在人生的钢丝绳上行走而不会掉下来。这意味着，即使我自私地遗忘了很多东西，即使我几乎不惜一切代价地回避冲突，正义的天平仍然坚定地支撑着我赤子般的纯真和善良的心。这意味着，当我想死时，我还记得为什么要活下去。

节制，是当我活着时，我能着眼于生活的全部，我能看到花园里的花朵，也能看到旁边的黑暗森林和飓风。过马路时，我会左右看，这就是节制。我也能抑制住想要伤害安妮的冲动，善意地和她说话。这就是节制。

第三十章 平衡、节制、平和

平衡、节制、平和？我想它们意味着，当我是那个病人时，我能够原谅自己。

2005年9月

一周后，在一个阳光明媚的下午，我回到了自己的避难所——办公室。我感觉精力充沛，不仅是因为能跟病人在一起，看着这个房间也同样令我愉悦。我喜欢橡木地板那温暖的蜜色，颜色与地板几乎相配的书架、橡木书桌和窗户上的边框。母亲的一幅水彩画挂在我座椅对面的墙上，上面画的是停泊在海湾里的小帆船，宁静安逸。办公桌上，放着一张可爱的蓟草素描，这让我想起作者的赠言：心怀善念，期待感动。我的耶鲁毕业证书挂在角落里——一个大多数人看不到的地方，但我知道它就在那里。而最重要的是，透过天窗，我能看到变化的四季、来往的白云和飞鸟。

我看到树上的新芽慢慢长大，变成树叶。几个月后，又看到它们变换颜色直至被风吹走。我看到雪花从天空纷纷飘落，遮住了窗户，第二天又消失在蔚蓝天空的灿烂阳光里。

心理治疗也有自己的四季，从这个方面来讲，心理治疗有它的稳定性和完整性，以及真实和开放的状态。即使有时觉得很混乱——今天太冷，明天又太热——至少表面上是如此。病人们看我那么镇静——"你怎么能如此确信？""你显然认为这会管用。"——其实是因为我相信这个过程。

无论是开心还是痛苦，我都透过那扇天窗看着天空。就在几年前，我几近绝望，怀疑自己是否还能活下去。然而在这个房间里，我找到了慰藉。神圣的心理治疗让我每天都会发现一个宁静而可控的自己。我可以忘记那些坏的念头，活在当下。

慢慢地，几个月过去，几年过去，那种宁静感与日俱增，并蔓延到办公室之外。我的头脑变得清晰有条理，心理的自我修复能力增强。

我对安妮的看法也改变了。

很长一段时间，我心里一想到那个受虐待的孩子，就忍不住想伤害她。我讨厌她、鄙视她，我一心要毁了她。当我还是个少年时，我觉得有责任杀死安妮。

然而，慢慢地，当再次想起她的样子时，我会试着让自己去拉她的手，或者轻悄悄地弯下腰——以免吓到她，然后对她说："嗨，你好吗？"这并不是因为我为她难过，或者怜悯她，尽管她经历了许多糟糕的事情。我只是不再恨她。我并没有喜欢她，只是愿意帮助她。

前进的道路很崎岖，但至少方向是正确的。

渐渐地，我理解了，导致我住院，以及我在医院的那些行为，是十几岁时的我努力传达的紧急信息，而那些信息我自己也不知道是什么，也不知道如何向他人传递。我说的话和我的行为都以隐喻的方式在表达。但由于医生们不明白这一点，并且由于我自己也不了解，所以也没能给他们提供更多的帮助，他们就根据他们所熟悉的东西对我进行了诊断。他们只看到我不断地自我厌恶、抑郁得想自杀，以及在解离状态下，我只能说出的抽象的青少年语言，因此他们断定我患有精神分裂症。而错误的诊断导致了错误的治疗方法，在20世纪60年代早期，那就是电休克治疗。

电休克治疗从很多方面都令我坚信，我不应该说出某些事，记忆丧失让我更加沉默，并无意间惩罚了我所做的努力。对我来说，电休克治疗就是变相的虐待。我住院的时间很长，并且第一次入院没有效果，我又被送进了医院。医生只看到了我的表征，却没有意识到，他们只是在重复我拼命想逃离的虐待。

相较四五十年前，如今在心理健康界，对童年创伤及其影响已经有了深入得多的了解。许多归因于精神分裂症、双相障碍、重度抑郁症和边缘型人格障碍的症状，也与复杂的创伤后应激障碍（PTSD）有关。我的症状引发于性虐待，而不是精神分裂症。

我把头往墙上撞，不仅是在抗议痛苦的回忆，也是从家里被送进医院的一个警告：我的大脑里装着危险的东西，我应该隐藏自己的秘密。尽管任何看过我的心理报告的人，都能看出我的绝望和愤怒，但没有一个人能领会这行为背后的含义。我伤害自己以表达愤怒、用眼神乞求，以及为让自己消失而做出的各种尝试，都是对我的早期经历所做出的反应。

请关注你的病人，就像我那时说过的，现在我仍然要说，请关注他们的每一个动作，甚至每个时刻。我们人类内心想表达的东西，远比我们想象中要多得多。

第三十一章　未来可期

2011 年 5 月

高中同学会的第一次通知提前一年多就到了：诚邀您于 2011 年 5 月 14—15 日，参加白原市高中 1961 届毕业生 50 周年庆典。我无视了这个邀请，因为对于以前的事，我记得的太少了，而且那时我的心理已经失常。然而，杰姬对我说，想要从创伤中真正康复，我需要重回过去的地方，去面对那些不愉快的场景。我需要重新定义自己与过去的关系——要在我努力想要消失的地方控制住自己，坚强而骄傲地站在那里。我知道杰姬是对的。高中的记忆对我来说几乎一片空白，因此回去是有意义的，我可以去看看能够找回些什么。尽管如此，当我看到医院记录上，那个眼神空洞的阴郁少女时，仍然吓了我一跳。

"先把它放在议程上吧。"我跟杰姬说，"我现在还不能决定。"

几个月过去了，学校的邀请函不断寄来。我抵触的情绪有些松动。

有天晚上，吃过晚餐，我们正准备收拾桌子，我跟比尔说了我可能会去参加同学会的事。"听起来不错。"比尔说，"我们什么时候去？"

"如果我想自己一个人去，你介意吗？"我把盘子放进水槽，说道。比尔递给我另一个盘子时，我侧过脸瞄了他一眼，看看他有没有表现出生气或失望——挑眉？拉下脸？"我需要向自己证明我能够应付得来。"

比尔神色如常，他笑了起来。"哦，好的。"他说，"我宁愿待在家里给你精神支持。"几年前，我已经和高中的两个最好的朋友萨拉和苏重新取得了联系。苏有一次出差到纽黑文，于是我们约了一起吃午饭。我们聊了许多，聊到不想说再见。我去看望过萨拉，她热情地欢迎了我的到来。我们一起坐在她家的沙发上喝茶吃点心，但我对她所讲述的我们的过去，完全不记得。可怕的记忆空白横亘在我们之间，过去如同泼出去的水一般，再也无法收回。对我而言，无法记起我们共同做过的事，让我无法忍受。而对于萨拉，情况可能更糟。从此以后，我们互相都没再正式联系过对方。

萨拉不去参加同学聚会，还好我认识苏，但是如果苏临时有事而去不了，那可怎么办？如果我到时不认识其他人怎么办？更糟糕的是，如果有人直接问我过去的事，而我却丝毫没有印象怎么办？不过，到了我们这个年纪，许多人都开始抱怨自己的记性不好。也许我可以以此为借口搪塞过去。

但首先，我要先写一篇简短的个人简介：同学会的委员要求每个参与者做一段半页纸的自我介绍。如果我告诉他们事实会怎么样？如果我必须隐瞒事实，那为什么还要去参加？我厌倦了假装，厌倦了伴随秘密而来的孤独。

我先从自己的成就开头：拿到了耶鲁大学的博士学位，目前是心理医生。这样好让他们觉得，现在的我应该还算正常。我花了很长时间琢磨剩下的内容。我不想吓到任何人或导致关系疏远。

高中二年级行将结束时（1960年5月），我离开了学校，被送进了精神病院。一年后，我重新回到学校，但在高中毕业之前，我又一次住院了。我在两家精神病医院总共度过了五年多的时间。最终，通过接受颇具技巧性的心理治疗，我康复了。

第三十一章 未来可期

我在哥伦比亚大学综合教育学院学习时遇到了我的丈夫。结婚后，我跟他搬到了纽黑文。我们育有一子一女，而且都已成年，现在我们已经有了两个孙子。

除了家人和几个亲密的朋友外，我没有对他人说起过我的精神病史。住院早期，电休克治疗让我丧失了人生前20年的记忆。我尽量回避早年生活里的所有人，因为无法记起他们，我深感惭愧。10年前，我看到了关于自己的医院记录，它又唤起了我原以为已经丢失的那部分记忆。

我第一次看到那些医院记录时所出现的强烈症状，虽然不是全部，但大部分都已经消退。多年而缓慢的恢复过程证明，心理创伤的恢复期实际远比我设想的要长得多，我甚至几乎忘了原本的计划。"我想，不管遇到什么问题，我都有一整个夏天来进行消化处理。"医院的包裹到达前，我这样跟比尔说。现在想来，这个想法是多么天真。

头痛、噩梦、侵入性的画面和破坏性的冲动不再困扰我。我不再用自我贬低来折磨自己。让我不能正常工作和生活的焦虑大部分都消除了。尽管日常生活中，我仍然有解离的症状表现——也许那已经嵌入了我的人格——但更多时候我都活在当下，而不是沉浸在过去无法自拔。我做事可能永远都有点缺乏条理，并且还有点强迫症，但慢慢地我能够平和地看待这些小怪癖，也变得自信了。我不再像以前那样害羞。每天早上醒来，我都更加乐观地看待这个世界。

然而，有时我也会被那久远的悲伤所控制：这个经验丰富、身兼改变世界使命的专业人士，也有不为人知的脆弱，她心里住着一个能搞砸她事业、毁掉所有人际关系的可怕女人。乱伦与精神病院遗留下来的耻辱感，对我造成了难以想象的打击，它把恐惧深深植入我的心里。它附着在我的骨头里，在我身上的每个细胞里扎根。它是如此根深蒂固，以至于没有它，我都怀疑自己还是不是自己。

来电显示电话是从佛罗里达打来的。又是电话推销吧，我想。"你好。"我用一种冷冷的、我不会买任何东西的语气对着听筒说。

"你好，安妮塔。你是在白原高中上学的那个安妮塔吧？"

我一下子蒙在那里，无所适从地用手捋着头发，良久才意识到我应该回答对方的话。"是的。"我说道，仍然认为这个人肯定是打电话来推销东西的，"请问你是哪位？"

"我是你的高中同学佩吉啊，不过我现在改名叫梅格了。你还记得我吗？我看了你的个人简介。你真是个勇敢的女孩！"

"我想我记得你，我当然知道你的名字。"我努力回忆，想获得一些有关她的记忆。由于我参加同学会的信息已经在线公布，现在任何人都可以通过它找到我。我的生活已经暴露给所有人。"你能打电话来真是太好了。"我这样说着，不无真心地说，"你是第一个打电话来的。"说着，我开始来回踱步。

"我不像你跟你班里的朋友那样聪明，但是，如果没有你的倾听，我可能连高一都读不完。"梅格说道，"我们还到彼此的家过过夜。打死我也不相信你会被送去精神病院。你母亲人真的超好，但我的确觉得你父亲很吓人。我这么说你介意吗？"

梅格跟我说了她高中毕业后的生活：她的婚姻，她丈夫的早逝，以及那之后的痛苦岁月。她说她的髋关节有问题，但被医生误诊了，还说了去看她孙子的事。她让我帮她带一条口信给一个我不认识的朋友："请一定帮我转告艾尔，他的友谊对我来说意味着整个世界。"

我们聊了一个多小时。之后就到了该做家务的时间了，但我已经精疲力竭。她的故事很吸引我，我真想听她继续说："真不想挂断电话，但今天只能先说到这里了。"

"有空来找我玩吧，亲爱的。"梅格说，"我随时都欢迎你。"

第三十一章　未来可期

　　这个电话让我不再对说出真相感到忧心忡忡。我很感激能认识佩吉，也很遗憾，没能记得她提到的那些事：在她家和我家过夜、她父母的分离给她的痛苦，以及她相信我能保守秘密。我一直记得佩吉的名字，但我不记得我们之间的友谊，这令我感到心痛。

　　正午时分，我来到白原市的皇冠假日酒店。我心烦意乱、焦虑不安地想，我为什么要同意参加一个高中同学安排的午餐。几天前，我还对同学会充满着期待，但今天早上离开家的时候，我又想取消这个行程。站在酒店外面，我只想逃跑。记住，你现在是个成年人，你能行的。我深吸了一口气，推开了门。

　　入口处挤满了身穿沙漠迷彩服的男人女人，还有很多其他成人和儿童。B公司刚刚从伊拉克回来，公司员工和他们的家人正一起吃午餐。多么美好的年轻人啊，我心里这样想着，穿过散发着芥末和冷切肉味的午餐区和喧嚣的聚餐人群。一丝愤怒在脑中一闪而过。那来自创伤，我狠狠地摇了摇头，好像这样就能把那些想法甩掉一样。

　　大堂外面，有十几位年龄稍长、衣着讲究的人正聚在一起聊着天。这些人我好像一个都不认识。我本没想盯着他们看，但我肯定我这么做了。

　　一个身穿绿色亚麻运动衫的大胡子男人注意到了我。他脸上瞬间布满了笑容。"安妮塔！"他边说边伸出双臂给了我一个温暖的拥抱，我也拥抱了他，同时也松了口气：我找对了地方。"见到你真高兴。"他说。他身边的其他人微笑着跟我打招呼。欢迎我的这位"陌生人"随即转向大家："那么我们去吃饭吧！"他带我们走进一间小而简单，但很整洁的餐厅。一张可以容纳大约20个人用餐的狭长桌子几乎就占满了整个空间。

　　他示意我坐在他身旁的位置。我感谢了他，并坐下来。那时，我猜想这个人应该是午餐的组织者艾伦。我等待着，直到听到他说了两次自己的名字，我才把梅格的口信说给他听。大大的笑容溢满了他的脸。

"介意我坐在这里吗？"一位茶色头发的友善女士在我身边坐了下来，"见到你真是太好了，安妮塔。我永远也忘不了你在《萨勒姆的女巫》里的精彩表演。"她非常高兴地说道。他们似乎都还记得那个过去的我，对此我很意外和惊讶。她的热情卸下了我的防备。我没有想到自己会如此快地回归到集体中。

"可能角色本身太贴近事实了。"我半开玩笑地说道，"当时我也在几近失控的边缘。"

四点半时，正如我们事先约定的那样，我在大厅里见到了苏。现在至少有个理解我有多紧张的人了，如果有需要，她会和我坐在一起聊天，这样我就不会只是一个人傻坐着。令我惊讶的是，苏也是这样想的。

两个小时后，在我酒店的房间里，我又一次检视着镜中的自己：瘦小的身材，扁平、一点不蓬松的灰棕色头发；身穿黑色休闲裤，青绿色亚麻衬衫，戴着我最爱的那条丝巾——带深蓝、鲜红和青绿色斑点的丝巾。为了这次聚会，也在杰姬的特别要求下，我买了一件黑色外套来搭配休闲裤。它花了我很多钱——对于花钱我仍然很计较，但它穿起来合身极了。一对绿松石耳环和一条蛋白石吊坠项链——那是儿子詹姆斯和儿媳送我的礼物，为我的装扮平添了几分光彩。为了图个好运，我戴着詹姆斯为我做的螺旋银戒指，外套的翻领上别了杰西卡为我做的花篮胸针。

当我走下楼时，对话的低语声以及一股诱人的香味扑面而来。很多人已经聚集在铺有地毯的宽敞大厅里。一个我不认识但很友善的矮个子男人将我引到登记台。

人们都在互相打招呼问候，他们喊出对方的名字，惊喜、拥抱和大笑。我盯着手中的胸牌，放大的年鉴照片上，那个梳着刘海的大眼睛女孩，在我以前的名字上方对我微笑。我想要对她表现得亲切些，甚至如果从陌生人的角度来看，我能感觉到她的吸引力，但我必须努力说服自己不去鄙视她。我习惯于认为她是个懦弱的胆小鬼，一个因为恐惧而顺从的乖乖女。

第三十一章　未来可期

她竭尽全力成为她认为应该成为的人：她连笑都是出于对别人的期待。但那时的我真的如此糟糕吗？她也曾因为相信而笑过，就像我仍然相信的：生命是孤独的，但有了微笑，一瞬间便可以超越任何界限，把两颗心连在一起。但为什么经过了这么多年，我想和她建立联结这么难？我获得治愈的最后一步，就是能拥抱她——那个曾经的我。

听到有人喊我的名字，我转过身。一位身穿黑衣服，黑眼睛的小个子女士示意我过去。她握住我的手。

"我们刚刚还说起你呢。"她对站在旁边的高个子男士点头，"看到你的个人简介，我们很高兴。高三时你跟我们在一个英语班上课，但后来你就不来了。"她紧握着我的手，眼睛搜寻着我的双眼。她的朋友握住我的另一只手。

"没有人告诉我们你去了哪里。"他说，"我们都担心你是不是死了。"

我站起来，紧紧握住他们的手，他们担心忧伤的面孔令我动容。我想紧握住他们的手，永远也不松开。

尽管有些同学说得好像他们真的认识我一样，而事实怎样，我并不知晓，不过有些人我还是很容易就认出来了，因为至少我知道胸牌上的名字。我不停地从一组人群辗转到另一组，大部分时间都在倾听。我发现很多同学之间都保持着联系，原本关系好的朋友如今依然非常要好；50年前的高中情侣，有许多都和当年的恋人结了婚。我努力把心里的不安和由于错过太多而生出的嫉妒放到一边。不要去想。你怎么敢……

我们聊了很多，除了数不清的成就和子女多优秀外，还聊了关于髋关节手术、滑雪事故、年迈的父母和离婚的配偶。在友好开放的氛围里，畅聊孙辈的趣事、如何侍弄花草、发展了哪些兴趣爱好，以及终于可以去实现推迟多年的梦想。有抱怨关节疼痛和记忆减退的，该退休了却还不得不工作的，失业的成年子女又搬回家住的……我不是唯一在糟糕、混乱的世界里卑微生活的人。

也许这更多的是我的主观臆断，而不是事实，但总的来说，我们好像已经能放下所谓的骄傲，坦然面对一切。五十年后，生活的不易和不公，以及人生的经历将我们联结在一起。老朋友们说起自己年少时的梦想，还有自己当年做的一些宁死也不肯承认的傻事，逗得大家开怀大笑。

我记得鲍比，他的妻子也是我的同学。我跟他站在一旁喝葡萄酒时，他说起初中时曾暗恋我。"我骑车去送报纸时总会故意绕到你家门前，希望能在你家院子里看到你。"他说，"我最喜欢看你朝我挥手、给我一个大大的微笑的样子。"

我从来没有把鲍比的骑车路线跟早恋联系在一起。

"安妮塔，我是罗杰。请允许我向你介绍我的另一半。"一个说话轻柔的男子把手放在我的胳膊上，在介绍他妻子前报上了自己的名字。我和罗杰也是初中同学。从他那里我了解到，他们夫妻二人跟我们的另一位同学约翰，住在同一个大学城。约翰曾是一位古典文学教授，如今已经退休。他们今天是一起来参加同学聚会的。

"约翰自己不好意思直接跟你说这事。"罗杰笑着说他这位朋友——我们的同学，"但他说我可以告诉你，他在五年级时看了一场你演的舞台剧，然后就深深迷上了你。你是他的初恋。"罗杰停顿了一下，挠了挠头。"当然，我也不是无辜的。"他笑着继续说，"当时我们说起自己的初恋，我们俩都说出了你的名字。我对你的暗恋是从初中开始的。我加入了舞台道具组，这样我就能看你排练了。你经常冲我笑。"

"我真是受宠若惊！"我笑了起来，真希望自己能至少有点印象。他们也都是我当时很崇拜的男孩，约翰是我们学校公认的最聪明的人。希望我当时感受到了他们的关注，但我对此毫无印象。

我走到墙边，慢慢地喝着一杯白葡萄酒，回想他说的话。小时候，他们喜欢过我。那我肯定不是一个可恶又可耻的生物。尽管我十分内向，但他们眼里的我善良而又聪明。

第三十一章 未来可期

餐厅里的人越来越多，年轻漂亮的服务生身穿黑白色制服，端着托盘在人群中蛇行穿梭。他们手中的托盘中放着小芝士挞、油亮的蘑菇头蛋糕、能一口吃下的辣味香肠比萨，以及各种油亮亮的美味珍馐。当他们从我面前经过，我便从托盘里拿一点。奶酪和葡萄酒的醇香混合着迷情香水和欧仕派香水的芳香，弥漫在空中。食物的烘烤香引起了我的食欲，我有点饿了。

过了一会儿，我一个人站着时，罗杰向我走了过来。他看起来很严肃。

"我看了你的简介。"他眼睛看着我的眼睛说，"我想跟你说的是，我在纽约医院做过几年暑期工——就在我们称为布卢明代尔之家的地方——也就是这里的精神病医院。"他继续悄声说道，"高二那年的暑假，我先是到一家面包店打工，接下来三年的暑假我都在那家医院打工，包括大学期间。"

"当时我就在那家医院。"我脱口而出，打断了他的话，"你在那里做什么？"

罗杰小心翼翼地斟酌用词："我从未在那儿见过你，我不知道你是在那里住院。后来的两年，我在男病人楼层做护工。送病人去进行各种治疗是我工作的一部分，我也曾协助他们去做电休克治疗。"

我的大脑里像有一团火在烧。我用手摸了摸头发，然后摆弄着围巾。"我们能否找个时间，详细谈谈电休克治疗的事？"我停顿了一下后，努力让自己听上去理性、专业，"对于发生的事情，我有自己的看法，但是并不能确保我想的就是对的。"

我们约好第二天早上共进早餐。

一想到真相即将大白，我就激动不已。我虽然在微笑、问好，但是我的思绪早已经飞回了50年前的纽约医院，努力地想要记起些什么。但在同学们的欢声笑语，以及美食的诱惑下，又成功地把我拉回当下。

餐厅里，我看到苏和她丈夫坐在一些我不认识的人当中。原来，他们都曾是橄榄球队的成员。看到彼此的胸牌后，我们友善地跟对方点头微笑，没有进一步攀谈。在一片喧闹之中，很难听清别人在说什么。

晚饭后，有人做了一段演讲，还放映了一组老照片。对于演讲中提到的事，我已经都不记得了。我心不在焉地听着，之后乐队开始演奏起音乐。有人走过来热情地与我握手，我认出了其中的几个人，但谈话过程仍然很艰难。跟我希望的恰恰相反，我记得的人远比知道我的人要少得多。大约 11 点钟，我离开了。

上了楼，我在酒店房间里不安地踱步，神情倦怠，但躁动不安让我睡不着。他说的话，对我来说，信息量太大，它们在我大脑里横冲直撞。我想从纷飞的思绪里，理出个头绪。"为了忘记被虐待，你选择忘记过去的自己。"杰姬向我解释说。为了消除创伤，就消除一切，没有别的选择。在杰姬的帮助下，我能体会小时候经历的那些感觉，我意识到，我人生中的大部分时间里都充斥着羞耻感和自我贬低，特别是在童年和青春期阶段。现在，我能更加公正地去看待年轻时的我，以及别人是如何看待我的。

这里的人记得安妮那个女孩，他们喜欢她，有的人还爱过她。我从他们脸上能看出，他们尊重她、想念她。这与我极力想要摆脱她，跟她划清界限的做法完全相反。

我集中精力，借助同学们给予我的精神力量——热情、友好和慷慨，努力唤醒他们所认识的那个我。我努力不去针对她，而是以悲悯的心情来看待她。当我借用他们的眼睛，来审视他们认为勇敢的女人，我感到有一扇窗户为我打开了。这时，我明白了：是的，诚实需要勇气，因为每个人对有精神病和精神病史的人都存有偏见，视其为一种耻辱。而一旦暴露，这个人将面临失去尊重和地位的威胁。这是非常现实的问题。

但他们仍然欢迎你的到来，见到现在的你，他们很高兴。我尽量公正地想。

第二天早餐时间，我和罗杰简单聊了一下电休克治疗的事，但随后其他人来了，我们就不得不放下这个话题。当然，我原本就猜到会这样，我

第三十一章 未来可期

努力掩饰自己的失望。

罗杰却把此事放在了心上，回家后他把他所了解到的东西写了一封电子邮件发送给我：

……另一种控制的形式，是冷湿裹法（cold wet pack）或叫"CWP"，主要用于电休克治疗（EST）。我后来非常精通这种技术，用温湿的床单把患者像木乃伊一样包起来，为接受治疗做准备。大多数患者在接受治疗前都非常紧张，但在治疗后就会丧失那部分记忆……

患者被包好后，上面盖一层干床单，然后排好队等候治疗。事实上，被包裹起来后，患者经常就会放松下来或者打瞌睡，直到他们被送到电击室。

在电休克治疗中，患者由一名医生、一名护士和一两名护工进行协助。医生负责为患者做检查，护士负责给患者注射一定剂量的东莨菪碱作为肌肉松弛剂，并将电极连接到患者的太阳穴。

接着"木乃伊"包裹会被拆开，患者嘴里会放一个护口器，护士和护工按住患者的腿和肩。然后电击开始，患者将会出现一段持续不超过30秒的痉挛。

接下来，我们会给患者盖上干燥的床单和温暖的毯子，然后把他们送回病房。

我急于把整封信读完，就囫囵吞枣地看了一遍。起初，我惊讶于自己突如其来的愤怒。你说"放松"是什么意思？但我也确实知道很多人依靠现代电休克疗法来抑制重度抑郁症的发作，不是每个人都跟我一样将其视为可怕的经历。

我又把罗杰的邮件看了一遍，他的描述与现实很吻合！他写下的东西跟我记得的一致，包括一些细节，如把患者像木乃伊一样包起来，以及排队等候的过程等。现在，内心一个质疑的声音跳了出来，我不是个骗子，我的记忆是可靠的，是真实的。但这意味着什么，我还需要时间去消化思考。

星期天，临近中午的时候，天空下起了瓢泼大雨，我们的烧烤架从室外搬进了高中食堂。排队等餐的人很多，我跟队里的其他人聊了几分钟后，决定去大楼的其他地方逛逛。我想看看这里，特别是走廊，是否能激起我的某些记忆。也许我印象中的那排长长的储物柜还在。

学生的艺术作品和色彩鲜艳的海报点缀在工业墙上，但这并没有减少几十年来我印象里的冰冷感觉。走过漫长而空荡的走廊时，我听着自己脚步的回声，并努力想象着自己又回到了少女时代。储物柜也与记忆中的样子相差不远。虽然没能回忆起什么具体的事件，但我理解了那个在崩溃边缘的少女，她挣扎求生，即便拼尽全力，却仍止不住下沉。泪水模糊了我的双眼，又悄然消失。

回到食堂吃午餐时，其他同学跟我说起了他们的高中生活，丰富多彩的校园生活令我应接不暇。有个非常漂亮、很受欢迎的女孩，我记得自己当年很羡慕她，但只是远远地见过，连招呼都不曾打过。她告诉我，她一直觉得我很聪明，很欣赏我，然后她停顿了一下，声音有点哽咽地说，很感谢我如今的诚实。那一刻，我们在心灵上有一种深深的共鸣。我认识的另一位同学，奥黛丽——她也亲眼见过1960年那个脆弱的安妮塔，当时她的母亲快要去世了。

当年的奥黛丽也在苦苦挣扎，她努力想保住自己的家，同时又要在班上继续做耀眼的好学生。跟我一样，她把高中时的那段创伤一直藏在心里。在那个年代，将伤痛示人就等同于精神上的软弱，癌症、精神疾病、离婚都被看作耻辱。于是我们把它们藏起来。由于同是受过伤的人，奥黛丽是少数几个能体会我的痛苦的朋友之一。虽然那已经是过去的事了，但她的

第三十一章　未来可期

故事减少了我的孤独感。我知道，有人理解那种摇摇欲坠的感觉，这令我感到宽慰。

我从前的同学们待我真挚诚恳，这让我深感惊讶，他们没避开我或鄙视我，他们坦然接受了我的病，他们尊重我：若要打败羞耻感，势必先要诚实。

真相往往伴随疼痛而来。公开这一切令我感到自豪，但被迫接受伤痛也让我觉得不公。我心里百感交集。我愤怒、悲伤、遗憾、感激，还夹杂一丝丝喜悦。我再次调动自己全部的爱心和宽容，来接受安妮，并从正站在食堂里微笑着、接受赞赏的我身上汲取温暖。

年少时，我怕同学们对我有偏见，而实际上那是我自我贬低的一种投射。一些同学对我当时的疏远感到困惑，有的还很担心我。至少有一位朋友，也许还有其他人，把我的解离状态理解为清高或傲慢——她认为我是在故意保持距离。但大多数人都很尊重我，甚至爱我。当我在努力隐藏自己的脆弱时，他们也在做同样的事：许多人都有过自我厌恶的想法，他们还列举了有哪些想法。我们那时还只是少年啊！

开车回家的路上，挡风玻璃上的雨刷来回摆动着，雨水不停地敲打着车顶。这条路，我走了无数次，可以驾轻就熟地避开路上的水坑。小时候，每个周日我们都要去看望祖父母，跟他们，还有姑姑一起吃晚餐，来去都会经过这条路。成年后，从纽约回白原市看望父母时也会经过这里。我坐在温暖舒适的车里，开车爬过陡坡，穿过老桥，经过被雨打落花瓣的树。我回想自己的一生，特别是高中时代和刚刚的聚会。我很遗憾，因为很可能并没有人孤立或害怕我，而我却浪费了那么多的精力在孤独和羞耻上，不知道自我隔离、游离世界之外多少年了，又错过了多少真挚爱我的人。但至少，我也离原谅自己更近了一步。

我的人生还是有那么多空白。

但，往事不可追。而前路漫漫，未来可期。我所经历过的那些悲伤，终将成为滋养我生命的精神美食，让我成为一个更好的人。

我仿佛看到十几岁的安妮正坐在我身边，我伸出手臂，把手放在她的肩膀上。

致谢

对于在这本书的诞生过程中帮助过我的人们,虽然我无法列出所有的名字,但我会努力开个头。首先从我的家人开始:我爱你们!感谢我的两个弟弟;感谢我的表兄弟姐妹们;感谢威尔,我永远的支持者;还有我的首席技术顾问加勒特。感谢我善良的朋友们:克里斯、雷、朱迪思、巴勃、琳达、安、苏、贝丝、鲍勃和乔伊斯。感谢我的忠实读者:劳拉·艾宝、克里斯蒂娜·阿斯库妮丝、保罗·奥斯汀、米里亚姆·卡米塔、安·石柏妮、戴娜-玛丽·布兰顿、苏珊·米尔莫、朱迪思·沃德、贝齐·维斯曼和凯瑟琳·德弗罗。感谢我高中的朋友们和他们分享的故事,他们让我对那段艰难的时期有了新的认识。

我和全国最优秀、最慷慨的老师们一起参加了研讨会,他们启发并鼓舞了我。我要特别感谢菲利普·拉波特、泰德·康诺弗、帕特里夏·汉普尔、斯科特·罗素·桑德斯和简·布洛克斯。另外,我非常感谢迈克尔·科利尔、诺林·卡吉尔和布雷德·洛夫作家协会,让我有机会能接触到众多的作家,并最终也成为其中一员。在优秀艺术家的聚居地,我发现了独处与创造性的奇妙结合。这里使我得以成长，激发了我的写作灵感。感谢佛蒙特艺术中心、拉格代尔基金会、弗吉尼亚艺术中心、汉比奇艺术中心、麦克道威尔艺术村和米莱艺术村。我在纽黑文作家小组，学会了写作和校对：感谢格雷格、巴里、查理、肯、贝斯、艾琳、萨拉、斯科特、萨姆、凯特、苏珊、亚历克斯和凯茜。希望我让你们感到自豪。

仅仅用感谢都不足以表达我的感激，科特·沃德，您永远活在我心中。约翰·桑顿，尊敬的出版经纪人，感谢您给予我和我的手稿宝贵的时间。非常感谢李·古特肯德和安德鲁·吉弗德，他们帮助我实现了不可能实现的梦想。感谢艾瑞卡·哈尼，一位非常特别的缪斯女神（来自 VSC 的勒梅尔缪斯图社），她以一幅精美的图画，抓住了整个故事的精髓。

当然，非常感谢斯坦、桑迪和珍妮，他们帮我长出翅膀，并鼓励我去飞翔。